**AGATHA CHRISTIE COMPLETE COLLECTION**
# DEATH COMES AS THE END

AGATHA CHRISTIE COMPLETE COLLECTION

# DEATH COMES AS THE END

**마지막으로 죽음이 오다** 애거서 크리스티 장편 소설 | 이원경 옮김

DEATH COMES AS THE END

Copyright © 1944 Agatha Christie Limited.
All rights reserved.

AGATHA CHRISTIE and the Agatha Christie Signature
are registered trademarks of
Agatha Christie Limited in the UK and elsewhere.
All rights reserved.

Korean Translation Copyright © Minumin 2006, 2013, 2021

Korean translation edition is published by arrangement with
Agatha Christie Limited through Shinwon Agency.

이 책의 한국어판 저작권은 신원 에이전시를 통해
Agatha Christie Limited와 독점 계약한 ㈜민음인에 있습니다.
저작권법에 의해 한국 내에서 보호를 받는 저작물이므로 무단 전재와 무단 복제를 금합니다.

## 정식 한국어 판 출간에 부쳐

나는 한국에서 우리 할머니의 작품을 정식으로 출간한다는 소식을 듣고 무척 기뻤다. 할머니가 1920년부터 1970년 무렵까지 오랜 세월에 걸쳐 집필한 작품들은 21세기인 지금 읽어도 신선하고 재미있다. 등장 인물들이 워낙 자연스러워서 요즘 사람들과 다를 바 없고 이들이 등장하는 상황과 장소가 전 세계 사람들의 애정과 향수를 자극하기 때문이다. 한국 독자들은 이번에 새로 나온 정식 한국어 판을 통해 그동안 접하지 못했던 애거서 크리스티의 일부 작품들을 읽을 수 있을 것이다. 덕분에 한국에 새로운 세대의 애거서 크리스티 팬들이 탄생할지도 모르겠다는 생각을 하면 가슴이 벅차다.

애거서 크리스티는 대표적인 두 명의 주인공으로 기억되는 작가이다. 14권의 작품에 등장하는 마플 양은 영국의 작은 시골 마을에서 평온한 나날을 보내며 뜨개질과 수다로 소일하는 미혼의 할머니이지만, 놀라운 기억력과 날카로운 두뇌 회전으로 주변에서 벌어진 살인 사건을 해결한다.

그리고 마플 양과 상반되는 성격을 지닌 에르퀼 푸아로는 자신만만하고 콧수염을 포함한 자신의 외모와 벨기에라는 국적에 대한 자부심이 상당하다. 그는 이집트와 이라크를 비롯한 세계 각지에서 수수께끼를 해결하며 『오리엔트 특급 살인 Murder On The Orient Express』, 『나일 강의 죽음 Death On The Nile』, 『애크로이드 살인 사건 The Murder Of Roger Ackroyd』 등 애거서 크리스티의 여러 대표작에 모습을 드러낸다.

황금가지의 대담하고 참신한 표지와 전반적인 디자인 덕분에 작품의 성격이 잘 살아난 것 같아 기쁘다. 또한 한국 독자들이 할머니의 원작이 지닌 참된 묘미를 느낄 수 있도록 충실한 번역을 위해 애써 준 점도 높이 사고 싶다.

할머니의 작품이 20세기의 그 어떤 작가들보다 많이 팔리고 있는 이유는 나이와 국적에 상관없이 읽을 수 있는 재미와 감동을 갖추었기 때문이다. 모쪼록 한국 독자들도 황금가지에서 선보이는 애거서 크리스티 작품들을 즐겁게 감상하기를 바란다.

매튜 프리처드

애거서 크리스티의 손자

ACL 이사장

S. R. K. 글랜빌 교수에게

친애하는 스티븐,

고대 이집트를 무대로 한 추리소설을 써 보는 게 어떠냐고 맨 처음 제안한 사람은 당신이었어요. 그리고 당신의 열렬한 지지와 격려가 없었다면 난 결코 이 책을 쓰지 못했을 거예요.

이 글을 쓰면서 당신이 빌려 준 온갖 흥미로운 문헌들을 얼마나 재미있게 보았는지 모릅니다. 시간과 노고를 아끼지 않고 내 질문에 끈기 있게 답해 주신 당신께 이 자리를 빌려 다시 한 번 감사의 마음 전합니다. 이 책을 쓰는 동안 내가 얼마나 즐겁고 흥미진진한 시간을 보냈는지 당신은 잘 알 거예요.

　　　　　　　　　　　감사하는 마음과 애정을 담아, 당신의 벗.

## 차례

정식 한국어 판 출간에 부쳐 — 5
저자의 말 — 11

### 1부 홍수기

홍수기 둘째 달 20일 — 15
홍수기 셋째 달 4일 — 31
홍수기 셋째 달 14일 — 44
홍수기 셋째 달 15일 — 56
홍수기 넷째 달 5일 — 68

### 2부 겨울

겨울 첫째 달 4일 — 81
겨울 첫째 달 5일 — 95
겨울 둘째 달 10일 — 105
겨울 넷째 달 6일 — 129

### 3부 여름

여름 첫째 달 11일 — 147
여름 첫째 달 12일 — 168
여름 첫째 달 23일 — 177
여름 첫째 달 25일 — 185
여름 첫째 달 30일 — 203
여름 둘째 달 1일 — 217
여름 둘째 달 10일 — 257
여름 둘째 달 15일 — 271
여름 둘째 달 16일 — 293
여름 둘째 달 17일 — 308

### 저자의 말

이 책의 줄거리는 기원전 2000년경 이집트 테베의 나일 강 서쪽 강가를 배경으로 펼쳐진다. 이 이야기에서 시간과 장소는 크게 중요하지 않다. 어느 시대 어느 장소라도 상관없을 것이다. 하지만 이 책의 인물과 플롯은 기원전 2081년 무렵부터 기원전 1938년 무렵까지 유지되었던 이집트 제11왕조의 문서 두세 가지에서 영감을 얻었다. 이는 20여 년 전 뉴욕 메트로폴리탄 미술관의 이집트 탐험대가 룩소르(북부 이집트 키나 주의 상업 도시 — 옮긴이) 근처 한 석실묘에서 발견해 당시에는 일반 학자였던 배티스쿰 군 교수의 번역으로 박물관 회보에 게재한 것이다.

독자들에게는 고대 이집트 문명에서 흔히 행해졌던 묘소 기증이 중세 교회와 매우 유사하다는 사실이 흥미로울 수도 있다. 재산을 기증받은 묘지기는 그 대가로 유언한 사람의 묘소를 보존하고, 연

중 축제 기간에 공양을 드려 망혼(亡魂)의 평안을 기원했다.

이집트 문서에 등장하는 '오라비'와 '누이'는 보통 '연인'을 뜻하며, 흔히 '남편'과 '아내'의 의미로 쓰인다. 이 책에서도 이따금 그렇게 사용되었다.

고대 이집트의 농사력(農事曆)에서 한 해는 3계절로 나누어진다. 하나의 계절은 4개월을 포함하여 한 달은 30일로 이루어져 농경생활의 기반이 되었다. 그리고 한 해 끄트머리에 윤일(閏日) 닷새를 더해 1년 365일을 공식력으로 사용했다. 이 농사력에서 한 해는 오늘날 달력의 7월 셋째 주에 나일 강의 홍수가 찾아오면서 시작되었다. 하지만 윤년의 부재 때문에 수세기를 거치는 동안 계속 뒤처져 왔고, 이 소설의 배경이 된 시기에는 공식적인 새해 첫날이 농사력의 첫 달보다 6개월 정도 앞선다. 즉, 7월이 아니라 1월이다.

이 책에서는 독자들이 이 6개월을 계속 감안하며 읽지 않아도 되게끔 각 장 첫머리의 날짜를 홍수기(7월 말부터 11월 말까지), 겨울(11월 말부터 3월 말까지), 여름(3월 말부터 7월 말까지) 등 당시 농사력 용어로 표시했다.

1944년
애거서 크리스티

# 1부
## 홍수기

### 홍수기 둘째 달 20일

레니센브는 나일 강을 굽어보며 서 있었다.

멀리서 오빠들의 격앙된 목소리가 희미하게 들려왔다. 야흐모세와 소베크가 제방을 강화하는 문제에 관해 언쟁을 벌이고 있었다. 늘 그렇듯 소베크의 목소리는 높고 자신만만했다. 그는 자신의 견해를 피력할 때 쉽사리 확신하는 버릇이 있었다. 그와 달리 낮게 웅얼거리는 듯한 야흐모세의 목소리에는 의심과 불안감이 담겨 있었다. 야흐모세는 이런저런 일들에 대해 늘 근심이 많았다. 맏아들인 그는 아버지가 북쪽 영지로 떠나고 없는 동안 농장 관리를 거의 도맡았다. 야흐모세는 느리고 신중한 성격이어서 드러나지도 않은 문제들까지 들쑤셔 고민하곤 했다. 몸집이 육중해 동작이 굼뜬 그는 늘 활기차고 자신만만한 소베크와는 전혀 딴판이었다.

레니센브는 어릴 적에 오빠들이 지금과 똑같은 억양으로 다투는 소리를 듣던 기억을 떠올렸다. 그러자 불현듯 안도감이 밀려왔다. 다시 집에 온 것이다. 그래, 집에 왔다…….

하지만 창백하게 반짝이는 나일 강을 한 번 더 내려다보자, 분노와 고통이 다시금 치밀어 올랐다. 크하이, 그녀의 젊은 남편은 죽었다. 웃는 얼굴과 강한 어깨를 지녔던 크하이. 그는 오시리스(이집트 신화에 등장하는 대지(大地)의 신이자 저승의 왕—옮긴이)와 함께 망자(亡者)의 왕국에 있다. 그리고 그의 사랑스런 아내 레니센브는 쓸쓸히 홀로 남았다. 그녀는 어린아이 티를 갓 벗은 나이에 결혼해 그와 8년을 함께했다. 그리고 이제 그녀는 미망인이 되어 크하이의 자식 테티를 데리고 아버지 집으로 돌아왔다.

지금 이 순간, 그녀는 마치 늘 여기 있었던 것만 같았다…….

그런 생각이 반가웠다…….

그녀는 지난 8년을 잊을 것이다. 아무런 근심 없이 행복에 젖어 살다가, 상실감과 고통으로 철저히 찢기고 파괴된 세월.

그래, 잊자. 마음속에서 지워 버리자. 다시금 묘지기 임호테프의 딸, 생각도 감정도 없는 여자 레니센브가 되자. 오빠와도 같은 남편에 대한 사랑은 달콤하게 그녀를 현혹시킨 잔인함이었다. 그녀는 억센 구릿빛 어깨와 미소를 머금은 입술을 떠올렸다. 하지만 크하이는 방부 처리되어 붕대에 싸인 채, 부적의 보호를 받으며 다른 세상으로 떠났다.

더 이상 이승에서 그는 나일 강에서 배를 저으며 고기를 잡고 해를 보며 웃지 않을 것이다. 그리고 그녀가 어린 테티를 무릎에 올려놓고 고깃배에 누워 그를 향해 웃는 일은 없을 것이다.

레니센브는 생각했다.

'지난 일은 생각하지 말아야지. 다 끝났어. 이제 집에 왔잖아. 모든 게 전과 똑같아. 나도 곧 예전으로 돌아갈 거야. 모든 게 전과 같아질 거야. 테티는 벌써 잊었어. 다른 아이들과 뛰어 놀면서 웃고 있잖아.'

레니센브는 돌아서서 다시 집 쪽으로 향했다. 가는 길에 짐을 싣고 강둑으로 끌려가는 노새 몇 마리를 지나쳤다. 옥수수 창고와 헛간들을 지나, 출입구를 통해 마당으로 들어서자 기분이 아주 좋아졌다. 꽃이 한창인 협죽도(夾竹桃)와 재스민에 둘러싸인 인공 호수는 무화과나무 그늘에 덮여 있었다. 테티와 다른 아이들의 목소리가 날카롭고 명징하게 들렸다. 아이들은 호수 한쪽에 있는 작은 정자(亭子)를 들락거리며 뛰놀았다. 보아하니 테티가 갖고 노는 장난감은 용수철을 당겨 주둥이를 여닫는 나무 사자였다. 레니센브도 어릴 때 좋아하던 장난감이었다. 그녀는 다시금 고마운 생각이 들었다.

'집에 왔어……'

이곳은 하나도 변하지 않았고, 모든 게 예전 그대로였다. 이곳의 삶은 변함없이 평온했다. 테티가 있으니 그녀도 가정이라는 울타리에 둘러싸인 많은 엄마들 중 하나였다.

하지만 그 틀, 삶의 본질은 변하지 않았다.

아이들 중 하나가 갖고 놀던 공이 발치로 굴러 오자, 그녀는 공을 집어 들고는 웃으면서 던져 주었다.
　레니센브는 화려한 색깔의 기둥이 늘어선 현관을 지나 집 안으로 들어갔다. 그리고 알록달록한 연꽃과 양귀비 무늬의 장식 띠를 두른 커다란 중앙 홀을 거쳐, 집 뒤편에 있는 여인들의 거처로 향했다.
　격앙된 목소리가 귓전을 때리자, 그녀는 멈춰 서서 오래전부터 귀에 익은 메아리를 한껏 음미했다. 사티피와 카이트, 변함없이 다투는 여자들. 지금도 또렷이 기억나는 높고, 오만하고, 위협적인 사티피의 목소리. 그녀는 오빠 야흐모세의 아내로, 키가 크고 괄괄하고 입심 센, 모질고 기세등등한 여자였다. 그녀는 끊임없이 규칙을 세워 하인들을 들볶고, 사사건건 꼬투리를 잡는가 하면 질책과 인신공격을 통한 우격다짐으로 불가능한 일을 해냈다. 모두 그녀의 말 한마디에 벌벌 떨었고, 발에 땀이 나도록 그녀의 명령을 수행했다. 야흐모세는 단호하고 기운찬 아내를 지극히 흠모했다. 그러나 어떤 면에서는 남편인 그조차 그녀의 잔소리에 시달린 터라 레니센브는 종종 부아가 치밀었다.
　사티피의 매서운 잔소리가 잠시 멈추는 사이사이에 조용하고 고집스런 카이트의 목소리가 들렸다.
　얼굴이 넙데데하고 수수한 카이트는 잘생기고 쾌활한 소베크의 아내였다. 그녀는 아이들에게 헌신적이었으며, 다른 일에 대해서는 좀처럼 생각하거나 말하는 법이 없었다. 손위 동서와 말다툼을 벌일 때면, 언제나 조용하고 고집스런 태도로 그저 처음 했던 말만 되풀이했다. 열을 내거나 흥분하지도 않았고, 자기 생각 외에는 문제의 다른 측면을 잠시나마 고려하는 법이 없었다. 아내를 지극히 아끼는 소베크는 자신의 모든 일을 거리낌 없이 털어놓았다. 그녀가 건성으로 들으면서 거슬리지 않게 동의하거나 반대할 뿐 아이들과 관련된 말 외에는 하나도 기억하지 않는다는 것을 알기에 안심했던 것이다.

사티피가 소리쳤다.

"이건 무례한 짓이야……. 내 말 똑똑히 들어. 설령 야흐모세가 쥐새끼처럼 소심한 사내라 해도, 이런 짓은 절대 못 참을 거야! 아버님이 안 계실 때 누가 이곳 책임자지? 바로 야흐모세야! 그러니 엮은 매트와 쿠션을 맨 먼저 선택할 사람은 그의 아내인 나라구. 흑인 노예가 짠 하마 쿠션은 당연히……."

카이트가 무겁고 깊은 목소리로 말을 끊었다.

"안 돼, 안 돼, 아가야. 인형 머리카락을 먹으면 안 돼. 여기 더 좋은 게 있단다. 사탕이야. 와, 정말 좋은……."

"자넨 말야, 카이트. 예의가 없어. 내 말을 듣지도 않잖아. 대답도 안 하다니, 돼먹질 않았어."

"파란 쿠션은 늘 제가 썼잖아요……. 어머, 우리 아기 앙크 좀 보세요. 걸으려고 해요……."

"자넨 자네 아이들만큼이나 멍청해, 카이트. 그리고 그 덕을 톡톡히 보고 있지! 하지만 이런 식으로는 못 빠져나가. 난 내 권리를 찾아야겠어. 농담 아냐."

레니센브는 뒤에서 들리는 조용한 발소리에 흠칫 놀라 돌아섰다.

그곳에 헤네트가 서 있었다. 그녀를 보자 오래전부터 익숙한 혐오감이 샘솟았다.

헤네트의 갸름한 얼굴이 늘 보던 비굴한 미소로 일그러졌다. 그녀가 말했다.

"변한 게 거의 없다는 걸 알게 될 게다, 레니센브. 다들 사티피의 주둥이를 어떻게 견디는지 통 모르겠어! 물론 카이트는 대꾸할 수 있지만, 모두가 그렇게 운이 좋은 건 아냐! 난 내 처지를 잘 알아. 집과 음식과 옷을 제공하는 너희 아버지에 대한 고마움도 잊지 않고 있지. 너희 아버지는 좋은 분이셔. 그래서 난 늘 도리를 다하려고 애쓰지. 늘 일하고, 늘 여기저기 도와주고, 그러면서도 감사나 고마움을 기대하지 않아. 다정하신 네 모친이 살아 계셨다면 달랐을 텐데. 그녀는 나를 인정해 주셨지. 우린 자매 같았어! 아름다운 여인이셨지. 그래, 난 내 할 일을 다 했어. '우리 아이들을 돌봐 줘, 헤네트.' 임종 때 그렇게 말씀하셨지. 그리고 난 이제껏 충실하게 그 약속을 지켰어. 너희 모두를 위해 노예처럼 일하면서도 고마워해 주길 바란 적이 없었다. 요구한 적도 없고, 받은 적도 없어! 사람들은 말하지. '헤네트는 할망구일 뿐이야.' '신경 쓸 것 없어.' 아무도 나한테 고마워하질 않아. 그럴 필요가 있겠니? 난 그저 도움을 주려는 것뿐인데. 그게 다야."

그녀는 레니센브의 팔꿈치 밑으로 뱀장어처럼 미끄러져 안쪽 방으로 들어갔다.

"이 쿠션에 대해 참견해서 미안하지만 사티피, 어쩌다 소베크가 하는 말을 들었는데…….'"

레니센브는 멀찌감치 다른 곳으로 갔다. 헤네트에 대한 해묵은 혐오감이 치밀어 올랐다. 우습게도 다들 헤네트를 끔찍이 싫어했다. 징징거리는 목소리, 끊임없는 자기 연민, 이따금 불난 데 부채질을 하며 즐거워하는 심술 때문이었다.

'하기야. 그러면 좀 어때?'

레니센브는 그게 헤네트의 유일한 낙이려니 생각했다. 그녀의 삶은 끔찍할 게 뻔했다. 그리고 그녀가 개미처럼 일한다는 것과 아무도 그녀에 대해 고마움을 느낀 적이 없다는 것은 사실이었다. 헤네트한테 고마워한다는 것 자체가 불가능했다. 자신의 미덕을 너무 집요하게 떠벌리기 때문에, 상대가 다정하게 대꾸할 마음이 들었다가도 금세 싸늘히 식었다.

헤네트는 남을 위해 헌신하고도 어느 누구의 헌신도 받지 못하는 팔자라고 레니센브는 생각했다. 그녀는 호감이 가지 않는 외모만큼이나 아둔한 여자였다. 하지만 주위에서 무슨 일이 벌어지고 있는지는 가장 잘 알고 있었다. 소리 없는 걸음걸이, 예민한 귀, 잽싸고 날카로운 눈길 덕분에 그 어떤 비밀도 그녀에게 오랫동안 숨길 수 없었다.

이따금 알고 있는 사실들을 혼자만 품고 있기도 했다. 어떤 때는 사방을 돌아다니며 이 사람 저 사람한테 속삭이고는, 뒤로 물러나 자기가 퍼뜨린 소문으로 무슨 일이 벌어지는지를 흐뭇하게 관찰하곤 했다.

언젠가 한두 차례 집안 식구 모두가 나서서 임호테프에게 헤네트를 내쫓아 달라고 간청했지만, 그는 들은 척도 하지 않았다. 필시 그는 그녀를 좋아하는 유일한 사람이었고, 그녀는 나머지 가족들이 심히 역겨워하는 억척스런 헌신으로 그의 보호에 보답했다.

레니센브는 헤네트의 간섭으로 한층 고조된 올케의 불평 소리를 들으며 잠시 망설이다가, 에사 할머니가 어린 흑인 여자 노예 둘의 시중을 받으며 혼자 앉아 있는 작은 방으로 천천히 갔다. 그녀는 노예들이 보여 주는 리넨 옷을 살펴보면서 특유의 친근한 말투로 그들을 꾸짖고 있었다.

그래, 모든 것이 똑같았다. 레니센브는 눈치 채지 못하게 서서 귀 기울였다. 에사 할머니는 조금 쪼그라들었을 뿐 여전했다. 목소리도 그대로였고, 그녀가 말하는 내용 하나하나도 레니센브가 기억하기에 8년 전 집을 떠나기 전에 듣던 것과 거의 같았다.

레니센브는 그곳을 슬며시 빠져나갔다. 노파도 어린 흑인 여자 노예 둘도 그녀를 눈치 채지 못했다. 레니센브는 열린 부엌 문 옆에 잠시 멈춰 섰다. 오리 굽는 냄새, 요란한 말소리, 웃음소리와 꾸짖는 소리가 동시에 쏟아져 나왔다. 야채 더미가 요리 준비를 위해 대기 중이었다.

레니센브는 말없이 선 채로 반쯤 눈을 감았다. 그녀가 서 있는 곳에서 모든 소리가 한꺼번에 들렸다. 요란하고 잡다한 부엌의 소음, 높고 매서운 에사 할머니의 목소리, 귀에 거슬리는 사티피의 어조, 아주 희미하지만 더 깊고 고집스런 카이트의 저음, 왁자지껄 떠드는 여인네들의 목소리……. 수다 떨고, 웃고, 불평하고, 닦달하고, 탄성을 지르고…….

그러자 갑자기 레니센브는 자신을 둘러싼 이 집요하고 떠들썩한 여자들의 존재에 숨이 막혔다. 여자들……. 시끄럽고 소란스런 여자들! 집 안에 가득한 여자들……. 조용하거나 평화로운 날이 없이, 늘 떠들고, 감탄하고, 말만 늘어놓고 실행하지 않는 여자들!

배 위에서 말없이 바다를 노려보며, 작살을 꽂으려고 마음먹은 물고기에 온 신경을 쏟는 크하이…….

이런 떠들썩한 수다, 이런 분주하고 끊임없는 소란스러움이 전혀 없던 삶.

레니센브는 곧바로 집 밖으로 나와 다시금 뜨겁고 맑은 고요 속에 몸을 담았다. 들에서 돌아오는 소베크의 모습이 보이고, 멀리 묘소를 향해 올라가는 야흐모세도 보였다.

그녀는 석회암 절벽으로 난 작은 길을 따라 묘소로 올라갔다. 그것은 고결한 메립타흐의 무덤으로, 묘지기인 그녀의 아버지가 책임자였다. 그곳의 모든 땅과 영지는 묘소 기증의 일부였다.

아버지가 없을 때 묘지기 임무는 그녀의 오빠 야흐모세의 몫이었다. 레니센브가 가파른 길을 따라 천천히 올라가 무덤에 도착했을 때, 야흐모세는 아버지의 회계사인 호리와 함께 공양실 옆 작은 석실에서 무언가를 논의하고 있었다.

호리는 무릎 위에 파피루스 한 장을 펼쳐 놓고, 야흐모세와 함께 몸을 굽혀 바라보고 있었다.

레니센브를 보고 그들은 미소를 지었다. 그녀는 그들 곁의 작은 그늘 밑에 앉았다. 그녀는 늘 야흐모세 오빠를 좋아했다. 그는 그녀에게 친절하고 다정했으며, 온화하고 친근한 성품을 지녔다. 호리 역시 꼬마 레니센브에게 몹시 친절했고, 이따금 장난감을 고쳐 주곤 했다. 그녀가 시집갈 무렵 그는 진중하고 말수가 적은 젊은이였으며, 섬세한 손재주를 지녔었다. 레니센브는 비록 그가 나이 들어 보이긴 하지만 변한 건 거의 없구나 싶었다. 그가 건넨 진중한 미소는 그녀가 기억하는 미소와 똑같았다.

야흐모세와 호리는 함께 중얼거렸다.

"이피에게 보리 73부셸(1부셸은 약 36리터 ─ 옮긴이)……."

"그러면 전부 합쳐 밀 230부셸과 보리 120부셸이군."

"그래. 하지만 목재 대금이 있고, 페르하에서 기름 값을 곡물로 치렀으니……."

두 사람의 대화가 계속 이어졌다. 레니센브는 남자들의 중얼거리는 소리를 배경 삼아 나른한 만족감에 젖어 앉아 있었다. 이윽고 야흐모세가 자리에서 일어나 파피루스 두루마리를 호리에게 돌려주고 사라졌다.

친근한 침묵이 감돌았다.

잠시 후 그녀가 파피루스 두루마리를 만지며 물었다.

"아버지가 보내신 건가요?"

호리가 고개를 끄덕였다.

"뭐라고 하시는 거죠?"

그녀가 호기심 어린 표정으로 물었다.

그녀는 두루마리를 펼쳐 놓고, 까막눈인 자신에게는 무의미한 표시들을 물끄러미 바라봤다.

호리는 살짝 미소 지으며 그녀의 어깨 위로 몸을 숙여 손가락으로 짚어 가며 읽어 주었다. 헤라클레오폴리스(이집트의 고대 도시 — 옮긴이)의 전문 대서인이 장식적인 문체로 쓴 편지였다.

영지(領地)의 종이며 카(고대 이집트 종교에서 바 및 아크와 함께 인간이나 신의 혼 — 옮긴이)의 종 임호테프가 이르도다.
너의 삶이 만세를 누리는 자와 같을지어다. 헤라클레오폴리스의 주인 헤리샤프 신과, 존재하는 모든 신이 너를 도울지어다. 프타(이집트 종교에서 숭앙하는 우주의 창조자이자 장인(匠人)의 수호신 — 옮긴이) 신께서 너의 심장이 장수(長壽)토록 축복할지어다.
아들이 어미에게, 카의 종이 어미 에사에게 말한다. 모친의 생활, 안전, 건강은 어떠하오신가? 가족 모두에게 묻노니, 어떻게 지내는가? 내 아들 야흐모세에게 묻노니, 너의 생활, 안전, 건강은 어떠한가? 내 땅을 잘 관리하고, 혼신을 다해 땅을 갈며 일하라. 보라. 네가 부지런하다면 나는 너를 위해 신을 찬미하리라…….

레니센브가 웃었다.
"불쌍한 야흐모세 오빠! 지금도 충분히 힘들게 일할 텐데."
아버지의 충고를 전해 들으니 눈앞에 그의 모습이 생생히 떠올랐다. 과장되고 조금 성가신 잔소리, 끊임없는 충고와 지시…….
호리가 계속 읽었다.

내 아들 이파이를 잘 돌보라. 불만이 많다는 소리가 들린다. 또한 사티피가 헤네트를 잘 대하는지 살펴라. 이 점 유념하도록. 아마(亞麻)와 기름에 관해 편지하는 것을 잊지 말라. 생산된 농작물을 보호하라. 너를 믿고 맡기노니, 내 모든 소유물을 보호하라. 내 땅이 침수되면 너와 소베크에게 화가 미칠진저.

레니센브가 행복하게 말했다.
"아버지는 여전하시군요. 당신이 여기 안 계시면 제대로 되는 게 하나도 없다고 늘 염려하시지."
그녀는 파피루스 두루마리를 내려놓고 부드럽게 덧붙였다.
"모든 게 똑같아요……."
호리는 아무런 대꾸도 하지 않았다.
그는 파피루스 한 장을 꺼내 들고 뭔가 쓰기 시작했다. 레니센브는 한동안 나른하게 바라보았다. 기분이 너무 아늑해서 입도 뻥끗하지 않았다.
이윽고 그녀가 꿈을 꾸듯 입을 열었다.
"파피루스에 글 쓰는 법을 배우면 재밌을 거예요. 왜 모두가 배우지 않죠?"
"꼭 필요하진 않으니까."

"어쩌면 그럴지도 모르죠. 하지만 기분은 좋을 거예요."

"그럴 것 같니, 레니센브? 그런다고 너한테 뭐가 달라지지?"

레니센브는 잠시 생각하고는 느릿느릿 말했다.

"그렇게 물어보신다면, 사실 잘 모르겠어요, 호리."

호리가 말했다.

"지금은 큰 영지에 필경사 몇 명이면 족하지만, 아마도 이집트 전체에 필경사가 득실거릴 날이 올 거다."

"그건 좋은 일이네요."

호리가 천천히 말했다.

"글쎄다."

"아닌가요?"

"레니센브, 보리 10부셸, 혹은 소 100마리, 혹은 밀밭 10뙈기라고 쓰는 건 너무 쉽고 힘도 거의 안 든단다. 그리고 글로 써 놓으면 진짜처럼 보이지. 결국 대서인과 필경사는 밭을 갈고 보리를 수확하고 소를 치는 사람을 우습게 여기게 될 거야. 하지만 아무리 그래도 밭과 소는 '진짜'야. 그것들은 파피루스에 잉크로 적은 표시가 아니지. 그리고 모든 기록과 모든 파피루스 두루마리가 파괴되고 필경사들이 뿔뿔이 흩어져도, 땀 흘려 수확하는 사람들은 계속 살아가고, 이집트는 여전히 존재할 거야."

레니센브는 그를 유심히 쳐다보았다. 그러고는 천천히 말했다.

"네, 무슨 말인지 알겠어요. 보고 만지고 먹을 수 있는 것만이 진짜다……. '나한테 보리 240부셸이 있다'라고 쓰는 건 정말로 보리를 갖고 있지 않다면 아무 의미도 없다는 거죠. 거짓말을 쓸 수 있으니까."

호리가 그녀의 심각한 얼굴을 보고 씩 웃었다. 레니센브가 갑자기 화제를 돌렸다.

"저한테 나무 사자를 만들어 주셨죠……. 오래전에……. 기억하세요?"

"그럼, 기억하지, 레니센브."

"지금은 그걸 테티가 갖고 놀아요……. 같은 사자예요."

그녀는 잠시 말을 멈췄다가 꾸밈없이 말했다.

"크하이가 오시리스에게 갔을 때 정말 슬펐어요. 하지만 이제 집에 돌아왔으니 다시 행복해지고 다 잊을 거예요. 여긴 모든 게 똑같으니까요. 변한 게 하나도 없어요."

"정말 그렇게 생각하니?"

레니센브가 그를 노려보았다.

"무슨 뜻이죠, 호리?"

"모든 것은 늘 변하게 마련이라는 뜻이야. 8년은 말 그대로 8년이란다."

"여긴 아무것도 변한 게 없어요."

레니센브가 자신 있게 말했다.

"지금은 그럴지도 모르지만 변화는 필연이야."

레니센브가 매섭게 말했다.

"아뇨, 아뇨. 전 모든 게 똑같길 원해요."

"하지만 너 자신도 크하이와 함께 떠났던 옛날의 레니센브가 아니란다."

"똑같아요! 설령 다르더라도 금방 다시 같아질 거예요."

호리가 고개를 저었다.

"옛날로 돌아갈 수는 없단다, 레니센브. 여기 내가 적은 수치들처럼 말야. 절반을 떼서 거기다 4분의 1을 더하고, 다시 10분의 1을 더하고, 다시 24분의 1을 더하면, 결국 보다시피 전혀 다른 수량이 되잖니."

"하지만 전 레니센브일 뿐인걸요."

"하지만 레니센브도 줄곧 뭔가를 더하며 사니까, 항상 다른 레니센브인 셈이지!"

"아뇨, 아뇨. 당신은 전과 다름없는 호리예요."

"너는 그렇게 생각할지 모르지만, 사실은 그렇지 않아."

"아니에요, 아니에요. 야흐모세 오빠는 변함없이 걱정과 근심투성이고, 새언니는 여전히 그를 괴롭히고, 그녀와 카이트 언니는 항상 매트나 구슬 따위로 다투고, 좀 있다 제가 돌아가면 절친한 친구처럼 웃어 댈 테고, 헤네트는 엿듣느라 어슬렁거리며 자기의 헌신에 대해 징징거리고, 할머니는 리넨 때문에 어린 하녀를 들들 볶는다구요! 모든 게 똑같아요. 머잖아 아버지가 돌아오시면 엄청난 소동이 벌어질 거예요. 아버지가 '이거 왜 안 했어?' '저걸 해 놨어야지.' 하고 잔소리하면 야흐모세 오빠의 얼굴에 수심이 드리우고 소베크 오빠는 웃으면서 거만을 떨겠죠. 그리고 아버지는 열여섯 살이나 된 이파이를 여덟 살 때 그랬던 것처럼 응석받이로 만들 테고……, 결국 아무것도 변하지 않을 거예요!"

레니센브가 말을 멈추고 숨을 헐떡거렸다.

호리가 한숨을 내쉬고는 부드럽게 말했다.

"넌 이해 못 해, 레니센브. 외부에서 공격해 들어오는 악(惡)은 세상이 다 볼 수 있지만, 내부에서 자라는 다른 종류의 부패도 있단다. 밖으로는 아무 티도 안 나지. 매일매일 천천히 자라다가, 마침내 과일 전체가 썩는 거야. 질병에 먹히는 거지."

레니센브가 그를 빤히 쳐다보았다. 그는 멍한 표정으로 말하고 있었다. 마치 말은 그녀에게 하고 있지만 오히려 혼자 공상에 잠긴 사람 같았다.

그녀가 매섭게 소리쳤다.

"무슨 소리예요, 호리? 무서워요."

"나도 두렵단다."

"대체 무슨 뜻이죠? 악이라니, 무슨 말이에요?"

그가 그녀를 바라보며 문득 미소를 지었다.

"내가 한 말 잊으렴, 레니센브. 곡물을 공격하는 질병을 생각하고 있었어."

레니센브가 안도의 한숨을 쉬었다.

"다행이네요. 전 또 혹시……. 무슨 생각을 했는지 까먹었어요."

### 홍수기 셋째 달 4일

*I*

사티피가 야흐모세에게 따지고 있었다. 그녀의 높고 귀에 거슬리는 목소리와 말투는 좀처럼 바뀌지 않았다.

"당신은 권리를 주장해야 돼. 내 말 새겨들어! 권리를 주장하지 않으면 당신은 절대로 존경받지 못해. 당신 아버지는 이걸 해야 되고 저걸 해야 되고 다른 건 왜 안 했냐고 닦달하지. 그럼 당신은 온순하게 듣기만 하다가 네, 네 대답하고는, 해 놨어야 한다고 아버님이 주장하는 일들에 대해 사죄하고. 하지만 그것들이 종종 불가능한 일이란 사실은 신들도 알아! 아버님은 당신을 애 취급해. 어리고 무책임한 애처럼! 막내 도련님 또래라도 되는 양……."

야흐모세가 조용히 말했다.

"적어도 아버지가 나를 이파이 대하듯 하진 않아."

사티피가 새삼 독기를 품고 새로운 주제를 꺼냈다.

"물론 아니지. 그분은 저 망나니 개구쟁이에게는 늘 관대해. 날이 갈수록 이파이는 점점 더 안하무인이라고. 쓸데없이 싸돌아다니면서 도울 수 있는 일도 하지 않고, 자기가 맡은 일이 너무 힘들다고 괜한 투정만 부린다구! 창피한 노릇이야. 그리고 그건 전부 그놈이 자기 아버지가 늘 응석을 받아 주고 편애하는 걸 알기 때문이라고. 당신과 소베크는 그 문제에 대해 확실한 선을 그어야 해."

야호모세가 어깨를 으쓱했다.

"그래서 좋을 게 뭔데?"

"내가 미쳐. 야호모세, 어째 늘 그 모양이야! 기백이라곤 하나도 없어. 여자처럼 나약하다구! 아버님이 뭐라고 하든 당신은 곧장 동의하잖아!"

"나는 아버지를 깊이 사랑해."

"그래, 그래서 그걸 이용하시는 거야! 항상 온순하게 질책을 수긍하고, 자기 잘못도 아닌 일을 사죄한단 말이지! 당신도 서방님처럼 할 말 하면서 대꾸해야 돼. 소베크는 아무도 겁내지 않아!"

"맞아. 하지만 사티피, 아버지가 신뢰하는 건 나지 소베크가 아니란 사실을 기억해. 아버지는 소베크를 전혀 신뢰하지 않아. 그래서 모든 일을 그 녀석이 아니라 내 판단에 맡기시는 거라고."

"그러니까 재산에 대해 공동 관리자로 명확하게 인정받아야 하는 거야! 당신은 아버님이 안 계실 때 아버님을 대신하고, 묘지기 임무도 수행하면서 모든 일을 도맡아 하고 있어. 그런데도 정식 권한이 없다고. 당연히 합당한 지위가 있어야 해. 당신은 이제 중년이잖아. 그런데도 여전히 애 취급을 당하는 건 옳지 못해."

야흐모세가 미심쩍은 듯 말했다.

"아버지는 손수 일을 처리하고 싶어 하셔."

"어련하시겠어. 집안 식구 모두가 자기한테 의지하는 걸 좋아하시지. 그리고 자신의 변덕에 놀아나는 걸 즐기시고. 지금도 나쁘지만 앞으로 점점 더 심해질 거야. 이번에 돌아오시면 당신이 맞서야 해. 정식 지위를 달라고 요구하고 문서로 확증을 받아야 해."

"귀담아 듣지 않으실 거야."

"그럼 듣게 만들어야지. 어휴, 내가 남자라면 좋으련만! 내가 당신이라면 뭘 해야 할지 알 텐데! 가끔은 내가 벌레와 결혼한 듯한 기분이 들어."

야흐모세의 얼굴이 붉어졌다.

"뭘 할 수 있을지 생각해 볼게……. 그래, 아버지한테 말해 볼 수는 있겠지……. 아버지한테 요청하면……."

"요청이 아니라고. 요구해야 한다니까! 어쨌거나 당신이 아버님 오른팔이잖아. 아버님이 당신 말고 누구한테 여길 맡기시겠어. 소베크는 너무 무모해서 아버님이 믿지 못하고, 이파이는 너무 어려."

"호리가 있잖아."

"호리는 집안 식구가 아니잖아. 당신 아버지는 그의 판단에 의지하지만, 혈육 말고는 누구한테도 권한을 넘기지 않을 분이야. 하지만 난 지금 상황이 어떤지 잘 알아. 당신은 너무 온순하고 소심해. 당신 혈관을 흐르는 게 피가 아니라 우유인 것처럼! 당신은 나나 우리 아이들을 생각하지 않아. 이러다간 당신 아버지가 죽기 전까지는 합당한 지위를 얻지 못할 거야."

야호모세가 무겁게 말했다.

"날 경멸하는군, 사티피?"

"당신이 날 화나게 하잖아."

"자, 아버지가 돌아오시면 틀림없이 말씀드릴게. 약속하지."

사티피가 낮은 목소리로 투덜거렸다.

"알겠어. 하지만 어떻게 말할 거지? 남자답게 할 거야? 아니면 쥐새끼처럼?"


*II*


카이트는 막내 아이 앙크와 놀고 있었다. 앙크는 이제 막 걷기 시작했다. 카이트는 아이 앞에서 무릎을 꿇고 두 팔을 뻗어 아이가 불안하게 비틀거리면서 조심스레 아장아장 앞으로 걸어 엄마 품에 안기기를 기다렸다.

카이트는 그 모습을 소베크에게 보여 주려 했지만, 남편이 관심을 갖기는커녕 잘생긴 이마에 주름만 잡고 앉아 있음을 불현듯 깨달았다.

"어머, 소베크. 당신 안 보고 있었네. 딴 데나 보고 있다니. 아가, 쳐다봐 주지도 않는 못된 아빠라고 말해 주렴."

소베크가 짜증스럽게 말했다.

"생각할 게 있어. 걱정스러운 게 있다고."

카이트는 몸을 뒤로 젖혀 뒤꿈치에 기대고는, 앙크가 손가락으로 꽉 쥔 머리카락을 새까만 눈썹 위로 쓸어 올렸다.

"왜? 뭐가 잘못됐어?"

카이트가 사뭇 진지하게 물었다. 그것은 단순한 반응 이상이었다.

소베크가 분개하며 말했다.

"문제는 내가 신뢰받지 못하고 있다는 거야. 아버지는 노인네라 사고방식이 완전히 구닥다리고, 집안일을 시시콜콜 지시하려 들어. 아무것도 내 판단에 맡기려 하질 않아."

카이트가 고개를 저으며 희미하게 중얼거렸다.

"응, 응. 아버님은 너무 심해."

"형이 좀 더 남자다워서 나를 지원해 주기만 하면 아버지를 정신 차리게 할 수 있을 텐데. 하지만 형은 너무 소심해. 편지에 적힌 아버지의 지시를 하나도 빠뜨리지 않고 따르거든."

카이트는 아이를 향해 구슬을 짤랑거리며 중얼거렸다.

"응, 맞는 말이야."

"아버지가 돌아오시면 이번 목재 건을 내 판단대로 처리했다고 말씀드려야지. 그걸로 기름이 아니라 아마를 산 게 훨씬 나았어."

"난 당신 판단을 믿어."

"아버지처럼 자기 방식만 고집하는 사람도 없을 거야. 나한테 고래고래 소리치시겠지. '내가 기름을 사라고 일렀잖아. 나만 없으면 모든 게 엉망이라니까. 넌 아무것도 모르는 천치야!' 대체 날 몇 살짜리로 아시는 건지. 나는 지금이 전성기고 당신은 이미 지났다는 사실을 못 깨달으셔. 평소와 다른 거래는 뭐든 거부하라는 지시는 우리 사업이 더 이상 번창하지 못한다는 뜻이야. 더 많은 부를 얻으려면 어느 정도 모험이 필요한데 말이야. 나는 사업 수완과 용기가 있어. 아버지는 아무것도 없고."

아이에게 시선을 고정한 채 카이트가 부드럽게 말했다.

"당신은 정말 대담하고 영리해, 소베크."

"하지만 아버지가 꼬투리를 잡고 욕설을 퍼붓는다 해도, 이번에는 진실을 들으셔야 할 거야. 내 손이 자유로워지지 않는다면 차라리 떠나겠어. 멀리 가 버리겠어."

그러자 카이트가 아이에게 손을 뻗은 채 고개를 홱 돌리더니 굳은 표정으로 말했다.

"떠나? 어디로 갈 건데?"

"어디든! 내 능력을 발휘할 여지도 안 주면서, 이기적이고 말 많은 늙은이가 잔소리와 위협만 일삼는 건 못 참아."

"안 돼. 안 돼, 소베크."

카이트가 매섭게 쏘아붙였다.

소베크는 그 목소리에 놀라 새삼 그녀의 존재를 깨닫고 눈이 휘둥그레졌다. 자기 말에 그저 달래듯 동조하는 그녀에게 너무 익숙한 터라, 살아서 생각하는 인간이라는 사실을 종종 망각했기 때문이다.

"무슨 소리야, 카이트?"

"바보짓 하게 내버려 둘 수 없다는 뜻이야. 땅, 농사, 소, 목재, 아마 밭, 모든 재산이 아버님 소유잖아. 전부 다! 아버님이 돌아가시면 우리 차지가 될 거야. 당신과 아주버님과 우리 아이들. 당신이 아버님과 다투고 떠나면, 당신 몫은 아주버님과 도련님이 나눠 갖겠지. 아버님은 이파이 도련님을 너무 사랑해. 이파이 도련님도 그걸 알고 이용하고. 당신은 이파이 도련님 손에 놀아나서는 안 돼. 당신이 아버님과 싸우고 떠나면 도련님만 수지 맞는 거야. 우리 아이들의 미래를 생각해야지."

소베크가 그녀를 빤히 쳐다봤다. 그러고는 짧고 놀란 웃음을 터뜨렸다.

"여자들이란 늘 의외의 모습을 보이는군. 당신한테 그렇게 매서운 구석이 있을 줄이야."

카이트가 진심으로 말했다.

"아버님과 싸우지 마. 제발 말대꾸도 하지 말고. 현명하게 좀 더 멀리 봐."

"어쩌면 당신 말이 옳을지도 모르지. 하지만 이런 상태가 몇 년이나 계속될지 몰라. 아버지는 우릴 동업자로 받아들여야 해."

카이트가 고개를 저었다.

"그럴 리 없어. 아버님은 우리 모두가 당신의 빵으로 연명하고,

모든 것을 당신에게 의지하고, 당신이 없으면 오갈 데 없는 신세라는 말을 입에 달고 사시는걸."

소베크가 호기심 어린 눈길로 그녀를 바라봤다.

"당신은 아버지를 썩 좋아하지 않는군, 카이트."

카이트는 아장아장 걷는 아기 쪽으로 다시 몸을 숙였다.

"이리 온, 아가……. 여기 인형이 있네. 자, 이리 온……, 어서……."

소베크는 고개 숙인 그녀의 검은 머리를 내려다보았다. 그러고는 혼란스런 표정으로 방을 나섰다.

*III*

에사는 사람을 보내 손자 이파이를 불렀다.

불만스런 표정의 잘생긴 소년이 앞에 서자, 그녀는 이제 잘 보이지 않아 침침하지만 여전히 예리한 눈으로 아이를 쏘아보며 높고 사나운 목소리로 꾸짖었다.

"근간에 들리는 말이 다 뭐냐? 네가 이것도 안 하고 저것도 안 한다던데? 야흐모세와 함께 농사를 살피는 건 싫고 소를 돌보고 싶다고? 너 같은 어린애가 맘에 드는 일만 하겠다고 투덜대는 게 말이나 되느냐?"

이파이가 퉁명스럽게 말했다.

"전 애가 아니에요. 이제 다 컸다구요. 그런데 왜 애 취급을 받아야 하죠? 제 뜻은 묻지도 않고 따로 돈을 주지도 않으면서 이래라저래라 항상 야흐모세 형의 명령만 받아야 하고……. 대체 형이 뭔데요?"

"그는 네 형이고, 내 아들 임호테프가 없을 때 이곳 책임자야."

"야흐모세 형은 멍청해요. 느리고 멍청하다고요. 내가 훨씬 똑똑해요. 그리고 소베크 형은 자기가 영리하다고 떠들며 잘난 체하지만 멍청하긴 마찬가지예요! 아버지는 이미 편지로 저한테 하고 싶은 일만 하라고 하셨고……."

"그런 말은 없었어."

에사가 말했다.

"저한테 음식과 음료를 더 주라고 하셨죠. 또 제가 제대로 대접받지 못해 불평한다는 소리가 들리면 몹시 분개하실 거랬어요."

그는 말하는 내내 교활하고 의기양양한 미소를 지었다.

"망나니 같으니라고! 내가 임호테프한테 그리 이르겠다."

에사가 힘주어 말했다.

"아뇨. 할머니는 그러실 리 없어요. 저와 할머니는 이 집안에서 제일 영리하니까요."

이파이는 얼굴에서 미소를 지우고 건방진 태도로 달래는 듯한 표정을 지었다.

"건방진 녀석!"

"아버지는 할머니의 판단을 신뢰해요. 현명하시다는 걸 알죠."

"그럴지도 모르지. 실제로도 그렇지만 네놈한테 그런 말을 들을 필요는 없어."

이파이가 웃었다.

"제 편에 서시는 게 좋을 거예요, 할머니."

"편이라니? 대체 무슨 소리냐?"

"형들이 몹시 불만스러워한다는 거 모르시겠어요? 당연히 아시겠죠. 헤네트가 전부 조잘대니까. 큰 형수는 야흐모세 형만 보면 밤낮 들들 볶아요. 그리고 소베크 형은 바보같이 제멋대로 목재를 거래하고는 아버지가 아시면 노발대발할까 봐 전전긍긍해요. 할머니도 아시겠지만 일이 년 뒤 제가 아버지의 동업자가 되면 아버지는 제가 원하는 건 뭐든 하실 거예요."

"집안의 막내인 너한테?"

"나이가 무슨 상관이에요? 권력자는 아버지 한 사람뿐이에요. 그리고 아버지 다루는 법을 아는 사람은 저뿐이고요!"

"사악한 소리를 잘도 늘어놓는구나."

이파이가 부드럽게 말했다.

"할머니는 바보가 아니에요……. 아버지는 허풍쟁이지만 사실은 나약한 사람이라는 걸 잘 아실……."

그는 에사가 머리를 움직여 자기 어깨 너머를 살피는 것을 눈치채고는 돌연 입을 닫았다. 그가 고개를 돌리자 가까이에 헤네트가 서 있었다.

"그러니까 임호테프가 나약한 사람이다……? 네가 그런 말을 한 걸 아시면 즐거워하지 않으실 텐데."

헤네트가 징징대는 목소리로 부드럽게 말했다.

이파이가 재빨리 어색한 웃음을 터뜨렸다.

"설마 아버지한테 이르진 않겠지, 헤네트? 제발, 헤네트……. 약속해 줘, 친애하는 헤네트……."

헤네트가 미끄러지듯 에사에게 다가갔다. 그녀는 여전히 징징거리는 투로 목소리를 높였다.

"물론이지. 소란 피울 생각은 추호도 없어. 너도 알다시피 난 너희 모두에게 헌신하니까. 내 임무라고 생각지 않는 건 절대 떠들고 다니지 않아."

"할머니한테 농담한 거야. 그게 다라고. 아버지한테도 그렇게 말하겠어. 진심으로 그런 말을 했을 리 없다고 여기실걸."

이파이가 말했다.

그는 헤네트에게 잽싸게 짧은 목례를 하고 방에서 나갔다.

헤네트는 그의 뒷모습을 바라보며 에사에게 말했다.

"멋진 녀석……. 잘 자랐어. 게다가 어쩜 그리 용감하게 말할까!"

에사가 매섭게 말했다.

"위험한 놈이야. 저 녀석 무슨 꿍꿍이속인지 맘에 안 들어. 내 아들은 저놈한테 너무 오냐오냐해."

"누군들 안 그러겠어요? 저렇게 잘생기고 매력적인 아이한테."

"거죽보다는 마음이야."

에사가 말했다.

그녀는 잠시 말이 없다가 이윽고 천천히 입을 열었다.

"헤네트……, 난 걱정스러워."

"걱정? 뭐가 걱정스러우신데요? 어쨌거나 곧 주인님이 오시면 모든 게 잘될 텐데."

"그럴까? 글쎄다……."

그녀는 다시금 말이 없다가 이내 입을 열었다.

"내 손자 야흐모세가 집에 있나?"

"몇 분 전에 현관 쪽으로 가는 걸 봤어요."

"가서 내가 얘기 좀 하잔다고 전하게."

헤네트가 자리를 떴다. 그녀는 화려한 색깔의 기둥이 늘어선 서늘한 현관에서 야흐모세를 발견하고 에사의 말을 전했다.

야흐모세가 곧장 부름에 응했다.

에사가 무뚝뚝하게 말했다.

"야흐모세, 임호테프가 곧 도착할 게다."

야흐모세의 점잖은 얼굴이 환해졌다.

"네, 정말 다행이에요."

"그가 원하는 대로 모든 게 처리됐느냐? 사업은 성공적이었고?"

"제가 아는 한 아버지의 지시를 훌륭히 수행했습니다."

"이파이 문제는?"

야흐모세가 한숨을 내쉬었다.

"아버지는 그 녀석에게 너무 관대해요. 그건 그놈한테도 좋지 않은데 말이에요."

"네가 임호테프에게 그 점을 확실히 일깨워 주어야 한다."

야흐모세가 미심쩍은 표정을 지었다.

에사가 단호히 말했다.

"내가 뒤를 받쳐 주마."

야흐모세가 한숨을 쉬며 말을 꺼냈다.

"이따금…… 세상에는 골칫거리밖에 없는 것 같아요. 하지만 아버지가 오시면 모든 일이 잘되겠죠. 직접 결정하실 수 있으니까요. 아버지가 안 계실 때 당신 뜻대로 행동하기가 쉽지 않아요. 특히나 권한도 없이 그저 대리인 노릇만 할 때는요."

에사가 천천히 말했다.

"너는 효자야. 아비의 말을 잘 듣고 애정이 많지. 게다가 좋은 남편 노릇도 하면서……. 옛 금언을 잘 따르고 있어. 남자는 아내를 사랑해야 하고, 가정을 일궈야 하며, 배를 채워 주고 옷을 입혀 주고, 값비싼 고약을 구해다 주고, 살아 있는 동안 아내를 즐겁게 해야 된다는 옛말을 말이다. 하지만 더 중요한 격언이 있단다. '아내에게 주인 자리를 뺏기지 말라.' 야흐모세, 내가 너라면 이 격언을 마음에 새겨 두겠다……."

야흐모세가 그녀를 바라보며 얼굴을 몹시 붉히고는 방을 나섰다.

### 홍수기 셋째 달 14일

*I*

사방이 온통 환영 준비로 소란스러웠다. 부엌에서 수백 개의 빵을 구워 냈고, 지금은 오리를 익히고 있었다. 리크(지중해 연안에서 오래전부터 식용으로 재배된 채소 — 옮긴이)와 마늘, 그리고 각종 양념 냄새가 코를 찔렀다. 여인네들이 고래고래 소리를 지르며 명령을 내리면 남자 하인들이 이리저리 뛰어다녔다.

곳곳에서 웅성거리는 소리가 들렸다.

"주인님……. 주인님이 오신대……."

레니센브는 가슴속에서 샘솟는 들뜬 행복감을 느끼며 양귀비와 연꽃 화환 만드는 일을 도왔다. 아버지가 집에 오신다. 지난 몇 주 동안 그녀는 어느새 옛 생활의 울타리 안으로 미끄러져 들어왔다.

호리의 말 때문에 생긴 거라고 믿었던 낯설고 어색한 첫 느낌은 이미 사라졌다. 그녀는 전과 다름없는 레니센브였다. 야흐모세, 사티피, 소베크, 카이트도 모두 변함없었다.

과거에도 그랬듯이 임호테프의 귀환을 위한 환영 준비로 와자지껄 온통 소란스러웠다. 해 지기 전에 그가 도착할 거라는 소식이 들렸다. 하인 하나가 주인님의 도착을 알리라는 명을 받고 강둑 위에 대기하고 있었다. 갑자기 그의 목소리가 크고 명징하게 울려 퍼지면서 약속된 신호를 보내 왔다.

레니센브는 꽃을 내려놓고 다른 사람들과 함께 뛰쳐나갔다. 다들 강둑 근처 나루터 쪽으로 서둘러 몰려 갔다. 야흐모세와 소베크는 마을 사람, 어부, 농부 무리와 함께 이미 거기 있었고, 모두들 손가락으로 가리키며 열렬히 환호했다.

그랬다. 바지선 한 척이 북풍에 밀려 거대한 가로돛을 부풀리며 강을 따라 빠르게 올라오고 있었다. 그 뒤에는 남자와 여자 들로 북적거리는 부속선이 바짝 따라붙었다. 잠시 후 레니센브는 아버지가 연꽃 한 송이를 든 채 노래꾼인 듯한 사람과 함께 앉아 있는 모습을 확인했다.

강둑의 환호성이 한층 고조되자, 임호테프가 반갑게 손을 흔들었고, 선원들이 마룻줄(돛을 올리거나 내릴 때 쓰는 밧줄 — 옮긴이)을 끌어당기기 시작했다. "어서 오세요, 주인님." 하고 외치는 함성과 함께 신을 기리는 소리, 안전한 귀환에 대한 감사가 연이어 터져 나왔다. 몇 분 뒤 임호테프가 뭍으로 올라와 가족에게 인사하고는 요란하고 의례적인 환영 인사에 화답했다.

"주인님의 뱃길을 보살핀 네이트(사냥과 전쟁의 여신 — 옮긴이)의 아들 소베크(풍요를 상징하는 악어 신 — 옮긴이)를 찬미하라!"

"주인님을 우리에게 인도한, 멤피스(고대 이집트 고왕국 시대의 수도 — 옮긴이)의 대신(大神) 프타를 찬미하라!"

"두 세계를 비추는 레(태양신 '라'의 별칭 — 옮긴이) 신께 감사를!"

레니센브는 열광적인 분위기에 도취되어 앞으로 밀치고 나아갔다. 임호테프가 거만한 태도로 일어서는 순간 레니센브는 불현듯 생각했다.

'체구가 작아지셨어. 훨씬 더 크신 줄 알았는데…….'

적이 실망스런 느낌이 스쳐 지나갔다.

아버지가 쪼그라들었나? 아니면 내 기억이 틀린 건가? 그녀가 알고 있던 그는 화려하면서도 폭군 같은 존재였다. 늘 까다롭게 주위 사람 모두를 훈계하면서, 이따금 그녀를 말없이 속으로 웃게 만들지만 얕볼 수 없는 존재였다. 하지만 지금 그녀의 눈앞에서 작고 억센 늙은이가 한껏 거만을 떨고는 있지만, 어쩐지 위엄이 느껴지는 풍모는 아니었다.

레니센브는 생각했다.

'나한테 무슨 문제가 있는 걸까? 어쩌다 이런 불손한 생각이 머릿속에 떠오른 거지?'

임호테프는 낭랑하게 의례적인 답례를 마치고, 한 명 한 명과 인사를 나누었다. 그는 아들들을 포옹했다.

"아, 착한 내 아들 야흐모세. 환히 웃는 걸 보니 내가 없는 동안 열심히 일했구나. 틀림없어⋯⋯. 그리고 잘생긴 내 아들 소베크, 여전히 유쾌하구나. 그리고 여기 우리 이파이⋯⋯. 내 사랑 이파이. 어디 좀 보자. 멀찍이 서 보거라. 그렇지. 몸집이 더 커져서 훨씬 사내다워. 너를 다시 안으니 기쁘기 한량없구나! 그리고 레니센브⋯⋯. 사랑스런 내 딸. 다시 집으로 돌아왔구나. 사티피, 카이트, 역시나 사랑스런 내 며느리들⋯⋯. 그리고 헤네트, 내 믿음직한 헤네트⋯⋯."

헤네트는 무릎을 꿇은 채 그의 무릎을 부둥켜안고는 짐짓 기쁨의 눈물을 닦아 냈다.

"다시 보니 좋군, 헤네트. 잘 지냈나? 행복한가? 여전히 헌신적이군. 내 마음이 흐뭇해. 그리고 셈과 글에 능통한, 나의 훌륭한 호리! 사업은 모두 번창했느냐? 그랬으리라 믿는다."

인사가 끝나고 주변에서 웅성거리는 소리가 잦아들자, 임호테프가 손을 들어 좌중을 침묵시키고는 크고 또렷하게 말했다.

"내 아들과 딸들, 그리고 벗들이여, 들려줄 소식이 있다. 다들 알다시피 수년 동안 나는 한편으로 외로운 사내였다. 야흐모세와 소베크, 너희 모친인 내 아내와, 이파이, 네 모친인 내 누이는 둘 다 오시리스에게 갔다. 사티피와 카이트, 앞으로 너희 둘과 함께 살 새 여인을 데려왔다. 보라, 여기 나의 새 아내 노프레트가 있으니, 나를 위해 이 여인을 사랑하라. 그녀는 북부 멤피스에서 나를 따라왔고, 내가 다시 떠나면 여기서 너희들과 함께 지낼 것이다."

연설하는 동안, 그가 한 여자의 손을 잡고 앞으로 이끌었다. 그녀는 그의 옆에 서서 턱을 치켜든 채 실눈을 떴다. 젊고, 거만하고, 아름다웠다.

레니센브는 충격에 젖어 생각했다.

'너무 어려. 어쩌면 내 또래일지도 몰라.'

노프레트는 아주 조용히 서 있었다. 그녀의 입술에 희미한 미소가 서렸다. 환심을 사려 애쓰기보다는 조소하는 기색이 역력했다.

그녀는 눈썹이 아주 검고 곧았으며, 피부는 짙은 구릿빛이었고, 속눈썹이 어찌나 길고 두꺼운지 눈동자가 안 보일 정도였다.

아연실색한 가족들은 벙어리처럼 말을 잊은 채 빤히 쳐다보기만 했다. 어렴풋이 노여움 서린 목소리로 임호테프가 말했다.

"자, 얘들아. 노프레트를 환영해야지. 설마 아비가 집에 데려온 새 아내한테 인사하는 법을 모르는 건 아니겠지?"

주저하고 망설이는 인사가 이어졌다.

임호테프는 불쾌감을 감추고 짐짓 만족스러운 척하며 유쾌하게 소리쳤다.

"훨씬 낫군! 노프레트, 사티피와 카이트와 레니센브가 여인들의 거처로 안내해 줄 거요. 짐은 어디 있지? 짐을 배에서 가져왔나?"

위가 둥근 여행용 트렁크가 바지선에서 운반되고 있었다. 임호테프가 노프레트에게 말했다.

"당신 보석과 옷가지는 여기 있으면 안전하오. 가서 정리하는 걸 살펴보구려."

여자들이 다같이 사라지자, 그는 아들들에게로 돌아섰다.

"그래, 농장 관리는 어떠했느냐? 모두 이상 없겠지?"

"나크트에게 세 준 아래쪽 밭은……."

야흐모세가 이야기를 시작했지만 임호테프가 말을 잘랐다.

"지금 자세한 이야기는 할 필요 없다, 착한 야흐모세. 나중에 해도 돼. 오늘 밤은 즐기자꾸나. 내일 호리와 함께 사업에 대해 논의하자. 이리 오너라, 내 아들 이파이. 집까지 걸어가자. 어느새 훌쩍 컸구나. 네 머리통이 나보다 위에 있다니……."

소베크가 오만상을 찌푸리고 아버지와 이파이의 뒤를 따르며 야흐모세의 귀에 대고 중얼거렸다.

"보석과 옷가지. 형도 들었지? 북쪽 영지에서 거둔 수익이 그리간 거야. 우리 수익이."

"쉿. 아버지가 듣겠어."

야흐모세가 속삭였다.

"그럼 어때? 난 형과 달리 아버지 겁 안 나."

집에 들어서자, 헤네트가 임호테프의 방으로 찾아와 목욕 준비를 했다. 그녀는 만면에 미소를 띠었다.

임호테프는 가식적인 만족스러움을 조금 거두고 말했다.

"이보게, 헤네트. 자네 생각에 내 선택이 어떤가?"

그대로 밀어붙이기로 마음을 굳히긴 했지만, 그는 노프레트의 등장으로 폭풍이 몰아치리란 사실을 잘 알고 있었다. 적어도 여자들 거처에는. 하지만 헤네트는 달랐다. 둘도 없이 헌신적인 그녀는 그를 실망시키지 않았다.

"아름다운 여인이에요. 정말 아름다워요! 눈부신 머리칼, 늘씬한 팔다리. 임호테프 님께 딱 어울려요. 더 이상 무슨 말이 필요하겠어요? 돌아가신 마님도 주인님이 삶의 낙을 줄 동반자를 선택하신 일에 기뻐하실 거예요."

"그렇게 생각하나, 헤네트?"

"물론이에요, 임호테프 님. 그토록 오랫동안 마님의 죽음을 애통해하셨으니, 다시금 인생을 즐기실 때가 됐죠."

"자넨 그녀를 잘 알았지······. 나 역시 이제 남자답게 살 때가 됐다고 느꼈어. 으흠······. 내 딸과 며느리들······, 아무래도 이번 일을 못마땅히 여기겠지?"

"그러지 않는 게 좋을 텐데······. 어쨌거나 다들 이 집에서 주인님께 의지하며 살잖아요?"

헤네트가 말했다.

"맞아. 그렇지."

임호테프가 말했다.

"주인님이 주시는 돈으로 입고 먹으니까요. 그들이 넉넉하게 사는 건 전부 주인님의 노고 덕분이죠."

임호테프가 한숨을 내쉬었다.

"물론이지. 난 그들을 위해 쉼 없이 일해. 가끔은 내 덕에 산다는 걸 아는지 의심스러워."

헤네트가 고개를 주억거리며 말했다.

"주인님께서 그 점을 상기시켜야 해요. 겸손하고 헌신적인 저 헤네트는 주인님의 은덕을 절대 잊지 않아요. 하지만 그 아이들은 종종 생각 없고 이기적이라, 자신들이 중요한 존재인 줄 알고 주인님이 내린 지시만 따라야 한다는 사실을 깨닫지 못해요."

임호테프가 말했다.

"두말하면 잔소리지. 늘 말하지만 자넨 똑똑한 여자야, 헤네트."

헤네트가 한숨을 쉬었다.

"다들 그렇게 생각하면 좋을 텐데……."

"무슨 소린가? 누가 자네한테 건방지게 굴던가?"

"아뇨, 아뇨. 그런 뜻이 아니에요……. 사람들이 보기엔 제가 쉬지 않고 일하는 게 당연한가 봐요. 물론 기쁘게 일하지만. 하지만 애정과 고맙다는 말 한마디, 그거면 모든 게 달라질 거예요."

임호테프가 말했다.

"그건 늘 나한테서 받지 않는가. 그리고 여긴 언제나 자네 집이란 걸 잊지 말게."

"정말 친절하세요, 주인님."

그녀가 잠시 말을 멈췄다가 덧붙였다.

"노예들이 욕실에 더운물을 준비해 두었어요. 그리고 목욕 후 옷을 갈아입으신 다음에, 주인님 어머니께서 뵙자고 하세요."

"아, 어머니? 그래……. 물론 그래야지……."

임호테프가 조금 당황스런 표정을 지었다. 그는 당혹감을 감추려고 재빨리 말했다.

"당연히 그래야지. 그럴 참이었어……. 어머니께 내가 곧 간다고 전해 주구려."


II

주름진 최고급 리넨 가운을 입은 에사는 빈정거리듯 아들을 빤히 쳐다보았다.

"환영한다, 임호테프. 결국 돌아왔구나. 그리고 듣자하니 혼자가 아니라던데……."

임호테프가 얼굴을 살짝 찡그리며 조금 부끄러운 표정으로 대답했다.

"아, 소식 들으셨군요?"

"당연하지. 집안 전체가 그 소식으로 어수선하니까. 아름답고 아주 젊은 여자라더구나."

"나이는 열아홉이고, 뭐…… 못생긴 편은 아닙니다."

에사가 웃었다. 늙은 여인의 짓궂은 웃음. 그녀가 말했다.

"아하. 늙은 바보만 한 바보도 없지."

"친애하는 어머니. 무슨 말씀이신지 도무지 모르겠습니다."

에사가 침착하게 말했다.

"넌 늘 바보였어, 임호테프."

임호테프가 얼굴을 찡그리며 화난 표정을 지었다. 그는 평소 자신의 중요성을 믿고 있었지만, 어머니는 늘 그 자존심의 갑옷을 뚫어 버리곤 했다. 어머니 앞에만 서면 졸아드는 기분이었다. 거의 보이지 않는 눈으로 희미하게 내뿜는 조롱 어린 눈길 때문에 늘 당황하곤 했다. 에사가 그의 능력을 절대 과대평가하는 법이 없다는 사실은 아무도 부인하지 못했다. 그리고 비록 그가 스스로의 평가를 믿고 어머니의 유별난 성격은 중요하지 않다는 걸 잘 알고 있지만, 그녀의 태도는 언제나 그의 행복한 자부심을 망쳐 놓았다.

"남자가 새 아내를 집에 데려오는 게 그렇게 이상한 일입니까?"

"전혀 이상하지 않아. 남자들은 대개 바보니까."

"왜 바보라는 건지 도통 모르겠군요."

"그 여자의 존재가 집안에 화목을 불러올 거라고 생각하느냐? 사티피와 카이트가 노기등등해서 제 남편들을 몰아세울 게다."

"이 일이 며느리들과 무슨 상관이죠? 대체 무슨 권리로 거부한다는 겁니까?"

"전혀 없지."

임호테프는 화난 듯 이리저리 서성거리기 시작했다.

"내 집에서 내 맘대로 할 수도 없습니까? 제가 아들과 며느리들을 건사하지 않습니까? 그들이 먹는 빵이 다 제 덕 아닌가요? 제가 늘 그렇게 말하지 않던가요?"

"너는 그 말을 너무 좋아해, 임호테프."

"사실이니까요. 모두들 저한테 의지하죠. 전부 다!"

"그래서 이게 잘하는 짓이라는 게냐?"

"사내가 가족을 부양하는 게 잘하는 짓이 아니란 말씀인가요?"

에사가 한숨을 내쉬었다.

"그 애들이 널 위해 일한다는 걸 기억하거라."

"저더러 그 아이들이 나태해지도록 방치하란 말씀입니까? 걔들도 마땅히 일을 해야 합니다."

"다 자란 성인 아니냐. 적어도 야흐모세와 소베크는 그래. 자랄 만큼 자랐어."

"소베크는 판단력이 모자랍니다. 제대로 하는 일이 없어요. 게다가 번번이 건방을 떠는 건 참을 수가 없습니다. 야흐모세는 착하고 고분고분한 애지만……."

"애는 한참 전에 지났대도!"

"이따금 두세 번씩 일러 주지 않으면 이해를 못 해요. 저는 모든 걸 생각해야 하고, 모든 장소에 있어야 합니다! 집을 떠나 먼 곳에 있을 때면, 전 항상 필경사를 시켜 아들놈들이 수행할 수 있도록 모든 지시를 내립니다……. 전 쉬지도 못하고, 잠도 제대로 못 잔다구요! 그리고 이제 집에 돌아와 조금 평온을 얻나 싶더니 새로운 골칫거리로군요! 어머니조차 제가 뭇 사내들처럼 새 아내를 들일 권리를 부정하시면서 화를 내시고……."

에사가 끼어들었다.

"화난 게 아니다. 즐기는 중이다. 집안에 곧 재밌는 볼거리가 생길 게야. 하지만 그래도 한 가지는 일러두건대, 네가 다시 북쪽에 갈 때는 그 여자를 데려가는 게 좋을 게다."

"그녀가 있을 곳은 여기, 제 집입니다! 그리고 감히 그녀를 홀대하는 자에게는 저주가 내릴 겁니다."

"이건 홀대 문제가 아니다. 하지만 잊지 말거라. 마른 장작은 쉽게 불붙는 법. 이런 말이 있지. '여자들이 모이면 필시 말썽이 생긴다······.'"

에사가 잠시 멈췄다가 천천히 입을 열었다.

"노프레트는 아름다운 여인이다. 하지만 이 말을 명심하거라. '사내는 계집의 눈부신 팔다리에 눈이 멀지만, 보라, 잠시 후면 변색된 홍옥수(紅玉髓)가 되노니······.'"

금언을 인용하는 그녀의 목소리가 낮아졌다.

"조금씩, 조금씩, 꿈처럼, 그리고 마지막에는 죽음이 찾아오도다······.'"

## 홍수기 셋째 달 15일

*I*

임호테프는 기분 나쁜 침묵 속에서 소베크가 목재 거래에 대해 설명하는 것을 들었다. 그의 얼굴은 몹시 붉게 변해 있었고, 관자놀이가 조금씩 움찔거렸다.

태연자약하던 소베크의 태도가 조금 약해졌다. 그는 뻔뻔하게 대처하기로 마음먹었지만, 점점 일그러지는 아버지의 얼굴 앞에서 우물우물 머뭇거리기 시작했다.

마침내 임호테프가 조급하게 말을 잘랐다.

"알았어, 알았어, 알았어. 아비보다 더 잘 안다고 생각한 게로구나. 넌 내 지시를 어겼어. 늘 똑같아. 내가 여기서 모든 걸 살피지 않으면……."

그가 탄식했다.

"내가 죽으면 네놈들이 어찌 될지 상상이 안 간다!"

소베크가 집요하게 말을 이었다.

"더 큰 수익을 낼 가능성이 있었어요. 그래서 모험을 감행했고요. 늘 시시하고 조심스런 사업만 할 수는 없잖아요!"

"너한테는 조심성이라곤 없어, 소베크! 경솔하고 지나치게 대담해. 그리고 늘 잘못 판단하지."

"제 판단을 시험할 기회라도 있었나요?"

임호테프가 냉정하게 말했다.

"이번에 시험했지 않느냐. 내 각별한 지시를 어기고……."

"지시라니요? 제가 항상 지시를 받아야만 하나요? 저도 이제 성인이에요."

임호테프가 자제심을 잃고 소리쳤다.

"누가 널 먹여 주고 입혀 주지? 누가 미래를 생각하지? 누가 너의 풍요로운 삶, 아니 너희 모두의 풍요로운 삶을 끊임없이 염려하지? 강이 말라 기아에 허덕일 때, 내가 음식을 마련해 남쪽의 너희에게 보내 주지 않았느냐? 너희한테 그런 아버지가 있다는 건 행운이다. 모든 걸 생각하는 아버지 말이다! 그리고 그 보답으로 내가 뭘 요구하더냐? 그저 열심히 일하고, 최선을 다하고, 내가 보낸 지시에 순종하고……."

소베크도 소리쳤다.

"네! 아버지를 위해 노예처럼 일해야죠. 그래야 아버지 새 마누라한테 줄 금은보석을 살 수 있으니까요!"

임호테프가 분노로 이글거리며 그에게로 다가갔다.

"버릇없는 놈! 아비한테 그 따위로 지껄이다니. 입 조심 안 하면 여기가 더 이상 네 집이 아니라고 말할 테다. 그러면 어디든 갈 수 있겠지!"

"아버지도 조심하시지 않으면 전 떠날 거예요! 분명히 말씀드리지만, 시시한 조심성 때문에 손발이 묶이거나 구속받지 않고 제 뜻대로 행동할 수 있다면 제게도 부를 일굴 수 있는 좋은 생각이 있단 말이에요."

"말 다 했느냐?"

임호테프의 어조가 불길했다. 소베크는 조금 기가 꺾여 화난 목소리로 툴툴거렸다.

"네, 네. 더 할 말 없어요, 이제⋯⋯."

"그럼 가서 소나 돌보거라. 게으름 피울 때가 아냐."

소베크는 몸을 돌려 씩씩거리며 성큼성큼 걸어갔다. 노프레트는 멀지 않은 곳에 서 있다가 그가 지나가자 곁눈질로 바라보며 웃었다. 그녀가 웃자 소베크의 얼굴에 피가 솟구쳤다. 그는 노기 어린 태도로 그녀를 향해 반 발짝 디뎠다. 그녀는 아주 조용히 서서 조롱하듯 실눈으로 그를 바라보았다.

소베크는 뭔가 중얼거리면서 가려던 방향으로 발걸음을 돌렸다. 노프레트가 다시 웃었다. 그녀는 임호테프가 야흐모세에게 관심을 돌리고 있는 곳으로 천천히 걸어갔다.

"소베크가 그런 바보짓을 하도록 내버려 두다니. 뭐에 홀리기라도 한 거냐? 네가 막았어야지! 저 녀석한테는 사업 수완이 없다는 걸 잊은 게냐? 저놈은 모든 일이 제 생각대로 될 거라 믿고 있어."

그가 짜증스럽게 다그치자 야흐모세가 사과하듯 말했다.

"아버지는 제 어려움을 모르십니다. 저더러 목재 거래를 소베크에게 맡기라고 하셨잖아요. 그러니 녀석이 판단하도록 내버려 둘 수밖에요."

"판단? 판단? 그놈은 판단력이 없어! 내가 지시한 대로만 하면 돼. 그리고 네가 할 일은 그놈이 내 지시를 정확히 따르는지 살피는 게다."

야흐모세가 얼굴을 붉혔다.

"제가요? 저한테 무슨 권한이 있죠?"

"무슨 권한? 내가 너한테 권한을 주지 않았느냐."

"하지만 지위를 주시진 않았어요. 제가 합법적으로 아버지와 동업자가 된다면······."

그는 노프레트가 다가오자 말을 멈췄다. 그녀는 하품을 하고는 머리에 단 진홍빛 양귀비를 배배 꼬며 말했다.

"호숫가 작은 정자에 가지 않으실래요, 임호테프? 거기는 서늘하고, 당신을 위한 과일과 맥주가 기다리고 있어요. 이제 지시는 다 내리셨을 테니까."

"좀 이따, 노프레트. 좀 이따가."

노프레트가 부드럽고 깊은 목소리로 말했다.

"지금 가요. 전 당신이 지금 가면 좋겠는데……."

임호테프는 기쁜 나머지 조금 흔들리는 듯했다. 야호모세는 아버지가 입을 열기 전에 재빨리 말했다.

"우선 제 말부터 들어 주세요. 중요한 사안이에요. 제가 아버지께 부탁드리고 싶은 건……."

노프레트는 야호모세에게 등을 돌리고 곧바로 임호테프에게 말했다.

"당신 집에서 당신 맘대로 못 하나요?"

임호테프가 야호모세에게 매섭게 말했다.

"다음에 하자꾸나, 아들아. 다음에."

그가 노프레트와 함께 나가자, 야호모세는 현관에 서서 두 사람 뒤꽁무니만 바라보았다.

사티피가 집에서 나와 그를 마주했다. 그녀가 초조하게 다그쳤다.

"그래, 말씀드렸어? 뭐라셔?"

야호모세가 한숨을 쉬었다.

"너무 조급해하지 마, 사티피. 시기가…… 안 좋았어."

사티피가 노기 어린 탄식을 내뱉었다.

"역시나, 내 그럴 줄 알았어! 늘 그 소리만 늘어놓지. 진실을 말해 줄까? 당신은 아버님을 무서워해. 당신은 양처럼 순해 빠졌어. 아버님한테 절절매지. 남자답게 맞설 줄을 몰라! 나한테 약속한 거 잊었어? 정말이지, 우리 둘 중 내가 더 남자다워! 당신은 이렇게 말하면서 약속했잖아. '아버지한테 요청하리다. 돌아오시는 날, 당장.' 하지만 결국······."

사티피가 가쁜 숨을 몰아쉬느라 잠시 말을 멈추자 야호모세가 부드럽게 말했다.

"아니야, 사티피. 말을 꺼내긴 했는데······, 중간에 끼어들었어."

"끼어들어? 누가?"

"노프레트."

"노프레트! 망할 년! 당신 아버님은 맏아들과 사업을 논의할 때 그 첩년이 끼어들지 못하게 하셔야 해. 여자가 바깥일에 간섭해선 안 된다고."

야호모세는 사티피 자신도 그토록 유창하게 읊어대는 금언에 따라 살았으면 싶었지만, 말을 꺼낼 기회가 없었다. 그녀는 계속 떠들어 댔다.

"당신 아버님은 그 점을 그 자리에서 확실히 일렀어야 한다고."

야호모세가 무덤덤하게 말했다.

"아버지는······ 불만스런 기색이 전혀 없었어."

사티피가 단언했다.

"부끄러운 노릇이야. 아버님은 그 여자한테 완전히 홀렸어. 멋대로 떠들고 행동하게 내버려 두잖아."

야호모세가 골똘한 표정으로 말했다.

"그녀가 너무 아름다워서······."

사티피가 콧방귀를 뀌었다.

"물론 한 인물 하기야 하지. 하지만 태도가 글러 먹었다구! 가정

교육을 못 받았어! 자기가 우리한테 얼마나 무례하게 구는지 신경도 안 써."

"당신은 그녀한테 무례하지 않고?"

"난 정중해. 카이트와 난 최대한 예의를 갖춰 그 여자를 대해. 그 여자가 아버님한테 달려가 불평해 봤자 원하는 건 아무것도 못 얻을걸. 카이트와 나, 우린 때만 기다리면 돼."

야호모세가 매섭게 올려다보았다.

"무슨 소리야? 때를 기다린다니?"

사티피는 의미심장하게 웃으며 계속 이야기했다.

"여자들만 아는 소리야. 당신은 이해 못해. 우린 나름의 방식이 있어. 우리만의 무기! 노프레트는 무례한 언행을 삼가는 게 좋을 거야. 결국 여자의 삶은 어떻게 될까? 집 뒤편에서 세월을 보내겠지. 다른 여자들 속에서."

사티피의 말투에는 특별한 의미가 들어 있었다. 그녀가 덧붙였다.

"아버님이 늘 여기 계시진 않잖아. 다시 북쪽 영지로 가시겠지. 그때가 되면……. 두고 봐."

"사티피……."

사티피가 웃었다. 귀에 거슬릴 만큼 새된 웃음이었다. 그리고 다시 집 안으로 들어갔다.

*II*

호숫가에서 아이들이 뛰놀고 있었다.

야흐모세의 두 아들은 예쁘고 잘생긴 꼬마들이었고, 아버지보다는 사티피를 더 닮았다.

그곳에는 소베크의 세 아이도 있었다. 막내는 이제 막 아장거리기 시작했다. 그리고 진지한 표정의 예쁜 네 살배기 테티도 있었다.

아이들은 웃고 소리치면서 공을 던졌다. 이따금 말다툼이 벌어지면 화난 아이들의 고함 소리가 높고 날카롭게 울려 퍼졌다.

임호테프는 노프레트를 곁에 두고 앉아 맥주를 홀짝이며 중얼거렸다.

"아이들은 물가에서 노는 걸 참 좋아해. 늘 그랬던 것 같아. 하지만 하토르(고대 이집트 종교에 등장하는 창공의 여신 ─ 옮긴이)에게 맹세코, 정말 시끄럽군!"

노프레트가 재빨리 말했다.

"맞아요. 평화로울 수 있는데……. 당신이 여기 계실 동안에는 아이들을 다른 곳으로 보내지 그러세요? 집안의 주인이 휴식을 원할 때는 당연히 그에 걸맞은 존경심을 표해야 해요. 안 그런가요?"

"난……, 글쎄……."

임호테프가 머뭇거렸다. 난생처음 해 보는 생각이지만 마음에 들었다.

"아이들이 그렇게 거슬리지는 않아."

그가 미심쩍게 말을 맺었다. 그리고 조금은 맥없이 덧붙였다.
"아이들은 항상 여기서 맘껏 놀았으니까."
노프레트가 재빨리 말했다.
"당신이 없을 때야 그렇죠. 하지만 임호테프, 당신이 가족에게 쏟는 온갖 노고를 생각한다면 저들은 당신의 위엄에 좀 더 경의를 표해야 해요. 당신이 얼마나 중요한 사람인지 깨달아야 해요. 당신은 너무 점잖아요. 그리고 너무 태평해요."
임호테프가 만족스레 한숨을 쉬었다.
"늘 그게 내 실수였어. 격식을 갖추도록 다그치는 법이 없거든."
"그러니까 저 여자들, 당신 며느리들이 그 친절을 이용하는 거예요. 당신이 집에 돌아와 쉴 때는 고요하고 평온해야 한다는 걸 알아야 해요. 자, 제가 가서 카이트더러 그 집 아이들과 다른 아이들을 모두 데려가라고 이르죠. 그러면 당신은 여기서 평온과 안식을 누릴 거예요."
"당신은 사려 깊은 여자로군, 노프레트. 훌륭한 여자야. 늘 내 안위만 생각하지."
노프레트가 중얼거렸다.
"당신의 기쁨이 곧 제 기쁨인걸요."
그녀가 자리에서 일어나 카이트가 있는 곳으로 갔다. 카이트는 물가에서 무릎을 꿇고 개구쟁이처럼 생긴 둘째 아들과 함께 모형 배를 띄우는 중이었다.
노프레트가 퉁명스럽게 말했다.

"아이들 좀 멀리 데려가겠어, 카이트?"

카이트는 이해하지 못한 듯 빤히 올려다보았다.

"멀리라뇨? 무슨 소리죠? 아이들은 늘 여기서 놀아요."

"오늘은 안 돼. 임호테프께서 평온을 원하니까. 당신 아이들은 너무 시끄러워."

카이트의 음침한 얼굴이 이글이글 달아올랐다.

"말조심해요, 노프레트! 임호테프는 아이들이 여기서 노는 걸 보고 싶어 해요. 전에 그렇게 말씀하셨어요."

노프레트가 말했다.

"오늘은 아냐. 당신한테 시끄러운 것들을 모조리 집 안으로 데려가라고 이르셨어. 그래야 평온하게 앉아서 쉴 수 있다고. 나와 함께 말이야."

"당신과 함께……."

카이트는 하려던 말을 돌연 멈췄다. 그리고 자리에서 일어나 임호테프가 반쯤 누워 있는 곳으로 걸어갔다. 노프레트가 그녀의 뒤를 따랐다.

카이트가 단도직입적으로 말했다.

"아버님 첩이 말하길, 저더러 아이들을 여기서 멀찍감치 데려가라셨다고요? 아이들이 무슨 잘못이라도 했나요? 대체 무슨 이유로 아이들을 쫓아내는 거죠?"

노프레트가 부드럽게 말했다.

"제 생각엔, 이 집안 주인님의 소원이 그러하다면 그걸로 충분하지 싶어요."

임호테프가 짜증스레 말했다.

"물론이지, 물론이고말고. 내가 왜 이유를 대야 하지? 여기가 누구 집이냐?"

카이트가 고개를 돌려 노프레트를 위아래로 훑어보았다.

"제가 보기엔, 아이들을 쫓아내고 싶은 건 저분이에요."

임호테프가 말했다.

"노프레트는 내 안락을 생각하는 거야. 나의 즐거움……. 이 집에서 그걸 생각하는 사람은 그녀뿐이야. 어쩌면 가련한 헤네트도 예외겠지."

"그럼 아이들이 더 이상 여기서 놀면 안 되나요?"

"내가 여기 와서 쉴 때는."

카이트의 분노가 한층 타올랐다.

"어째서 저 여인이 아버님과 아버님 혈육을 이간질하게 내버려 두시는 거죠? 어째서 저 여인이 이 집에 와서 여기 생활 방식을 간섭하는 거죠? 지금껏 늘 해 오던 방식을."

임호테프가 갑자기 소리쳤다. 기강을 세울 필요를 느낀 것이다.

"여기 생활 방식을 결정하는 건 나다, 카이트. 네가 아니야! 너희 모두 한 패가 되어 멋대로 구는구나. 모든 걸 너희 입맛에 맞추려고 해. 그리고 집안의 주인인 내가 돌아와도 내 요구를 제대로 따르지 않아. 하지만 이곳의 주인인 내가 한마디 하겠다! 난 너희들의 풍요로운 생활을 위해 끊임없이 계획하고 일에 매달리지. 하지만 너흰 그런 내게 감사하느냐? 내 요구를 존중하느냐? 아니. 우선 소베크 놈은 건방지고 무례해. 그리고 카이트 너는 나한테 대들기까지 해! 대체 내가 뭐 하러 너희를 먹여살리지? 조심하거라. 안 그랬다간 더 이상 돌봐 주지 않을 테니까. 소베크가 떠나겠다는 소릴 하던데, 원한다면 보내 주지. 그리고 너와 네 아이들도 더불어."

카이트는 잠시 동안 완전히 넋을 놓고 서 있었다. 그녀의 음침하고 멍한 얼굴에는 어떤 표정도 없었다. 이윽고 모든 감정이 소멸된 목소리로 그녀가 말했다.

"아이들을 집 안으로 데려가겠어요……."

그녀는 한두 발짝 움직이다가 노프레트 곁에 멈춰 서서 낮은 목소리로 말했다.

"노프레트. 이건 당신 짓이야. 잊지 않겠어. 아니, 절대 잊지 않아……."

### 홍수기 넷째 달 5일

*I*

임호테프는 묘지기로서 제례 임무를 마치고 만족스런 한숨을 내쉬었다. 의식은 아주 세심하게 치러졌다. 임호테프는 어느 모로 보나 지극히 성실한 사람이었다. 그는 헌주(獻酒)를 붓고, 향을 태우고, 관례에 맞는 음식과 음료를 공물로 바쳤다.

임호테프는 호리가 기다리고 있던 근처 석실의 서늘한 그늘 아래에서 다시금 영주이자 사업가로 변모해 있었다. 두 사람은 함께 사업 문제, 적절한 가격, 그리고 농작물과 가축, 목재에서 발생하는 수익을 논의했다.

30분쯤 뒤, 임호테프가 만족스럽게 고개를 끄덕이며 말했다.

"자넨 역시 사업 수완이 뛰어나, 호리."

호리가 웃음을 띠었다.

"당연히 그래야죠, 임호테프. 수년간 이 집안의 회계사 노릇을 했으니까요."

"그리고 더없이 믿음직해. 자, 자네와 상의할 문제가 하나 있네. 이파이에 관한 건데, 자기 위치가 아랫사람 같다고 불평이야."

"아직 너무 어립니다."

"하지만 재주는 비범해. 두 형이 항상 자신을 공평하게 대하지 않는다고 느끼지. 소베크는 거칠고 시건방지다더군. 그리고 야흐모세의 조심성과 소심함을 지겨워해. 이파이는 기백이 넘쳐. 지시받는 걸 좋아하지 않지. 게다가 자신에게 명령할 사람은 제 아비인 나뿐이라더군."

호리가 말했다.

"맞습니다. 그리고 저도 그 점이 이곳 농장의 취약점이라는 생각이 들었습니다, 임호테프. 툭 터놓고 말씀드려도 될까요?"

"물론이고말고, 내 충실한 호리. 자네의 말은 늘 사려 깊고 예리하니까."

"그렇다면 말씀드리죠. 임호테프께서 이곳을 비우실 때, 이곳에 진짜 권한을 가진 사람이 반드시 있어야 합니다."

"자네와 야흐모세에게 일임하지 않는가……."

"임호테프가 안 계실 때 저희가 대신 일한다는 건 압니다. 하지만 그것으로는 부족합니다. 어째서 아드님 중 한 명을 동업자로 지명하지 않으십니까? 어째서 법적으로 인정하지 않습니까?"

임호테프가 얼굴을 찡그린 채 이리저리 서성거렸다.

"자네라면 내 아들 중 누굴 추천하겠는가? 소베크는 권위는 있지만 고분고분하지 않아. 믿을 수가 없어. 좋은 기질이 아냐."

"저는 야흐모세를 염두에 두고 있습니다. 맏아들이니까요. 성품도 온화하고 다정합니다. 그리고 당신께 헌신적이죠."

"맞아. 좋은 성품이지. 하지만 너무 소심해. 너무 유약하고. 누구한테나 굽실거려. 이파이가 조금만 더 나이가 들었어도……."

호리가 재빨리 말했다.

"너무 어린 사내에게 권력을 주는 건 위험합니다."

"그래, 맞아. 호리, 자네가 한 말 생각해 보겠네. 야흐모세는 확실히 좋은 아들이야……. 말 잘 듣는 아이지……."

호리는 부드러우면서도 심각한 어조로 말했다.

"현명하게 판단하시리라 믿습니다."

임호테프가 호기심 어린 눈길로 바라보았다.

"무슨 뜻이지, 호리?"

호리가 천천히 말했다.

"저는 방금 너무 어린 사내에게 권력을 주는 건 위험하다고 말씀드렸습니다. 하지만 너무 늦게 주는 것 역시 위험합니다."

"복종에 너무 익숙해지면 명령을 내리기 힘들어진다는 뜻이로군. 그래, 일리 있는 말이야."

임호테프가 한숨을 쉬었다.

"집안을 다스린다는 건 쉽지 않아! 특히 여자들은 다루기 힘들지.

사티피는 통제가 안 되고, 카이트는 종종 심통을 부려. 하지만 노프레트를 제대로 대우하라고 신신당부했어. 내 생각에 아마…….”

그가 말을 멈췄다. 노예 하나가 좁은 통로로 헐떡이며 올라오고 있었다.

“뭔가?”

“주인님, 배가 도착했는뎁쇼. 카메니라는 이름의 필경사가 멤피스의 전갈을 갖고 왔습니다.”

임호테프가 투덜거리며 일어섰다.

“또 문제가 생겼군. 해가 동쪽에서 뜨듯, 보나마나 문제가 생긴 게야! 내가 관여하지 않으면 전부 엉망이 된다니까.”

그가 탄식했다.

임호테프가 발을 구르며 통로로 내려갈 동안, 호리는 말없이 앉아 그의 뒷모습을 바라보았다.

그의 얼굴에 고민스런 기색이 번졌다.

*II*

레니센브가 나일 강둑을 따라 목적 없이 배회하고 있을 때, 소란스런 고함 소리가 들려 왔다. 사람들이 나루터 쪽으로 몰려 가고 있었다.

그녀도 뛰어가 사람들 틈에 끼었다. 뭍으로 다가오는 배 위에 젊은 사내가 서 있었다. 그녀는 환한 햇살을 등진 그의 윤곽을 보고 한순간 심장이 멎는 듯했다.

헛된 생각이 불쑥 떠오른 것이다.

'크하이야. 크하이가 저승에서 돌아왔어.'

하지만 곧 미신적인 망상에 젖은 자신을 비웃었다. 그녀의 기억 속에서 크하이는 늘 나일 강에서 배를 몰았고, 이 젊은이는 체구가 크하이와 비슷했다. 그녀는 마음속 환상을 본 것이다. 그는 크하이보다 젊고, 편안하고, 나긋나긋한 분위기에, 웃음기 서린 명랑한 얼굴을 가진 사내였다.

그가 사람들에게 말하길, 임호테프의 북쪽 영지에서 왔다고 했다. 직업은 필경사요, 이름은 카메니였다.

노예 하나가 임호테프를 부르러 달려갔다. 집으로 안내받은 카메니에게 음식과 음료가 제공되었다. 이윽고 아버지가 도착하자, 그들은 오랫동안 대화를 나누었다.

이 소식은 늘 그렇듯 소문 전달자인 헤네트의 입을 통해 여인들의 거처로 흘러 들어갔다. 이따금 레니센브는 헤네트가 어떻게 항상 모든 일을 알아내는지 의아했다.

카메니는 임호테프가 고용한 필경사로 그의 조카뻘이었다. 그는 몇몇 부정행위, 즉 장부 조작을 발견했는데 그 문제의 파장이 크고 재산 관리인까지 연루된 터라, 남쪽으로 내려와 직접 보고하는 게 최선이라고 생각했다.

레니센브는 이 모든 걸 발견한 카메니가 영특하다고 생각했을 뿐

별 관심이 없었다. 그녀의 아버지는 그에게 만족할 것이다.

그 일로 임호테프는 당장 떠날 준비를 서둘러야 했다. 원래 두 달 정도 머무를 생각이었지만, 지금은 한시바삐 북쪽으로 가는 게 급선무였다.

그는 온 집안 식구를 불러 끝도 없는 당부와 충고를 늘어놓았다. 이걸 해야 되고 저걸 해야 되고……. 야흐모세는 절대로 이런저런 일을 하면 안 되고, 소베크는 그 외의 일에 최대한 신중해야 하고……. 레니센브에게는 이 모든 게 너무 익숙한 광경이었다. 야흐모세는 성실하고, 소베크는 부루퉁했다. 호리는 늘 그렇듯 조용하고 유능했다. 이파이의 요구와 재촉은 평소보다 더 매섭게 무시되었다.

"따로 돈을 받기에 넌 너무 어려. 그러니 야흐모세가 시키는 대로 하거라. 그가 내 요구와 지시를 잘 아니까."

임호테프는 맏아들의 어깨에 손을 얹었다.

"널 믿는다, 야흐모세. 내가 돌아오면 동업자 문제를 다시 상의해 보자."

야흐모세는 기쁜 나머지 금세 얼굴이 상기되었다. 그의 얼굴이 좀 더 경직되었다.

임호테프가 계속 이야기했다.

"내가 없을 때 모든 일이 순조롭게 돌아가는지 살펴라. 내 아내가 잘 대접받는지 살피고, 제대로 존중받고 지내는지……. 그녀의 일은 네 책임이다. 집안 여인들의 행실을 다스리는 것도 네 몫이다. 사티피가 함부로 입을 놀리지 못하게 하거라. 또한 소베크가 카이트를 제대로 가르치는지도 살피고. 레니센브 역시 노프레트에게 예를 갖춰 행동해야 한다. 그리고 우리 착한 헤네트에게 쌀쌀맞게 굴어선 안 돼. 여자들이 간혹 그녀를 지겨워하는 건 나도 안다. 그녀는 여기 오래 살았기 때문에, 환영받지 못하는 말을 지껄여도 되는 특권이 있다고 믿는다. 그녀가 아름답거나 똑똑하지 않다는 건 나도 알아. 하지만 믿음직스런 여자이며, 늘 나를 위해 헌신한다는 점을 잊지 말거라. 그녀를 경멸하거나 무시하는 짓은 용납하지 않겠다.”

"전부 말씀대로 행하겠습니다. 하지만 헤네트는 가끔 입방정을 떨어 말썽을 일으킵니다.”

야흐모세가 말했다.

“허튼소리! 여자들이란 다 그런 법이다. 헤네트만 유별난 게 아냐. 이제 카메니에 대해 이야기하자면, 그는 여기 남을 것이다. 우린 다른 필경사를 구하면 되니까. 그는 여기서 호리를 도울 게다. 야이라는 여자에게 임대한 땅에 관해서는…….”

임호테프는 세세한 사항을 지시했다.

마침내 출발 준비가 끝나자, 그는 갑자기 불안해졌는지 노프레트를 곁에 데려와 미심쩍은 듯 말했다.

“노프레트, 여기 남아도 괜찮겠소? 당신은 나와 동행하는 게 낫지 않을까?”

노프레트가 고개를 저으며 미소를 지었다.

“오래 가 계실 것도 아닌데요.”

“석 달, 어쩌면 넉 달. 누가 알겠소?”

"보세요. 오래 안 걸리잖아요. 전 여기서 잘 지낼 거예요."

임호테프가 투덜거리듯 말했다.

"야흐모세에게 지시해 놨소. 그리고 내 아들들에게도 당신한테 모든 배려를 베풀라고 했소. 당신에게 불평할 일이 생기면 녀석들한테 책임을 물을 참이오."

"다들 당신 말씀대로 할 거예요, 임호테프."

노프레트가 잠시 침묵하더니 이윽고 입을 열었다.

"여기서 제가 절대적으로 믿을 수 있는 사람이 누구죠? 당신에게 진심으로 헌신하는 사람이 누구죠? 가족은 빼고요."

"호리……. 내 훌륭한 호리. 그는 모든 면에서 내 오른팔이오. 그리고 좋은 심성과 분별력을 가졌지."

노프레트가 천천히 말했다.

"그와 야흐모세는 형제 같은 사이죠. 어쩌면……."

"카메니가 있지. 그 역시 필경사요. 당신의 분부를 잘 따르라고 일러두겠소. 뭐든 마음에 안 드는 일이 있거든, 그에게 펜으로 적으라고 해서 재빨리 나한테 보내구려."

노프레트가 고맙다는 듯 주억거렸다.

"좋은 생각이네요. 카메니는 북부 출신이죠. 저희 부친과 아는 사이예요. 그 사람이라면 다른 가족의 영향을 받지 않겠어요."

임호테프가 소리쳤다.

"그리고 헤네트! 헤네트가 있잖소."

노프레트가 생각에 잠긴 표정으로 말했다.

"네, 헤네트가 있죠. 당신이 지금 그녀에게 일러두면 어떨까요? 제가 보는 앞에서."

"좋은 생각이오."

부름을 받고 온 헤네트는 평소처럼 굽실거리며 진지한 표정으로 다가왔다. 그녀는 임호테프의 출타를 몹시도 애통해했다. 임호테프가 조급하게 그녀의 말을 잘랐다.

"그래, 그래, 우리 착한 헤네트. 하지만 어쩔 수 없는 일이야. 나는 짧은 휴식이나 평온을 기대할 수 없는 몸이니까. 가족을 위해 쉼 없이 일해야 돼. 그걸 인정해 주는 사람은 드물지만. 이제 자네한테 아주 심각한 이야기를 할 참이네. 자넨 나에게 충성스럽고 헌신적이지. 그러니 신뢰할 만한 위치에 자넬 두고 갈 수 있어. 여기 노프레트를 보호해 주게. 내겐 소중한 여인이니까."

"주인님께 소중한 사람은 제게도 소중합니다."

헤네트가 힘주어 말했다.

"좋아. 그러면 노프레트를 위해 헌신할 수 있겠지?"

헤네트가 고개를 돌리자, 노프레트가 시선을 내리깔고 그녀를 바라보았다. 헤네트가 말했다.

"당신은 너무 아름답습니다, 노프레트. 그게 문제죠. 그 때문에 다른 여자들이 질투하는 겁니다. 하지만 제가 돌봐 드리죠. 그들이 하는 말과 행동을 모두 일러 드리겠습니다. 절 믿으셔도 됩니다!"

짧은 침묵이 흐르는 사이, 두 여인의 눈동자가 마주쳤다.

헤네트가 다시 말했다.

"절 믿으셔도 됩니다."

미소 한 자락이 노프레트의 입술에 서서히 번졌다. 기묘한 미소.

"알겠어요, 헤네트. 당신을 믿을 수 있을 것 같아요."

임호테프가 요란스레 목청을 가다듬었다.

"그럼 모두 정리됐군. 모든 게 만족스러워. 모든 일이 빈틈없이 진행되는 것, 내가 늘 강조하는 점이지."

그때 메마른 웃음소리가 들렸다. 임호테프가 매섭게 고개를 돌려 문간에 서 있는 어머니를 노려보았다. 그녀는 지팡이로 몸을 지탱하면서, 그 어느 때보다 메마르고 심술궂은 표정으로 바라보았다.

"내가 정말 멋진 아들놈을 뒀구나!"

그녀가 말했다.

"지체할 시간이 없어……. 호리에게 지시할 사항이 있으니……."

임호테프는 거만하게 중얼거리면서 황급히 방을 나섰다. 그는 가까스로 어머니의 눈을 피했다.

에사가 헤네트를 향해 도도하게 고갯짓을 했다. 그러자 헤네트가 미끄러지듯 고분고분 방을 나갔다.

노프레트가 일어섰다. 그녀와 에사는 선 채로 서로를 물끄러미 바라보았다.

"그러니까 우리 아들이 널 두고 가는구나. 따라가는 게 좋을 텐데, 노프레트."

"제가 여기 머물길 바라더군요."

노프레트의 목소리는 부드럽고 유순했다. 에사가 새된 웃음을 터트렸다.

"따라가길 원하면 좋을 것을! 어째서 원하지 않지? 이해가 안 가. 뭐 하러 여기 있는 게냐? 너는 도시에서 살던 여자야. 아마 여행도 다녔겠지. 어째서 하루하루가 단조로운 이곳을 택했지? 널 좋아하지도 않는 사람들 속에서 말이다. 아니 혐오한다고 해야겠지?"

"당신도 저를 혐오한다는 뜻인가요?"

에사가 고개를 저었다.

"아니. 혐오하지 않아. 난 이미 늙어서 눈도 침침하지만, 여전히 미인을 볼 줄 알고 그걸 즐기지. 넌 아름다워, 노프레트. 그리고 너를 보니 늙은 내 눈이 즐겁구나. 그 아름다움 때문에 너의 안녕을 빈단다. 경고하마. 내 아들과 함께 북쪽으로 가거라."

노프레트가 같은 말을 되풀이했다.

"그는 제가 여기 머물길 원해요."

유순하던 목소리가 이제는 확연히 냉소를 담고 있었다. 에사가 매섭게 말했다.

"목적이 있어 여기 남는 게로군. 그게 뭘까. 궁금한걸? 좋아. 그건 네 책임이야. 하지만 조심하거라. 신중히 행동하고. 그리고 아무도 믿지 마라."

그녀가 갑자기 몸을 돌려 밖으로 나갔다. 노프레트는 잠자코 서 있었다. 아주 천천히 그녀의 입꼬리가 위로 휘면서 고양이처럼 환한 미소가 떠올랐다.

# 2부
# 겨울

**겨울 첫째 달 4일**

*I*

레니센브는 습관적으로 거의 매일 묘소에 올라갔다. 가끔은 야흐모세와 호리가 그곳에 함께 있었고, 가끔은 호리 혼자였으며, 가끔은 아무도 없었다. 하지만 레니센브는 그곳에서 늘 묘한 위안과 평온을 느꼈다. 마치 탈출한 듯한 느낌이었다. 그녀는 호리 혼자 있을 때가 가장 좋았다. 호리의 근엄함과 그녀를 대하는 무심한 태도가 묘한 안락감을 주었다. 그녀는 석실 입구 그늘에 앉아 한쪽 무릎을 두 손으로 감싼 채, 푸른 경작지 너머를 멍하니 바라보곤 했다. 그곳에는 파랗게 반짝이는 나일 강이 창백하게 흐르고, 강 너머로는 희미하고 부드러운 황갈색, 크림색, 핑크색이 부옇게 녹아 서로 뒤섞였다.

몇 달 전, 그녀는 숨 막히는 여자들 세상에서 불현듯 벗어나고 싶어 처음 이곳으로 왔다.

그녀는 고요함과 말벗이 필요했다. 그리고 여기서 그것들을 찾았다. 탈출하고픈 소망은 여전했지만, 단순히 가정생활의 답답함과 짜증으로 인한 불쾌감 때문이 아니었다. 좀 더 뚜렷하고, 좀 더 절박한 뭔가가 있었다.

어느 날 그녀가 호리에게 말했다.

"두려워요……."

"뭐가 두렵니, 레니센브?"

그는 심각한 표정으로 유심히 바라보았다.

레니센브는 잠시 생각에 잠겼다. 이윽고 그녀가 느릿느릿 말했다.

"세상에는 두 가지 악이 있다고 말씀하신 거 기억하세요? 밖에서 오는 것과 안에서 오는 것."

"그래. 기억한다."

"그리고 나중에 과일과 곡물을 병들게 하는 질병에 대해 이야기하셨죠. 생각해 보니……, 사람도 마찬가지예요."

호리가 천천히 고개를 끄덕였다.

"너도 깨달았구나……. 그래, 맞는 말이다, 레니센브."

레니센브가 갑작스레 말했다.

"그런 일이 지금 벌어지고 있어요. 저 아래 집에서. 악이 찾아왔어요. 외부에서! 그리고 그걸 누가 가져왔는지 난 알아요. 노프레트예요."

호리가 천천히 말했다.

"그렇게 생각하니?"

레니센브가 맹렬히 고개를 끄덕였다.

"네, 네. 괜한 소리가 아니에요. 들어 봐요, 호리. 전에 제가 여기 올라와서 모든 게 똑같다고, 심지어 올케들의 다툼까지 똑같다고 했죠. 사실이에요. 하지만 호리, 그들의 싸움은 '진짜' 싸움이 아니었어요. 사티피 언니와 카이트 언니는 그걸 즐겼을 뿐이에요. 소일거리였던 셈이죠. 두 사람 모두 상대에게 정말로 화가 나진 않았어요! 하지만 지금은 달라요. 이제는 그저 무례하고 불쾌한 말로 그치지 않아요. 정말로 상처를 주려고 별러요. 그리고 상대가 어디 다치기라도 하면 기뻐한다니까요. 섬뜩해요, 호리……. 섬뜩해요. 어제는 사티피 언니가 화를 못 이겨 기다란 금 핀으로 카이트 언니의 팔뚝을 찔렀어요. 그리고 어젠가 그제는 카이트 언니가 끓는 기름이 철철 넘치는 무거운 구리 냄비를 사티피 언니의 발등에 떨어뜨렸어요. 그런 일이 온 집안에서 벌어지고 있어요. 사티피 언니가 밤늦도록 야흐모세 오빠에게 욕을 퍼붓는 소리가 모두의 귀에 들려요. 야흐모세 오빠는 쫓기는 사람처럼 병들고 피로해 보이죠. 그리고 소베크 오빠는 마을로 내려가 여자들과 놀아나다가, 돌아올 때는 고주망태가 돼서 저 잘났다고 고래고래 소리치고 뻐겨요!"

호리가 천천히 말했다.

"아주 틀린 말은 아닐 게다. 하지만 왜 노프레트를 탓하지?"

"왜냐하면 그녀 짓이니까요. 그녀가 하는 말, 사소하지만 영악한 말이 늘 발단이에요. 그녀는 소몰이 막대기 같아요. 게다가 무슨 말을 해야 하는지 잘 알 만큼 영리해요. 가끔은 헤네트가 몰래 일러주는 게 아닌가 싶어요……."

호리가 골똘한 표정으로 말했다.

"그래. 그럴 수도 있겠지."

레니센브가 부르르 떨었다.

"저는 헤네트가 싫어요. 슬금슬금 돌아다니는 꼴이 혐오스러워요. 우리 모두에게 헌신적이기는 하지만, 아무도 그것을 원치 않잖아요. 엄마가 어쩌다 저런 여자를 우리 집에 데려와 그토록 아끼셨을까요?"

"그건 헤네트가 하는 소리일 뿐이야."

호리가 무덤덤하게 말했다.

"헤네트는 왜 그렇게 노프레트를 좋아하고, 어째서 늘 따라다니며 속삭이고 알랑거리죠? 오, 호리, 정말이지 두려워요! 밉살스런 노프레트! 멀리 가 버리면 좋을 텐데……. 그녀는 아름답고 잔인하고 못됐어요!"

"아직 철부지로구나, 레니센브."

호리는 조용히 덧붙였다.

"노프레트가 지금 이리로 올라오고 있어."

레니센브가 고개를 돌렸다. 두 사람 모두 절벽을 따라 이어진 가파른 길을 천천히 올라오는 노프레트를 바라보았다. 그녀는 혼자 싱글거리면서 낮은 목소리로 노래를 흥얼거리고 있었다.

그녀는 두 사람이 있는 곳에 이르자 주위를 둘러보며 웃었다. 즐거운 호기심이 담긴 웃음이었다.

"그러니까 당신이 매일 슬그머니 찾아오는 곳이 여기구나, 레니센브."

레니센브는 대답하지 않았다. 그녀는 화가 났고, 숨바꼭질하다 들킨 아이처럼 좌절감을 느꼈다.

노프레트가 다시 주위를 둘러보았다.

"그리고 여기가 그 유명한 묘소로군?"

"맞습니다, 노프레트."

호리가 말했다.

그녀는 호리를 바라보면서 고양이처럼 입꼬리를 올리고 미소 지었다.

"수익이 짭짤하겠네요, 호리. 듣자하니 당신 사업 수완이 꽤 좋다던데……."

그녀의 목소리에는 어렴풋이 악의가 서려 있었다. 그러나 호리는 아무런 동요 없이 조용하고 근엄한 미소를 지었다.

"우리 모두에게 짭짤하죠……. 죽음은 늘 돈이 되니까요……."

노프레트는 주위를 둘러보면서 공물 탁자, 묘소 입구, 장식 문을 차례로 훑어보다가 살짝 몸서리를 치며 매섭게 소리쳤다.

"죽음은 질색이야!"

"그렇게 생각하면 안 돼요, 노프레트."

호리의 어조는 나직했다.

"죽음은 이곳 이집트에서 중요한 부의 원천입니다. 노프레트 당신이 걸친 보석을 가져다주는 것이 바로 죽음이에요. 죽음이 당신을 먹여 주고 입혀 주죠."

그녀가 빤히 쳐다보며 말했다.

"무슨 뜻이죠?"

"임호테프가 카 사제, 즉 묘지기이므로, 그의 모든 땅, 가축, 목재, 아마, 보리가 묘소에 대한 기증이란 뜻입니다."

그는 잠시 침묵하다가 이내 골똘한 표정으로 말을 이었다.

"우리 이집트 사람들은 묘한 민족입니다. 우리는 삶을 사랑합니다. 그래서 일찍부터 죽음을 준비하죠. 이집트의 모든 부는 거기로 들어갑니다. 피라미드 속으로, 묘소 속으로, 묘소 기증으로……."

노프레트가 격하게 쏘아붙였다.

"죽음 이야기는 집어치워요, 호리! 듣기 싫어요!"

"당신이 진짜 이집트 사람이기에 그런 겁니다. 삶을 사랑하지만, 때로는 죽음의 그림자를 아주 가까이 느끼기 때문에……."

"그만!"

그녀가 거세게 대들었다. 하지만 곧 어깨를 으쓱하고는 몸을 돌려 길을 내려가기 시작했다.

레니센브가 안도의 한숨을 내쉬었다. 그녀는 어린아이처럼 말했다.

"다행히도 가 버렸네요. 당신 말에 겁먹었어요, 호리."

"그래……. 너도 겁먹었니, 레니센브?"

레니센브가 조금 자신 없게 대답했다.

"아뇨, 당신 말이 사실인걸요. 그렇게 생각해 본 적은 한 번도 없지만 아버지가 묘지기인 건 사실이죠."

호리가 씁쓸한 표정으로 말했다.

"이집트 전체가 죽음에 홀려 있어! 왜 그런지 아니, 레니센브? 우리 몸에는 눈이 있지만, 마음에는 없기 때문이야. 우린 이승의 삶이 아닌 다른 삶을 알지 못해. 사후의 삶. 우린 그저 아는 것을 연장해서 상상할 뿐이지. 신에 대한 참된 믿음이 없어."

레니센브가 놀란 얼굴로 빤히 쳐다보았다.

"어떻게 그런 말을 할 수 있죠, 호리? 우리에겐 많은, 아주 많은 신이 있잖아요. 너무 많아서 일일이 이름을 댈 수도 없어요. 어젯밤만 해도 우리 모두 각자 좋아하는 신에 대해 이야기했어요. 소베크는 사크메트(태양신의 딸로 사자(獅子)의 여신 — 옮긴이)만을 숭배하고, 카이트는 늘 메스칸트(분만의 여신 — 옮긴이)에게 기도하죠. 카메니는 필경사라 당연히 토트(천문, 기하, 그림, 글쓰기와 관련된 지혜의 신 — 옮긴이)에게 맹세해요. 사티피는 매의 머리를 가진 호루스(하늘의 신 — 옮긴이)를 섬기면서, 우리 집안의 신인 메레시어(묘지 및 장례와 관련된 뱀의 여신 — 옮긴이)도 섬겨요. 야흐모세는 만물의 창조자인 프타를 숭배해야 한다고 주장하죠. 저는 이시스(농사와 수태를 관장하는 여신 — 옮긴이)를 흠모해요. 그리고 헤네트는 지방신 아문(훗날 태양신 라와 동일시되어 신들의 왕으로 숭배되었다 — 옮긴이)만 섬겨요. 그녀 말로는 예언자들 사이에 언젠가 아문이 이집트에서 가장 위대한 신이 된다는 예언이 떠돈대요. 그래서 지금은 아직 하찮은 신이지만 공물을 바치죠. 그리고 태양신 라와, 죽은 자의 심장을 저울질하는 오시리스도 있어요."

레니센브는 숨을 고르느라 말을 멈췄다. 호리는 그녀를 보며 미소 지었다.

"그러면 레니센브, 신과 인간의 차이가 뭐라고 생각하니?"

그녀가 물끄러미 바라보았다.

"신은……, 마법 같은 존재예요!"

"그게 다야?"

"무슨 말인지 모르겠어요, 호리."

"너한테는 신이 고작 인간이 못 하는 일을 해내는 존재일 뿐이냐고 묻는 거야."

"참 이상한 말을 하네요! 이해가 안 돼요."

그녀는 아리송한 얼굴로 그를 바라보았다. 그리고 골짜기 너머를 내려다보면서 다른 것에 관심을 돌렸다. 그녀가 소리쳤다.

"보세요! 노프레트가 소베크 오빠와 이야기를 나누며 웃고 있어요. 저런……!"

그녀가 갑자기 숨을 죽이며 낮게 소리쳤다.

"아뇨, 별것 아니에요. 오빠가 그녀를 때리려는 줄 알았어요. 그녀는 집으로 돌아가고, 오빠는 이리 올라오고 있어요."

소베크가 우중충한 표정으로 다가왔다. 그가 소리쳤다.

"악어가 잡아먹을 년! 아버지는 전보다 더 바보가 됐어. 저런 걸 첩으로 들이다니!"

"그녀가 뭐라고 했는데?"

호리가 궁금한 듯 물었다.

"평소처럼 날 모욕했어! 아버지가 나한테 또 목재 거래를 맡겼냐면서 말이야. 표독스런 뱀의 혀를 가졌어. 죽여 버리고 싶어."

그는 제단을 따라 돌다가 돌멩이 하나를 집어 들고는 골짜기 아래로 냅다 던졌다. 돌이 절벽에 부딪쳐 튕기는 소리에 만족하는 듯했다. 그는 더 큰 돌덩이를 들어올리다가 그 아래 똬리를 튼 뱀 한 마리가 고개를 쳐들자 펄쩍 뒤로 물러났다. 뱀은 몸뚱이를 곧추세운 채 쉭쉭거렸고, 레니센브는 그것이 코브라임을 알았다.

소베크는 묵직한 막대기를 집어 들고 맹렬히 공격했다. 제대로 맞은 한 방에 뱀의 등짝이 꺾였지만, 소베크는 고개를 젖힌 채 눈에 불꽃을 튀기며 계속 두들겨 댔다.

그가 낮은 목소리로 몇 마디 중얼거렸으나, 레니센브는 어렴풋이 들었을 뿐 알아듣지 못했다.

그녀가 소리쳤다.

"그만해, 오빠. 그만. 이미 죽었어!"

소베크는 매질을 멈추고 막대기를 내던지고는 웃어 댔다.

"이 세상에 독사 한 마리가 줄었군."

그는 유쾌한 기분을 되찾았는지 웃으면서 다시금 길을 따라 터덜터덜 내려갔다.

레니센브가 낮은 목소리로 말했다.

"아무래도 오빠는……, 살생을 좋아하나 봐요."

"그래……."

놀란 기색이 전혀 없는 말투였다. 이미 알고 있었다는 듯 무덤덤하게 수긍할 뿐이었다. 레니센브는 고개를 돌려 그를 빤히 쳐다보며 천천히 말했다.

"뱀은 위험해요……. 하지만 저 코브라는 정말 아름다워 보였는데……."

그녀는 꺾이고 뒤틀린 뱀의 시체를 내려다보았다. 알 수 없는 이유로 가슴이 아파 왔다.

호리가 꿈을 꾸듯 말했다.

"우리 모두 작은 어린아이였을 때가 생각나는구나. 소베크가 야흐모세를 공격했지. 야흐모세가 한 살 더 많았지만, 소베크가 더 크고 힘도 셌어. 녀석이 돌로 야흐모세의 머리를 두들기고 있을 때 네 어머니가 달려와 둘을 떼어 놨지. 그분이 서서 야흐모세를 내려다보던 광경이 생각나는구나. 그분은 소리쳤지. '이런 짓 하면 안 돼, 소베크. 위험하잖아! 잘 들어. 이건 위험한 짓이야!'"

그는 말을 멈췄다가 다시 이야기했다.

"아름다운 분이었지……. 난 꼬마였지만 그렇게 생각했단다. 넌 어머니를 닮았어, 레니센브."

레니센브는 기뻤다. 마음이 따스해졌다.

"정말요? 야흐모세 오빠가 심하게 다쳤나요?"

"아니. 보기보다 심하지 않았어. 다음 날 소베크가 많이 아팠지. 뭘 잘못 먹어서 그랬겠지만, 네 어머니는 녀석이 땡볕에서 화를 냈기 때문이라셨어. 한여름이었거든."

"소베크 오빠는 성미가 고약해요."

레니센브가 골똘한 얼굴로 말했다.

그녀는 죽은 뱀을 다시 바라보다가 몸서리치며 고개를 돌렸다.


*II*


레니센브가 집으로 돌아왔을 때, 카메니가 파피루스 두루마리를 들고 현관에 앉아 있었다. 그는 노래를 부르고 있었다. 그녀는 잠시 멈춰 서서 노랫말에 귀를 기울였다.

나는 멤피스로 가리라.

나는 진리의 신 프타에게 가리라.

그리고 프타에게 말하리라.

오늘 밤 내게 누이(저자의 말에서 밝혔듯이 아내를 뜻한다 ― 옮긴이)를 주오.

강물은 포도주요,

프타는 갈대요,

사크메트는 연꽃이요,

에아리트(꽃봉오리의 여신 ― 옮긴이)는 그 봉오리요,

네페르툼(연꽃의 신 ― 옮긴이)은 그 꽃이라.

나는 프타에게 말하리라.
오늘 밤 내게 누이를 주오.
그녀의 아름다움이 새벽을 밝히나니.
멤피스는 고운 얼굴 앞에 놓인 토마토 접시니라……

그는 고개를 들어 레니센브를 향해 미소 지었다.
"제 노래가 맘에 듭니까, 레니센브?"
"무슨 노래죠?"
"멤피스의 사랑 노래입니다."
그는 그녀에게 시선을 고정한 채 부드러운 목소리로 노래했다.

그녀의 팔에는 아보카도(녹나무과의 열대성 식물 ― 옮긴이) 가지가 한 아름.
그녀의 머리칼은 향기로 가득하네.
두 세계의 주인인 태양신의 공주처럼.

레니센브의 얼굴이 발갛게 달아올랐다. 그녀는 허둥지둥 집 안으로 들어가다 하마터면 노프레트와 부딪칠 뻔했다.
"뭐가 그리 급해, 레니센브?"
노프레트의 목소리에 날이 서 있었다. 레니센브는 조금 놀란 얼굴로 그녀를 바라보았다. 노프레트는 웃지 않았다. 그녀의 얼굴은 험상궂게 굳어 있었다. 레니센브는 그녀가 양손으로 옆구리를 쥐고 있음을 알아챘다.

"미안해요, 노프레트. 미처 못 봤어요. 환한 데 있다 들어오니 어두워서요."

"그래, 여긴 어둡지……."

노프레트가 잠시 머뭇거렸다.

"바깥이 더 기분 좋을 거야. 현관에서 카메니의 노래를 들으며……. 저 사람 노래 잘하지?"

"네……. 네, 정말 잘해요."

"헌데 왜 계속 듣지 않고……? 카메니가 실망하겠다."

레니센브의 볼이 다시 달아올랐다. 노프레트의 싸늘하고 냉소적인 시선이 부담스러웠다.

"사랑 노래를 좋아하지 않니, 레니센브?"

"좋아하건 말건 무슨 상관이죠, 노프레트?"

"새끼 고양이한테 발톱이 있었군."

"무슨 뜻이죠?"

노프레트가 웃으며 말했다.

"보기보다 바보는 아니로구나, 레니센브. 카메니가 미남이라고 생각하지? 그래, 그걸 알면 저 사람 틀림없이 기뻐할 게다."

"정말 밉살맞군요."

레니센브가 매섭게 대꾸했다.

그녀는 노프레트를 지나쳐 집 뒤편으로 향했다. 뒤에서 조롱 섞인 웃음소리가 들렸다. 하지만 그 웃음 사이로, 그녀의 뇌리에 선명히 남아 들리는 것은, 두 눈으로 그녀의 얼굴을 빤히 쳐다보며 낭랑한 음성으로 노래하던 카메니의 목소리였다.


*III*

그날 밤 레니센브는 꿈을 꿨다.
그녀는 망자(亡者)의 돛배를 타고 크하이와 함께 저승을 떠돌았다.
크하이는 뱃머리에 서 있었다. 그녀에게는 그의 뒤통수만 보였다. 이윽고 일출이 가까워지자 크하이가 고개를 돌렸다. 그런데 그 사람은 크하이가 아니라 카메니였다. 그와 동시에 돛배의 뱃머리, 뱀의 머리가 뒤틀리기 시작했다. 살아 있는 뱀, 코브라였다. 레니센브는 생각했다.
'망자의 영혼을 삼키러 묘소에서 나온 뱀이야.'
그녀는 두려움으로 몸이 굳어졌다. 잠시 후 뱀의 얼굴이 노프레트의 얼굴임을 깨닫고는 비명을 지르며 깨어났다.
'노프레트, 노프레트……'
실제로 비명을 지르지는 않았다. 모두 꿈속에서 벌어진 일이었다. 그녀는 여전히 누운 채 콩닥거리는 가슴을 진정시키며 모든 게 꿈일 뿐이라고 스스로를 타일렀다. 그리고 문득 생각했다.
'어제 소베크 오빠가 뱀을 죽이면서 한 말이 그거였어. 노프레트……'

**겨울 첫째 달 5일**

*I*

레니센브는 꿈 때문에 말똥말똥해졌다. 그 후 토막잠을 몇 번 잤을 뿐 새벽 무렵까지 한숨도 이루지 못했다. 그녀는 악이 점점 다가오는 모호한 기분에 사로잡혔다.

그녀는 일찍 잠자리에서 일어나 집 밖으로 나갔다. 늘 그렇듯 레니센스의 발걸음은 나일 강으로 향했다. 어부들은 이미 일을 시작했고, 커다란 바지선이 테베(고대 이집트의 수도 — 옮긴이)를 향해 힘차게 노 젓고 있었다. 다른 배들도 희미한 바람을 맞으며 돛을 퍼덕거렸다.

레니센브의 마음속에서 무언가 꿈틀거렸다. 정체를 알 수 없는 욕망의 용틀임. 그녀는 생각했다.

'이 느낌은……. 이 느낌은…….'

하지만 그게 어떤 느낌인지는 알지 못했다. 그 기분을 표현할 적절한 말이 떠오르지 않았다. 그녀는 생각했다.

'나는 원해……. 하지만 뭘 원하지?'

크하이를 원하는 건가? 하지만 크하이는 죽었다. 다시는 돌아오지 못한다. 그녀는 혼자 중얼거렸다.

"더 이상 크하이는 생각하지 않을 거야. 무슨 소용이겠어? 이미 끝난 일, 전부 다."

그녀는 테베를 향해 떠나는 바지선을 바라보며 서 있는 또 한 사람을 발견했다. 그리고 그 사람에 대한 어떤 것, 미동조차 없는 모습에서 느껴지는 어떤 감정에 흠칫 놀랐다. 그녀가 노프레트라는 것을 깨닫자마자.

노프레트는 나일 강을 응시하고 있었다. 그녀는 홀로 생각에 잠겨 있었다. 무슨 생각을 하는 걸까?

조금 놀란 레니센브는 문득 가족 모두가 노프레트를 너무 모른다는 사실을 깨달았다. 그들은 그녀를 적으로, 아니 이방인으로 받아들였고, 노프레트가 살았던 삶이나 환경에 대해 관심도 호기심도 없었다.

레니센브는 문득 이곳에서 친구 하나 없이 증오하는 사람들에 둘러싸인 노프레트의 삶이 불행할 거란 생각이 들었다.

그녀는 천천히 앞으로 걸어가 노프레트 곁에 섰다. 노프레트는 잠깐 고개를 돌렸다가 이내 다시 나일 강을 응시했다. 무표정한 얼굴이었다.

레니센브가 조심스레 입을 열었다.

"강에 배가 참 많네요."

"그래."

레니센브는 왠지 그녀와 친구가 되고픈 모호한 충동에 이끌려 계속 말했다.

"당신 고향도 이곳과 비슷한가요?"

노프레트가 웃었다. 짧고, 조금은 씁쓸한 웃음.

"아니. 우리 아버지는 멤피스의 상인이야. 멤피스는 신나고 즐거운 곳이지. 늘 음악과 노래와 춤이 있거든. 그리고 아버지는 여행을 많이 다니셔. 아버지와 함께 시리아에 간 적이 있어. 가젤의 코(이스라엘 북서부에 길게 뻗은 카르멜 산으로 추정된다 — 옮긴이) 너머 비블로스(지중해 연안의 고대 항구 도시 — 옮긴이)까지. 커다란 배로 대양을 항해한 적도 있고……."

자부심과 생기가 넘치는 목소리였다.

레니센브는 조용히 서서 차분히 생각했다. 그녀를 향한 관심과 이해심이 점점 커져 갔다.

"이곳 생활이 몹시 지루하겠어요."

그녀가 천천히 말하자, 노프레트가 답답한 웃음을 터뜨렸다.

"여긴 시체야. 시체, 쟁기질, 바느질, 농사, 방목밖에 없어. 농작물 이야기와 아마 가격을 둘러싼 입씨름뿐이지."

레니센브는 생소한 생각과 여전히 씨름하면서, 힐끔힐끔 노프레트를 바라보았다.

 그러자 실제로 눈에 보이기라도 하듯, 곁에 서 있는 여자에게서 분노와 비애와 절망의 거대한 파도가 뿜어져 나오는 것을 느꼈다.

 레니센브는 생각했다.

 '이 여자는 내 또래야. 아니 더 어려. 그런데도 그 노인네, 세심하고 친절하지만 조금 우스꽝스런 늙은 우리 아버지의 첩이야……'

 레니센브는 노프레트에 대해 뭘 알고 있을까? 전혀. 어제 그녀가 "노프레트는 아름답고 잔인하고 못됐어요!"라고 했을 때, 호리가 뭐라고 했던가? "아직 철부지로구나, 레니센브." 그렇게 말했다. 레니센브는 이제 그 말뜻을 알았다. 그녀가 한 말은 무의미했다. 한 인간을 그렇게 쉽게 판단해서는 안 된다. 노프레트의 잔인한 미소 뒤에 어떤 슬픔, 어떤 고통, 어떤 절망이 숨어 있을까? 레니센브와 가족 모두가 노프레트에게 뭘 해 주었단 말인가?

 레니센브는 어린아이처럼 망설이며 말했다.

 "당신은 우리 모두를 증오하죠……. 왜 그런지 알아요……. 우리가 너무 쌀쌀맞게 대했어요……. 하지만 지금도…… 아주 늦지는 않았어요. 우리, 당신과 나, 서로 친구가 될 수는 없을까요, 노프레트? 당신이 아는 모든 것들은 당신과 멀리 떨어져 있어요……. 당신은 혼자예요……. 내가 도와주면 안 될까요?"

 그녀는 더듬더듬 말하다가 이내 침묵했다. 노프레트가 천천히 고개를 돌렸다.

 잠깐 동안 그녀는 무표정한 얼굴이었다. 심지어 일순간 눈빛마저 부드러워진 것 같았다. 그토록 이른 아침의 고요 속에서, 기묘하게 느껴질 만큼 청명한 평온 속에서, 노프레트는 망설이는 듯했다. 마치 레니센브의 말이 그녀의 혼란스런 마음속에 가 닿은 듯.

묘한 순간이었다. 훗날 레니센브의 뇌리에 떠오를 순간…….

곧 노프레트의 표정이 서서히 바뀌었다. 얼굴은 심술궂게 변했고 눈동자가 이글거렸다. 증오와 악의가 서린 분노의 시선을 대하는 순간 레니센브는 한 발짝 뒤로 물러났다.

노프레트가 낮고 사나운 목소리로 말했다.

"가! 너희한테 바라는 거 없어. 한심한 멍청이들……. 너희 모두 한통속이야. 한 놈도 안 빼고……."

그녀는 잠시 침묵하다가 이내 몸을 돌리고는, 왔던 길을 되짚어 집 쪽으로 기운차게 걸어갔다.

레니센브가 천천히 뒤따랐다. 이상하게도 노프레트의 말에 화가 나지 않았다. 그녀는 눈앞에서 증오와 고통의 시커먼 심연을 드러냈다. 이제껏 경험하지 못한 미지의 어떤 것. 레니센브는 그게 얼마나 무서운 것일지 생각하니 혼란스럽고 답답할 뿐이었다.


*II*


노프레트가 출입구를 지나 마당을 가로지를 때, 카이트의 아이 중 하나가 공을 쫓아 뛰어가느라 길을 가로막았다.

노프레트가 화를 내며 밀치는 바람에 어린 딸아이가 땅바닥에 나동그라졌다. 아이가 울부짖기 시작하자, 레니센브가 달려와 일으켜 세우며 버럭 화를 냈다.

"이게 무슨 짓이에요, 노프레트! 아이가 다쳤잖아요. 봐요. 턱이 찢어졌어요."

노프레트의 웃음소리가 귀에 거슬렸다.

"그러니까 이 버릇없는 개구쟁이들이 다칠까 봐 내가 조심해야 한다? 왜? 애 엄마들은 내 기분을 그만큼 배려하나?"

아이 우는 소리를 듣고 카이트가 집 밖으로 뛰쳐나왔다. 그녀는 아이에게 달려가 상처 난 얼굴을 살폈다. 그리고 노프레트에게 대들었다.

"독사 같은 마녀! 사악한 년! 두고 봐. 본때를 보여 줄 테니."

그녀는 있는 힘껏 노프레트의 뺨을 갈겼다. 레니센브는 고함을 지르면서 또 때리기 전에 그녀의 팔을 잡아챘다.

"올케언니, 진정해요. 그러면 안 돼요!"

"누가 그래? 이 여자는 정신 차려야 돼. 이 집안의 많은 여자들 중 하나일 뿐이야."

노프레트는 가만히 서 있었다. 카이트의 손자국이 빨갛고 선명하게 볼에 남았다. 카이트의 손목에 걸린 팔찌 때문에 눈 귀퉁이의 살갗이 찢어져 작은 핏방울이 얼굴을 타고 흘러내렸다.

레니센브는 오히려 노프레트의 표정을 보고 당황했다. 아니, 무서웠다. 노프레트는 화난 기색이 전혀 아니었다. 대신 묘하게 기뻐하는 눈빛이었다. 다시금 입꼬리가 위로 휘면서 고양이 같은 만족스런 미소가 떠올랐다.
"고마워, 카이트."
그렇게 말하고 집 안으로 들어갔다.


III

낮은 목소리로 흥얼거리면서 눈을 내리깐 채 노프레트가 헤네트를 불렀다.
헤네트가 달려와 멈춰 서더니 울부짖었다. 노프레트는 그녀의 절규를 가로막고 말했다.
"카메니를 불러요. 필통과 잉크와 파피루스를 지참하라고 일러요. 주인님께 보낼 편지가 있으니까."
헤네트의 눈동자가 노프레트의 볼에 꽂혔다.
"주인님께 편지를……, 알겠습니다……. 대체 누가…… 이런 짓을 한 거죠?"
"카이트."
노프레트는 회상하듯 조용히 미소 지었다.
헤네트가 절레절레 고개를 저으며 혀를 찼다. 그녀는 노프레트를 힐끔 쳐다보며 말했다.
"이런 못된 짓을 하다니……. 당연히 주인님께 알려야 해요. 네,

당연히 임호테프가 아셔야죠."

노프레트가 부드럽게 말했다.

"당신과 나는 생각이 같군요, 헤네트……. 나도 당연히 알려야 한다고 생각했어요."

그녀는 자신의 리넨 드레스 한쪽에서 자수정이 박힌 금장식을 떼어 여인의 손에 쥐어 주었다.

"헤네트, 당신과 난 임호테프의 행복을 진심으로 원해요."

"이건 너무 과분합니다, 노프레트……. 너무나 자비로우십니다……. 솜씨가 훌륭한 예쁜 보석이네요."

"임호테프와 나는 충성심을 높이 사죠."

노프레트는 고양이처럼 실눈을 뜬 채 여전히 웃고 있었다.

"카메니를 불러요. 그리고 당신도 같이 오세요. 당신과 그 사람이 오늘 벌어진 일의 공동 증인이니까."

카메니는 내키지 않은 듯 이마를 찌푸리고 왔다.

노프레트가 거만하게 말했다.

"임호테프가 떠나기 전에 내린 지시 기억하겠죠?"

"네."

카메니가 대답했다.

"때가 됐어요. 앉아서 내 말 받아 적어요."

노프레트가 말했다.

카메니가 계속 망설이자, 그녀는 조급하게 다그쳤다.

"당신이 쓰는 내용은 당신 눈과 귀로 직접 보고 들은 거예요. 그리고 헤네트가 내 모든 말의 증인이 돼 줄 거예요. 이 편지는 극비리에 신속하게 부쳐야 해요."

카메니가 느릿느릿 말했다.

"저는 영 내키질……."

노프레트가 발끈했다.

"레니센브에겐 아무런 불만 없어요. 그 애는 온순하고 나약한 바보지만 나를 해치려 하진 않았으니까. 이제 됐어요?"

카메니의 구릿빛 얼굴이 짙게 상기되었다.

"그 얘기가 아니라……."

노프레트가 부드럽게 말했다.

"난 또 당신이……. 자, 이제 지시를 완수해요. 어서 받아 적어요."

"그래요. 어서 쓰세요. 전 이 모든 게 끔찍히도 괴로워요. 당연히 임호테프께 알려야 해요. 두말하면 잔소리죠. 아무리 언짢은 일이라도 임무라면 수행해야죠. 전 항상 그런 책임감을 느꼈어요."

헤네트의 말에 노프레트가 다정하게 웃었다.

"물론 그랬겠죠, 헤네트. 당연히 임무를 수행해야죠. 그리고 카메니도 자기 임무를 다할 거예요. 그리고 난……, 하고픈 일은 뭐든 해야겠어요."

하지만 카메니는 여전히 망설였다. 화난 사람처럼 부루퉁한 얼굴로 그가 말했다.

"이런 일은 내키지 않습니다. 노프레트, 잠시 머리 좀 식히지 그래요."

"감히 나한테 그런 말을!"

카메니는 그녀의 말투에 얼굴을 붉혔다. 그의 눈동자는 그녀를 피하고 있었지만, 부루퉁한 표정은 여전했다.

노프레트가 부드럽게 말했다.

"조심해요, 카메니. 난 임호테프를 쥐락펴락해요. 그이는 내 말이라면 뭐든 들어주죠. 지금까지 그는 당신에게 만족해 왔는데……."

그녀는 의미심장하게 말을 흐렸다.

"날 협박하는 겁니까, 노프레트?"

카메니가 화난 얼굴로 물었다.

"어쩌면."

그는 분노의 눈길로 잠시 쏘아보고는 고개를 숙였다.

"분부대로 하죠, 노프레트. 하지만 아마……. 그래요, 아마 당신은 후회할 겁니다."

"날 협박하는 건가요, 카메니?"

"경고하는 겁니다……."

## 겨울 둘째 달 10일

*I*

하루하루 시간이 흐르고, 레니센브는 이따금 꿈속에 사는 듯한 기분이 들었다.

그녀는 더 이상 노프레트에게 소심한 제안을 하지 않았다. 이제는 그녀가 무서워졌다. 노프레트에게는 그녀가 이해하지 못하는 뭔가가 있었다.

그날 마당에서 사건이 벌어진 이후로 노프레트는 변했다. 레니센브는 그녀가 느끼는 만족과 환희를 헤아릴 수 없었다. 이따금 노프레트의 삶이 몹시 불행하다고 여겼던 것이 터무니없는 생각이었구나 싶었다. 노프레트는 자기 자신과 이곳의 삶과 환경에 만족하는 듯했다.

하지만 실제로 그녀의 상황은 눈에 띄게 악화되었다. 노프레트는 임호테프가 떠난 이후 며칠 동안, 집안의 여러 사람들 사이에 불화의 씨를 뿌리기 시작했다.

하지만 이제는 이 이방인에 대한 가족들의 결속이 단단해졌다. 사티피와 카이트는 더 이상 싸우지 않았다. 사티피가 가련한 야흐모세에게 바가지를 긁지도 않았다. 소베크는 전보다 조용해지고 뻐기는 태도도 줄어들었다. 이파이가 형들에게 건방지고 멋대로 구는 일도 적었다. 가족간에 전에 없던 화목이 생긴 듯했다. 그러나 이 화목이 레니센브의 마음에 평화를 가져다주진 않았다. 그 밑바닥에 노프레트에 대한 기묘하고 끊임없는 악의가 흘렀으므로.

두 여자, 사티피와 카이트는 더 이상 그녀와 싸우지 않았다. 오히려 그녀를 피했다. 그녀에게 말도 걸지 않고, 그녀가 다가오기만 하면 곧장 아이들을 데리고 다른 곳으로 갔다. 그와 동시에 이상하고 성가신 작은 사건들이 일어나기 시작했다. 노프레트의 리넨 드레스 한 벌이 뜨거운 쇳덩이 때문에 엉망이 됐다. 다른 드레스에는 물감이 쏟아졌다. 날카로운 가시가 그녀의 옷에 꽂힌 적도 있었다. 그녀의 침대에서 전갈이 발견되기도 했다. 그녀가 먹는 음식은 양념이 너무 많거나 아예 빠져 있었다. 하루는 그녀가 먹는 빵 속에서 죽은 쥐가 나오기도 했다.

이는 조용하고, 잔인하고, 치졸한 해코지였다. 뚜렷한 증거가 전혀 없는……. 본래 여자들의 모략이란 게 그랬다.

그러던 어느 날, 에사 할머니가 사티피와 카이트, 레니센브를 불렀다.

이미 그곳에 와 있던 헤네트는 뒤에서 고개만 저으며 두 손을 비벼 댔다.

에사가 평소처럼 빈정거리는 표정으로 그들을 노려보며 말했다.

"허! 여기 내 영리한 손녀와 손녀며느리들이 오셨구먼. 너희들이 무슨 짓을 하는지 아느냐? 노프레트의 드레스가 걸레가 됐다던데, 어찌 된 게냐? 게다가 못 먹을 음식을 줬다고?"

사티피와 카이트 둘 다 미소 지었다. 보기 좋은 미소가 아니었다.

사티피가 말했다.

"노프레트가 불평하던가요?"

"아니."

에사가 말했다. 그녀는 집에서도 늘 착용하는 가발을 한 손으로 살짝 비틀었다.

"아니, 노프레트는 아무런 불평도 하지 않아. 그게 걱정스러워."

"전 걱정 안 해요."

사티피가 예쁜 이마를 흔들며 말했다.

"네가 바보라서 그런 게야. 노프레트는 너희 머리 셋을 합친 것보다 두 배는 더 영리해."

에사가 쏘아붙였다.

"두고 보면 알겠죠."

사티피가 말했다. 그녀는 유쾌해 보였고, 스스로에게 만족하는 듯했다.

"대체 너희가 무슨 짓을 하는지 알기나 하는 거냐?"

에사가 물었다.

사티피의 얼굴이 굳어졌다.

"연로하신 할머님께 버릇없이 굴진 않겠어요. 하지만 남편과 아이들이 있는 저희는 세상을 보는 관점이 할머님과 달라요. 저흰 이 문제를 직접 해결하기로 마음먹었어요. 함께 못 살 혐오스런 여자를 다룰 방법이 저희 나름대로 있으니까요."

에사가 이죽거렸다.

"말은 잘하는구나. 말은 잘해."

그녀가 낄낄거리며 말했다.

"그런 말은 멧돌 가는 노예 계집애도 할 수 있어."

"참으로 현명한 말씀이에요."

뒤에 있던 헤네트가 탄식하듯 말했다.

에사가 그녀에게 물었다.

"이봐, 헤네트. 요즘 벌어지는 일에 대해 노프레트가 뭐라던가? 항상 그녀를 보필하니 알고 있겠지?"

"임호테프의 분부니까요. 물론 저는 불쾌하지만, 주인님 지시니 따를 수밖에요. 마님은 설마 제가……"

에사가 징징거리는 헤네트의 말을 가로막았다.

"우린 너를 잘 알아, 헤네트. 늘 우리에게 헌신적이지. 그리고 당연히 받아야 할 감사를 받지 못한다는 것도. 이 모든 짓거리에 대해 노프레트가 뭐라던가? 내가 물은 건 그거야."

헤네트가 고개를 저었다.

"아무 말 없었습니다. 그저…… 웃기만 하던데요."

"역시나……."

에사는 팔꿈치 부근에 놓인 접시에서 대추를 집어 한 번 살펴보고 입에 넣었다. 그러고는 갑자기 심술궂은 말투로 신랄하게 질책했다.

"너흰 바보야. 전부 다. 힘을 가진 쪽은 노프레트지 너희들이 아니야. 너희가 하는 모든 짓은 그녀 손에 놀아나는 것일 뿐이야. 장담하건대 너희가 그럴수록 오히려 즐거워할 게다."

사티피가 매섭게 말했다.

"말도 안 돼요. 노프레트는 외톨이예요. 무슨 힘이 있다는 거죠?"

에사가 음침한 얼굴로 말했다.

"늙은 사내와 결혼한 젊고 아름다운 여자의 힘. 난 그걸 잘 알아."

그녀는 재빨리 고개를 돌리고 말했다.

"헤네트는 내 말뜻을 알아!"

헤네트가 움찔했다. 그녀는 한숨을 내쉬고 손을 꼬기 시작했다.

"주인님은 그분을 아주 각별히 생각하십니다……. 당연하죠……. 네, 아주 당연합니다."

에사가 헤네트에게 말했다.

"부엌에 가서 대추야자와 시리아 와인 좀 갖다 줘. 그래, 꿀도."

에사는 헤네트가 사라진 뒤 말했다.

"너희는 짓궂은 장난을 하고 있어. 냄새가 나. 사티피, 네가 이 모든 일의 주모자겠지. 조심하거라. 똑똑한 척하다 노프레트의 손에 놀아나지 말고. 분명히 경고했다. 이제 가 보거라."

그녀는 의자에 몸을 기대고 눈을 감았다.

세 사람이 방을 나서 호수로 가는 동안, 사티피가 머리를 흔들며 말했다.

"우리가 노프레트의 손에 놀아난다고? 나 참! 할머니는 너무 늙어서 괴상망측한 생각만 한다니까. 우리야말로 노프레트를 갖고 논다고! 들키지만 않으면 돼. 그년은 머잖아 여기 온 걸 후회하게 될 거야."

"잔인해요! 잔인하다구요!"

레니센브가 소리쳤다.

사티피는 재미있는 눈치였다.

"괜히 노프레트를 좋아하는 척하지 마, 아가씨!"

"그건 아니에요. 하지만 올케 말은 너무…… 원한이 지나쳐요."

"난 아이들 때문이야. 그리고 야호모세를 위해서! 난 온순한 여자도 아니고, 모욕을 감내하지도 않아. 그리고 내겐 패기가 있어. 저 여자 목을 조르면 기분이 째질 거야. 불행히도 그렇게 간단하진 않지만……. 임호테프가 진노하실 테니까. 하지만 아마……. 결국에는……, 무슨 수가 생기겠지."

*II*

편지를 보고 다들 작살에 꽂힌 물고기 심정이었다. 어리둥절 말문이 막힌 야흐모세, 소베크, 이파이는 호리가 파피루스 두루마리의 내용을 읽는 동안 서로를 멀뚱멀뚱 바라보기만 했다.

내 아내가 조금이라도 해를 입으면 야흐모세에게 그 책임을 묻겠다고 말하지 않았느냐? 네가 아직 살아 있다면, 너는 나의 적이고 나는 너의 적이다! 네가 내 아내 노프레트를 존중하지 않았으니, 나는 더 이상 너와 한 집에 살지 않겠다. 너는 더 이상 내 아들이 아니다. 소베크와 이파이도 내 아들이 아니다. 너희들은 하나같이 내 아내에게 해를 입혔다.
이는 카메니와 헤네트가 입증한다. 나는 너희를 내 집에서 내쫓겠다. 한 놈도 빠짐없이! 나는 이제껏 너희들을 부양했지만, 이제 더 이상 그리하지 않겠다.

호리는 잠시 쉬었다가 계속 읽어 나갔다.

카의 종 임호테프가 호리에게 전한다. 믿음직스러운 너의 삶과 안전, 건강은 어떠한가? 나 대신 어머니 에사와 내 딸 레니센브에게 안부 전하고, 헤네트에게 인사 전하라. 내가 도착할 때까지 사업을 신중히 관리하고, 나의 새 아내 노프레트가 정실(正室)로서 내 모든 재산을 공유한다는 증서를 준비해 두라. 야흐모세는 물론 소베크도 나의 동업자가 되지 못할 것이고, 나는 그들을 부양하지도 않을 것이며, 이 서신을 빌려 내 아내에게 해를 끼친 그들에게 죄를 묻는다! 내가 도착할 때까지 모든 일을 별 탈 없이 유지하라. 사악하도다. 한 사내의 가족이 그의 새 아내에게 악행을 범하다니. 이파이에게는 경고하라. 내 아내에게 조금이라도 해를 입힌다면, 그놈 역시 내 집에서 쫓겨나리라.

돌처럼 굳은 침묵이 흐르더니, 이내 소베크가 벌떡 일어나 맹렬히 분노를 토했다.

"이게 어찌 된 일이야? 대체 아버지가 무슨 소릴 들은 거지? 누가 아버지한테 헛소리를 지껄인 거야? 이걸 인정해야 돼? 아버지가 우리 상속권을 박탈하고 모든 재산을 첩에게 줄 수는 없어!"

호리가 차분히 말했다.

"안 좋은 소문이 나겠지. 그리고 정당한 행위로 인정받지 못할 거야. 하지만 이건 그분의 합법적인 권리야. 어떤 식으로든 당신 뜻대로 상속 증서를 만들 수 있지."

"그년이 아버지를 홀렸어. 저 음험하고 간악한 독사가 아버지에게 마법을 건 거야!"

야흐모세는 어안이 벙벙한 듯 우물거렸다.

"믿을 수가 없어……. 이건 사실이 아냐."

이파이가 소리쳤다.

"아버지는 미쳤어. 미쳤다구! 그 여자가 시키는 대로 나한테까지 등을 돌리다니!"

호리가 진지하게 말했다.

"임호테프께서는 곧 돌아오실 거야. 그렇게 말씀하셨어. 그때쯤이면 화가 누그러들지 몰라. 진심으로 하신 말은 아닐 거야."

그때 짧고 불쾌한 웃음소리가 들렸다. 사티피였다. 그녀는 여인들의 거처로 통하는 문간에 서서 그들을 바라보고 있었다.

"그러니까 우리가 할 일이 그거로군요? 수수방관! 똑똑하기 그지없는 호리."

야호모세가 느릿느릿 말했다.

"달리 뭘 할 수 있겠어?"

"뭘 하냐구?"

사티피의 목소리가 높아졌다. 그녀는 고래고래 소리쳤다.

"당신들 혈관에 도대체 뭐가 흐르는 거지? 우유? 야호모세, 당신은 남자도 아니야! 하지만 소베크 서방님 당신마저 이런 일에 손놓고 있을 건가요? 칼로 심장을 찔러 버리면 저 여자는 우리한테 아무런 해도 못 끼칠 거예요."

야호모세가 소리쳤다.

"사티피! 아버지가 절대 용서하지 않으실 거야!"

"어련하시려고. 하지만 죽은 첩과 살아 있는 첩은 다른 법이야! 일단 그녀가 죽어 없어지면 아버님 마음은 아들들과 손자들에게 돌아올 거라고. 게다가 그녀가 어떻게 죽었는지 무슨 수로 아시겠어?

전갈에 쏘일 수도 있잖아! 이제 우리 모두 동지야. 안 그런가요?"

야흐모세가 천천히 말했다.

"아버지는 아실 거야. 헤네트가 있으니……."

사티피가 신경질적으로 웃었다.

"누구보다 신중한 야흐모세! 누구보다 점잖고 조심스런 야흐모세! 당신은 애나 돌보면서 집 뒤편에서 여편네 일이나 하는 게 낫겠어. 사크메트여, 굽어 살피소서! 저는 남자도 아닌 남자와 결혼했군요. 그리고 소베크 서방님, 당신은 그렇게 큰소리치더니 용기는 어디 가고 결단력은 어디 갔죠? 라 신께 맹세코, 당신들 둘보다 내가 더 남자다워요."

그녀는 홱 돌아서서 밖으로 나가 버렸다.

그녀 뒤에 서 있던 카이트가 한 발짝 앞으로 나서며 깊고 떨리는 목소리로 말했다.

"사티피 말이 맞아! 그녀는 당신들 누구보다 남자다워요. 야흐모세, 소베크, 이파이. 다들 앉아서 구경만 할 건가요? 우리 아이들은 어쩌지, 소베크? 길거리에 나앉아 굶어 죽을 거야! 좋아. 당신들이 손놓고 있다면 내가 하겠어. 당신들은 남자도 아니야!"

그녀가 뒤따라 나가자 소베크가 벌떡 일어섰다.

"엔네아드의 아홉 신(태양신 라의 아버지 누와, 누의 속성을 지닌 네 쌍의 남신과 여신 — 옮긴이)에 맹세코, 카이트 말이 맞아! 이건 남자가 할 일이야. 그런데 우린 그저 여기 앉아 노닥거리면서 고개나 젓고 있어."

그가 문 쪽으로 성큼성큼 걸어갔다. 호리가 그를 불러 세웠다.

"소베크, 어디 가는 거야? 무슨 짓을 하려고?"

잘생기고 사나운 소베크가 문간에서 소리쳤다.

"뭔가 할 거야. 그건 확실해. 그리고 뭘 하든 즐기면서 할 거야!"

*III*

레니센브는 현관으로 나와 잠시 멈춰 서서 갑자기 쏟아지는 햇빛 때문에 손으로 눈을 가렸다.

그녀는 무기력과 정체 모를 두려움에 휩싸여 몸을 떨었다. 그리고 같은 말을 기계적으로 되풀이하며 혼자 중얼거렸다.

"노프레트에게 알려야 해……. 그녀에게 알려야 해……."

그녀 뒤쪽으로 집 안에서 흘러나오는 남자들 목소리가 들렸다. 호리와 야흐모세의 목소리가 뒤섞였고, 그 위로 어린애 같은 이파이의 목소리가 매섭고 명징하게 울려 퍼졌다.

"형수들 말이 맞아. 이 집안에는 남자가 없어! 하지만 난 남자야. 그래, 나이가 아니라 마음으로 남자야. 노프레트는 나를 조롱하고 비웃었어. 애 취급했지. 이제 내가 어린애가 아니란 걸 보여 주겠어. 아버지는 무섭지 않아. 아버지를 잘 아니까. 아버지는 저 여자의 마법에 홀린 거야. 저 여자가 죽으면 다시 내게로 마음을 돌리시겠지! 나한테로! 나를 가장 귀여워하시니까. 다들 날 애 취급하는데, 두고 봐. 그래, 두고 보라구!"

레니센브는 부리나케 집을 나서는 이파이와 부딪쳐 하마터면 고꾸라질 뻔했다. 그녀가 그의 소매를 붙들었다.

"이파이. 이파이, 어디 가니?"

"노프레트 찾으러. 그 여자가 더 이상 나를 비웃지 못하게 해 줄 거야!"

"잠깐 기다려. 제발 진정해. 우리 모두 경솔한 행동은 금물이야."

이파이는 경멸하듯 웃어 댔다.

"경솔? 누나도 큰형이랑 똑같아. 조심! 신중! 절대 서두르면 안 돼! 큰형은 할망구나 다름없어. 그리고 둘째 형은 말뿐인 허풍쟁이고. 이거 놔, 누나."

이파이는 리넨 소매를 비틀어 그녀의 손을 뿌리치며 다급하게 말했다.

"노프레트, 노프레트 어디 있어?"

헤네트가 부산을 떨며 집에서 나와 중얼거렸다.

"맙소사! 이런 흉사가 생기다니……, 끔찍한 일이야. 우리 모두 어떻게 되는 거지? 우리 가련한 아가씨가 뭐라고 할까?"

이파이가 헤네트에게 물었다.

"노프레트 어디 있어, 헤네트?"

레니센브가 소리쳤다.

"알려 주지 마!"

하지만 헤네트는 이미 대답하고 있었다.

"뒷길로 나가던데. 저 아래 아마 밭 쪽으로……."

이파이가 쏜살같이 집으로 들어가자, 레니센브가 원망스럽게 말했다.

"알려 주지 말았어야지, 헤네트."

"넌 늙은 헤네트를 믿지 않아. 한 번도 날 신뢰한 적이 없지."

징징거리는 그녀의 목소리가 한층 뚜렷해졌다.

"하지만 가련한 헤네트 할멈은 뭘 해야 할지 잘 알고 있지. 저 애는 잠시 머리를 식혀야 돼. 아마 밭 근처에서는 노프레트를 못 찾을 게다."

그녀가 싱글거리며 말했다.

"노프레트는 정자에 있어. 카메니와 함께."

그녀는 고갯짓으로 마당 너머를 가리켰다.

그리고 강조하듯 조금 어색하게 같은 말을 되풀이했다.

"카메니와 함께……."

하지만 레니센브는 이미 마당을 가로지르고 있었다.

호숫가에서 나무 사자를 끌며 놀던 테티가 엄마에게 달려오자, 레니센브는 아이를 품에 안아 들어 올렸다.

아이를 품에 안았을 때 그녀는 사티피와 카이트를 부추기는 힘이 무엇인지 깨달았다. 그들은 자기 아이들을 위해 싸우고 있었다.

테티가 조금 투덜거리며 보챘다.

"너무 꽉 안지 마, 엄마. 너무 꽉 안지 마. 엄마 땜에 아파."

레니센브는 아이를 내려놓았다. 그녀는 천천히 마당을 가로질렀다. 멀리 정자 맞은편에 노프레트와 카메니가 함께 서 있었다. 레니센브가 다가가자 그들이 돌아보았다.

레니센브는 가쁜 숨을 몰아쉬며 다급하게 말했다.

"노프레트, 경고하러 왔어요. 조심해야 돼요. 몸조심 하라구요."

즐거운 듯 경멸하는 표정이 노프레트의 얼굴에 스쳤다.

"개들이 짖고 있다 이거지?"

"화가 단단히 났어요. 당신을 해칠 거예요."

노프레트가 고개를 저었다. 그녀가 아주 의기양양하게 말했다.

"아무도 날 해치지 못해. 그랬다간 당신 아버지한테 알려질 테니까. 대신 앙갚음을 해주겠지. 저들도 조금만 생각해 보면 알게 될 거야."

그녀가 웃었다.

"늘 바보들이었어. 졸렬한 모욕과 해코지나 하고! 항상 내 계략에 놀아난 셈이지."

레니센브가 천천히 말했다.

"그러니까 이 모든 일을 줄곧 계획했다는 거군요? 그런데도 난 당신을 안쓰러워했죠. 우리가 너무 쌀쌀맞게 대한다고 생각하면서……. 하지만 이젠 아니에요……. 노프레트, 당신은 사악한 여자예요. 언젠가 마흔네 가지 죄를 부정하는 심판의 시간이 도래할 때, 당신은 '악행은 하지 않았습니다.'라고 말할 수 없을 거예요. '탐욕을 부린 적이 없습니다.'라는 말도 못 할 거예요. 그리고 천칭 위에서 진실의 깃털과 무게를 재는 당신의 심장은 균형을 잃고 내려앉을 거예요."

노프레트가 음침하게 말했다.

"당신 갑자기 경건해지네. 하지만 난 당신에게는 해를 끼치지 않았어, 레니센브. 당신을 비난하는 말은 한마디도 하지 않았으니까. 카메니에게 물어보라고."

말을 마친 그녀는 마당을 가로질러 현관으로 이어진 층계를 올라갔다. 헤네트가 밖으로 나와 그녀를 맞이하더니, 두 여자는 집 안으로 들어갔다.

레니센브는 천천히 카메니에게로 시선을 돌렸다.

"그러니까 당신이군요, 카메니? 그녀가 우리한테 이런 짓을 하도록 도운 사람이."

카메니가 초조하게 말했다.

"저에게 화났습니까, 레니센브? 하지만 저인들 어쩌겠습니까? 임호테프께서 떠나시기 전에, 언제든 노프레트가 요청하면 시키는 대로 하라고 엄히 지시하셨거든요. 부디 절 탓하지 마세요, 레니센브. 달리 어쩌겠습니까?"

레니센브가 천천히 말했다.

"당신을 탓할 수야 없죠. 아버지의 지시를 수행할 수밖에 없었을 테니……."

"저도 그러고 싶지 않았어요. 그리고 당신을 비난하는 말은 없었어요. 사실입니다, 레니센브."

"그런 건 아무래도 상관없어요!"

"저는 다릅니다. 설령 노프레트가 지시했더라도 당신에게 해가 될 말은 쓰지 않았을 겁니다, 레니센브. 제발 믿어 주세요."

레니센브는 혼란스러운 듯 고개만 저었다. 카메니가 알리려고 애쓰는 요지는 그녀에게 별로 중요하지 않아 보였다. 그녀는 카메니에게 실망한 듯 상처와 분노를 느꼈다. 비록 핏줄로 엮인 사이지만, 그는 그녀의 아버지가 멀리서 데려온 이방인일 뿐이었다. 그리고 고용주가 내린 지시를 충직하게 수행한 젊은 필경사였다.

카메니가 집요하게 말했다.

"저는 사실만을 썼습니다. 거짓말은 결코 없었습니다. 당신께 맹세합니다."

레니센브가 말했다.

"그랬겠죠. 거짓말은 없었겠죠. 그걸 봐도 노프레트는 너무 영악해요."

결국 에사 할머니가 옳았다. 사티피와 카이트가 흡족해한 해코지는 정확히 노프레트가 원하던 것이었다. 그녀가 고양이처럼 웃는 것도 이상할 게 전혀 없었다.

"그녀는 못됐어요."

그녀는 생각을 따라가다 입을 열었다.

카메니가 동의했다.

"그녀는 사악한 여자입니다."

레니센브가 고개를 돌려 묘한 눈길로 바라보았다.

"당신은 여기 오기 전부터 그녀를 알고 있었죠? 멤피스에서 알고 지낸 사이인가요?"

카메니가 얼굴을 붉히며 난처한 표정을 지었다.

"잘 알지는 못했습니다……. 그녀에 대한 이야기만 들었을 뿐이에요. 오만하고, 야심만만하고, 모진 여자라더군요. 그리고 용서하는 법이 없다고 했습니다."

레니센브가 갑자기 초조한 듯 고개를 젖혔다.

"전 믿지 않아요. 아버지는 겁주려고 한 말을 정말로 실천하진 않을 거예요. 지금은 화가 나셔서 그랬겠지만……, 그렇게 분별 없는 분이 아니에요. 돌아오시면 다 용서하실 거예요."

카메니가 말을 꺼냈다.

"그분이 돌아오시면……. 마음을 바꾸지 못하도록 노프레트가 손을 쓸 겁니다. 그녀는 아주 영악하고 집요하니까요. 그리고 몹시 아름답다는 사실을 잊지 마세요."

레니센브가 수긍했다.

"네. 아름답죠."

그녀가 일어섰다. 어떤 이유에서인지 노프레트가 아름답다는 생각에 가슴이 쓰라렸다.

*IV*

레니센브는 아이들과 놀며 오후를 보냈다. 함께 놀다 보니 어렴풋한 고통이 조금 잦아들었다. 해질 무렵이 되어서야 그녀는 자리에서 일어나 머리를 쓸어 올리면서 구겨지고 헝클어진 드레스의 주름을 폈다. 문득 사티피와 카이트가 평소처럼 밖에 나오지 않은 이유가 궁금했다.

카메니는 오래전에 마당에서 사라졌다. 레니센브는 천천히 마당을 가로질러 집 안으로 들어갔다. 그리고 아무도 없는 거실을 지나 집 뒤편 여인들의 거처로 갔다. 에사가 자기 방 한쪽 구석에서 꾸벅꾸벅 졸고 있었고, 그녀의 어린 노예 소녀들은 리넨 천을 쌓고 있었다. 부엌에서는 삼각 빵을 몇 가마 굽는 중이었다. 그들 말고는 아무도 없었다.

묘한 공허함이 레니센브의 마음을 짓눌렀다. 다들 어디 간 걸까?

호리는 아마 묘소에 올라갔으리라. 야흐모세는 그와 함께 있거나 밭에 나갔을 것이다. 소베크와 이파이는 가축을 돌보거나 옥수수 창고를 살피고 있을 터였다. 하지만 사티피와 카이트는 어디 있는 걸까? 그리고……, 그래, 노프레트는 어디 있지?

노프레트의 짙은 향수 냄새가 그녀의 텅 빈 방에 가득했다. 레니센브는 문간에 서서 작은 목침, 보석 상자, 구슬 팔찌 더미, 번들거리는 파란 스카라베 반지(이집트에서 신성시한 풍뎅이가 박힌 반지 — 옮긴이)를 물끄러미 바라보았다. 향수, 옷가지, 리넨, 샌들…….
모두 주인을 대변하고 있었다. 그 속에 사는 이방인이자 적인 노프레트를.

레니센브는 궁금했다. 정작 노프레트는 어디 있지?

그녀는 천천히 집 뒷문으로 걸어가다가, 안으로 들어오는 헤네트와 마주쳤다.

"다들 어디 있어, 헤네트? 할머니 말고는 집이 텅 비었어."

"낸들 알겠니, 레니센브? 여태 일만 했는걸. 천 짜는 걸 돕고, 온갖 집안일을 살피느라 산책 나갈 시간이 없었단다."

'누군가 산책 나갔다는 뜻이로군.'

레니센브는 생각했다.

사티피가 바가지를 긁으러 야호모세를 따라 묘소에 올라간 건 아닐까? 하지만 카이트는 어디 있지? 이렇게 오랫동안 아이들 곁에 없는 건 카이트답지 않았다.

그러자 기묘하고 혼란스런 생각이 밑바닥에서 다시 떠올랐다.

'노프레트는 어디 있지?'

마치 그 생각을 읽기라도 한 듯 헤네트가 대답했다.

"노프레트라면 한참 전에 묘소로 올라갔단다. 오, 그래, 호리라면 말상대가 되겠구나. 노프레트 못지않게 똑똑하니까."

헤네트가 짓궂게 웃었다. 그녀가 슬그머니 레니센브에게 좀 더 다가왔다.

"레니센브, 내가 이번 일로 얼마나 불쾌한지 알아주면 좋겠구나. 알다시피 그날 그녀가 내게 왔을 때, 볼에 카이트의 손자국이 찍힌 채 피를 흘리고 있었어. 그리고 카메니더러 받아 적게 하고, 나더러 본 걸 말하라지 뭐냐. 물론 못 봤다고 말할 수는 없었어! 아, 그녀는 영리한 여자야. 다정하셨던 네 어머니만 생각하면……."

레니센브는 그녀를 제치고 밖으로 나가 저녁 해의 금빛 광휘에 휩싸였다. 짙은 그늘이 절벽에 드리웠다. 이런 일몰 때면 온 세상이 몽환적인 느낌이었다.

레니센브는 걸음을 재촉해 절벽 길로 향했다. 묘소로 올라갈 생각이었다. 호리를 만나러. 그래, 호리를 만나러. 어릴 때 장난감이 망가지면 그러곤 했다. 걱정스럽거나 두려울 때마다 호리는 절벽 그 자체처럼 굳건하고, 흔들림 없고, 변하지 않았다.

레니센브는 머릿속이 혼란스러웠다. 호리를 만나면 모든 것이 좋아지리라…….

그녀의 발걸음이 점점 빨라지더니 거의 뛰다시피했다.

그때 문득 사티피가 다가오는 모습이 보였다. 사티피도 묘소에 갔다 온 게 틀림없었다.

그런데 사티피의 걸음걸이가 몹시 이상했다. 장님처럼 비틀비틀 좌우로 흔들거리면서…….

사티피는 레니센브를 보자 움찔 멈춰 서더니 가슴에 손을 댔다. 그녀에게 다가간 레니센브는 사티피의 얼굴을 보고 놀랐다.

"무슨 일이에요, 언니? 어디 아파요?"

사티피는 쉰 목소리로 대답하면서 눈동자를 이리저리 굴렸다.

"아냐, 아냐. 그럴 리가 있겠니."

"아파 보여요. 겁먹은 표정인걸요. 무슨 일 있었어요?"

"일은 무슨 일……. 아무것도 아냐."

"어디서 오는 길인데요?"

"묘소에 갔다 왔어. 야흐모세 찾으러. 거기 없더구나. 거긴 아무도 없어."

레니센브는 여전히 물끄러미 쳐다보았다. 새로운 사티피였다. 기운차고 패기만만하던 사티피는 사라지고 없었다.

"가자, 레니센브……. 집으로 돌아가자구."

사티피는 조금 떨리는 손으로 레니센브의 팔을 잡고는 왔던 길로 돌아가자고 재촉했다. 레니센브는 그 손길이 불쾌하게 느껴졌다.

"아니, 묘소로 올라가야겠어요."

"아무도 없다니까 그래."

"나일 강을 내려다보고 싶어요. 거기 앉아서……."

"하지만 해가 지고 있잖아. 너무 늦었어."

사티피의 손가락이 바이스처럼 레니센브의 팔을 꽉 움켜쥐었다. 레니센브는 팔을 비틀어 뺐다.

"놔 줘요, 언니."

"안 돼. 돌아가. 나랑 같이 돌아가."

하지만 레니센브는 이미 손을 뿌리치고 그녀를 제친 뒤, 절벽으로 올라가고 있었다.

뭔가 있었다. 그녀의 본능이 그렇게 말했다. 레니센브의 발걸음이 뛸 듯이 빨라졌다.

그리고 그녀는 보았다. 절벽 그늘 아래 누워 있는 시커먼 형체……. 그녀는 황급히 달려가 그 곁에 가까이 섰다.

그녀는 눈앞의 형체를 보고도 전혀 놀라지 않았다. 마치 이미 예상하기라도 한 듯……

 노프레트가 얼굴을 위로 향한 채 쓰러져 있었다. 그녀의 몸뚱이는 부러지고 뒤틀려 있었으며 초점 없는 눈동자를 뜨고 있었다.

 레니센브는 몸을 굽혀 차갑고 뻣뻣한 볼을 만지고는, 다시 일어서서 내려다보았다. 그녀는 뒤에서 사티피가 올라오는 소리를 듣지 못했다.

 사티피가 다급하게 말했다.

 "추락한 게 틀림없어. 추락한 거야. 절벽 길을 따라 걷다가 떨어졌어……"

 '그래, 그렇게 된 거야. 노프레트는 위쪽 길에서 떨어져 몸뚱이가 석회석 바위에 튕긴 거야.'

 레니센브는 생각했다.

 "뱀을 봤을지 몰라. 그 바람에 놀라 떨어졌겠지. 이따금 햇살이 따가울 때 뱀들이 그 길에서 잠을 자곤 하니까."

 사티피가 말했다.

 뱀. 그래, 뱀. 소베크와 그 뱀. 등이 부러져 햇살 아래 뻗은 뱀. 소베크의 이글거리는 눈동자…….

 그녀는 생각했다. 소베크……. 노프레트…….

 그때 갑자기 호리의 목소리가 들리면서 안도감이 밀려왔다.

 "무슨 일이야?"

 그녀는 고개를 돌렸다. 호리와 야흐모세가 함께 올라와 있었다. 사티피는 노프레트가 위쪽 길에서 떨어진 게 틀림없다고 열심히 설명했다.

야흐모세가 말했다.

"우릴 찾으러 왔나 본데, 호리와 난 용수로를 살피러 나가 있었어. 적어도 한 시간은 지났을 거야. 돌아오다가 여기 서 있는 너희를 본 거야."

"소베크 오빠는 어디 있어요?"

레니센브가 입을 열었다. 그 목소리가 사뭇 다르게 들려서 그녀 자신도 놀랐다.

그녀는 그 질문에 곧바로 매섭게 고개 돌리는 호리를 보았다. 아니 그렇게 느껴졌다. 야흐모세는 그저 혼란스런 목소리로 말했다.

"소베크? 오후 내내 못 봤어. 불같이 화를 내며 집을 나간 뒤로."

하지만 호리는 레니센브를 바라보고 있었다. 그녀는 눈을 들어 그의 눈과 마주쳤다. 그는 시선을 돌려 골똘한 얼굴로 노프레트의 시체를 내려다보았다. 레니센브는 그가 정확히 무슨 생각을 하는지 안다고 확신했다.

그가 미심쩍게 중얼거렸다.

"소베크?"

레니센브는 자신이 하는 말을 들었다.

"아냐……. 아냐……. 아냐……."

사티피가 다급하게 다시 말했다.

"길에서 추락한 거예요. 이 위쪽 길은 좁아서 위험하고……."

소베크는 살생을 좋아했다. "뭘 하든 즐기면서 할 거야……." 그렇게 말했다.

　뱀을 죽이는 소베크…….

　좁은 길에서 노프레트를 만나는 소베크…….

　레니센브는 띄엄띄엄 중얼대는 자신의 목소리를 들었다.

　"우린 몰라……. 우린 몰라……."

　그러고는 친근한 위안을 주며 짐을 벗어던지듯 사티피의 단정에 무게와 가치를 부여하는 호리의 근엄한 목소리를 들었다.

　"길에서 추락한 게 틀림없어……."

　그의 눈동자가 레니센브의 눈동자와 마주쳤다. 그녀는 생각했다.

　'호리와 나는 알아……. 앞으로도 그럴 거야…….'

　그리고 자신의 불안한 목소리를 들었다.

　"그녀는 길에서 추락했어……."

　그리고 마지막 메아리처럼, 야흐모세가 점잖은 목소리로 맞장구쳤다.

　"길에서 추락한 게 틀림없어."

## 겨울 넷째 달 6일

*I*

임호테프가 에사를 마주보고 앉았다.
"다들 똑같은 이야기만 하고 있어요."
그가 투덜거리듯 말했다.
"적어도 그게 편하니까."
에사가 말했다.
"편하다니요? 그 무슨 망발이십니까!"
에사가 짧게 낄낄거렸다.
"허튼소리가 아니다, 아들아."
"녀석들이 진실을 말하고 있는지, 전 그걸 알아야 합니다!"
임호테프가 불길한 말을 했다.

"너는 마아트 여신(진리와 정의의 화신으로, 태양신 라의 딸이자 지혜의 신 토트의 부인 ― 옮긴이)이 아니야. 아누비스(죽음의 신 ― 옮긴이)처럼 망자의 심장을 저울질 하지도 못해."

임호테프가 재판관처럼 고개를 저었다.

"그게 사고였다구요? 배은망덕한 가족에게 제 뜻을 밝힌 편지 때문에 다들 화가 났을지 모른다는 점을 잊어선 안 됩니다."

에사가 말했다.

"물론이다. 화가 단단히 났었지. 중앙 홀에서 어찌나 큰 소리를 치던지 여기 내 방까지 들리더구나. 그건 그렇고 그게 정말로 네 진심이었느냐?"

임호테프는 거북한 듯 꼼지락대며 중얼거렸다.

"화가 나서 그런 겁니다. 당연히 화가 났죠. 가족들에게 뼈아픈 교훈을 줘야 했습니다."

"바꿔 말하면 겁을 주려 했을 뿐이란 말이지?"

에사가 말했다.

"어머니, 지금 그게 문젭니까?"

"알겠다. 뭘 할 생각인지도 몰랐단 소리구먼. 네 머릿속은 늘 뒤죽박죽이야."

임호테프는 애써 분노를 자제했다.

"제 말은 단지 그건 더 이상 중요하지 않다는 겁니다. 지금 중요한 건 노프레트의 죽음에 관한 사실들입니다. 이 집안 누군가가 몹시 불손하여 화를 이기지 못하고 감히 그 여자를 해쳤다면……, 전

대체 어찌해야 한단 말입니까!"

"오히려 다행이야. 다들 같은 소리를 하니까, 어느 누구한테서도 별다른 낌새를 못 느꼈지?"

"물론입니다."

"그렇다면 그냥 사고로 덮어 두지 그러냐? 너는 그 여자와 함께 북쪽으로 가야 했어. 그때 내가 그리 이르지 않았느냐."

"그럼 어머니 생각은 정말로……."

에사가 힘주어 말했다.

"나는 요즘 앞이 거의 보이지 않지만 내 눈으로 보거나 내 귀로 들은 것과 배치되지만 않으면 들은 대로 믿는다. 헤네트한테 물어 봤겠지? 이번 사건에 대해 뭐라더냐?"

"몹시 상심해 있더군요. 저 때문에."

에사가 눈을 치떴다.

"오호. 그거 놀라운걸."

"헤네트는 인정 많은 여자입니다."

임호테프가 단호히 말했다.

"그렇다마다. 게다가 보통 사람들보다 입이 싸지. 헤네트가 너의 손실에 대해 상심해 있을 뿐이라면, 난 당연히 이 사건을 묻어 두련다. 네가 신경 써야 할 다른 일들이 많지 않으냐."

임호테프는 다시금 까다롭고 거만한 태도로 일어섰다.

"네, 물론입니다. 야흐모세가 지금 중앙 홀에서 제가 급히 관여해야 할 온갖 사안들을 갖고 기다리고 있습니다. 제 허가를 기다리는 결재 서류가 쌓여 있어요. 어머니 말씀대로 사적인 슬픔이 삶의 중요한 의식들을 침해할 순 없죠."

그가 부리나케 나갔다.

에사가 잠시 미소 지었다. 조금 냉소적인 미소. 이내 다시 수심 어린 표정으로 바뀌었다. 그녀는 한숨을 내쉬며 고개를 저었다.


*II*

야흐모세는 카메니와 함께 아버지를 기다리고 있었다. 그는 호리가 염장이와 장의사의 작업을 감독하고 있으며, 그들이 마지막 장례 준비를 하느라 바쁘다고 설명했다.

임호테프가 노프레트의 사망 소식을 전해 듣고 집으로 돌아오기까지 몇 주가 걸렸기 때문에, 장례 준비는 이제 거의 마무리 단계였다. 그녀의 시체는 오랫동안 소금물에 담갔다가 평소 모습과 유사하게 복원하고, 기름칠과 소금 마찰을 마친 뒤, 붕대로 잘 싸서 관에 안치했다.

야흐모세는 훗날 임호테프의 시체를 보관하려고 만든 석실 근처의 작은 보관실을 정해 두었다고 설명했다. 이어서 자신이 지시한 사항들을 상세히 설명하자, 임호테프는 수긍하는 기색이었다.

그가 다정하게 말했다.

"잘했다, 야흐모세. 아주 훌륭하게 판단하고 침착하게 대처한 것 같구나."

야흐모세는 뜻밖의 칭찬에 조금 상기되었다.

임호테프의 말이 이어졌다.

"물론 이피와 몬투는 비싼 염장이들이지. 예를 들어 이 덮개 항아리들은 터무니없이 비싼 것 같아. 이건 쓸데없는 낭비야. 몇 가지 비용은 너무 비싸 보여. 그게 바로 총독 가문에 고용되었던 이 염장이들의 제일 나쁜 점이지. 자기네들 맘대로 터무니없이 높은 가격을 매겨도 된다고 생각해. 덜 유명한 염장이를 찾아갔으면 훨씬 쌌을 텐데……."

야흐모세가 말했다.

"아버지가 안 계셔서 제가 이 문제들을 결정해야 했습니다. 그리고 아버지가 그토록 아끼시던 여인에게는 최대한 예를 표해야 된다고 생각했습니다."

임호테프가 고개를 끄덕이며 야흐모세의 어깨를 토닥거렸다.

"선의의 과오였구나, 아들아. 네가 늘 돈 문제에 지극히 신중하다는 건 나도 안다. 불필요한 지출을 하긴 했지만 이번 일을 처리하면서 나를 기쁘게 하려고 한 점은 고맙게 생각한다. 아무리 그래도 내가 미다스 왕도 아니고, 첩은 단지……. 으흠! 그저 첩일 뿐이야. 값비싼 부적은 취소해야겠다. 그리고 어디 보자. 비용을 절감할 부분이 한두 가지 있구나……. 견적서 품목을 읽어 주게나, 카메니."

카메니가 파피루스를 와스락거리며 펼쳤다.

야흐모세는 안도의 한숨을 쉬었다.

*III*

카이트가 천천히 집에서 나와 호수로 다가오더니, 아이들과 엄마들이 있는 곳에서 멈췄다. 그녀가 사티피에게 말했다.

"형님 말이 맞았어요. 죽은 첩과 살아 있는 첩은 다른 법!"

사티피는 모호하고 멍한 눈초리로 그녀를 올려다보았다.

재빨리 물어본 사람은 레니센브였다.

"무슨 소리에요, 카이트 언니?"

"살아 있는 첩한테는 아까울 게 없었어. 옷이며 보석이며, 심지어 혈육의 유산까지! 하지만 이제 아버님은 장례 비용을 깎느라 바쁘셔! 사실, 죽은 여자한테 뭐 하러 돈을 쓰겠어? 형님 말이 맞았어."

사티피가 중얼거렸다.

"내가 뭐랬는데? 잊어버렸어."

카이트가 동의했다.

"그게 최선이죠. 나 역시 잊었어요. 그리고 아가씨도……."

레니센브는 카이트를 말없이 바라보았다. 카이트의 목소리에 뭔가 있었다. 레니센브를 불쾌하게 만드는, 희미한 악의가 서린 뭔가가. 그녀는 늘 카이트를 조금은 아둔한 여자쯤으로 여기곤 했다. 온화하고 유순하지만 조금은 하찮은 여자. 지금은 카이트와 사티피가 뒤바뀐 게 아닌가 싶었다. 지배적이고 공격적이던 사티피는 소심해 보일 정도로 유순해졌다. 지금 사티피를 압도하는 듯 보이는 사람은 바로 카이트였다.

하지만 사람의 성격이 진짜로 변하지는 않는다고 레니센브는 생각했다. 정말 그럴까? 혼란스러웠다. 카이트와 사티피가 지난 몇 주간 진짜로 변했다면, 혹은 한쪽의 변화가 다른 쪽의 변화로 인한 것이라면? 카이트가 공격적으로 변한 걸까? 아니면 사티피의 갑작스런 몰락 때문에 그렇게 보일 뿐일까?

사티피가 달라진 건 분명했다. 그녀의 목소리는 더 이상 심술궂은 억양으로 격앙되는 일이 없었다. 그녀가 불안하고 위축된 걸음걸이로 마당과 집 주위를 어슬렁거리는 모습은, 평소 자신만만하던 태도와 사뭇 달랐다. 레니센브는 그것이 노프레트의 죽음으로 인한 충격 탓이라고 생각했지만, 그 충격이 그토록 오래간다는 것은 믿기 어려웠다. 오히려 노프레트의 때아닌 돌연사에 대해 당연하다는 듯 대놓고 기뻐하는 편이 훨씬 사티피다웠다. 하지만 실제로는 노프레트의 이름만 들어도 불안한 표정을 지으며 위축됐다. 심지어 야호모세도 그녀의 으름장과 위협에서 벗어난 듯했고, 전보다 훨씬 단호한 태도를 보이기 시작했다. 어찌 됐건 사티피가 변한 건 좋은 일이었다. 적어도 레니센브는 그렇게 생각했다. 하지만 그 변화는 왠지 모를 불쾌감을 주었다.

레니센브는 카이트가 자신을 노려보며 찡그리고 있다는 것을 알아채고는 흠칫 놀랐다. 카이트는 방금 자기가 한 말에 동의하기를 기다리고 있었던 것이다.

카이트가 다시 말했다.

"아가씨도 잊었다고……."

불현듯 레니센브는 혐오의 홍수에 압도당하는 기분이었다. 카이트건 사티피건 그녀에게 뭘 기억할지 말지 지시할 자격은 없었다. 그녀는 거부하는 기미가 또렷한 눈초리로 카이트의 얼굴을 계속 노려보았다.

카이트가 말했다.

"한 집안 여자들은 일치단결해야 돼."

레니센브가 따지듯 말했다.

"어째서요?"

"이해관계가 같으니까."

레니센브가 거세게 도리질을 쳤다. 머릿속이 혼란스러웠다.

'난 여자이면서 동시에 인간이야. 난 레니센브야.'

그녀가 큰 소리로 말했다.

"그건 그렇게 간단하지 않아요."

"말썽을 일으키고 싶은 거야, 아가씨?"

"아뇨. 그나저나 말썽이라니, 무슨 뜻이죠?"

"그날 큰 홀에서 했던 말은 전부 잊는 게 상책이야."

레니센브가 웃었다.

"언니는 어리석어요. 하인들, 노예들, 할머니까지 모두 들었을 거라고요! 어째서 있었던 일을 없었던 척해야 하죠?"

사티피가 맥없이 말했다.

"우린 화가 나 있었어. 진심으로 한 말이 아니야."

그녀는 짜증스럽고 민감하게 덧붙였다.

"그 얘기는 그만해, 카이트. 아가씨가 말썽을 일으키려 한다면 내버려 둬."

레니센브가 화를 내며 말했다.

"그럴 생각은 없어요. 하지만 아닌 척하는 건 한심한 짓이라고요."

카이트가 말했다.

"아니. 그건 지혜로운 행동이야. 아가씨도 테티를 생각해야 돼."

"테티에게는 아무 일 없어요."

"모두한테 아무 일 없지. 노프레트가 죽었으니까."

카이트가 미소 지었다.

차분하고 조용하며 만족스러운 미소였다. 그리고 다시금 레니센브는 혐오의 파도가 솟구치는 느낌을 받았다.

하지만 카이트의 말은 사실이었다. 노프레트가 죽었으니 모든 게 무사했다.

사티피, 카이트, 그녀 자신, 아이들……. 모두 무사하고, 모두 평화로웠다. 미래에 대해 아무런 근심도 없이. 그 침입자, 골치 아프고 위협적인 이방인은 떠났다. 영원히.

하지만 도무지 이해할 수 없는 이 감정의 떨림, 노프레트를 안쓰러워하는 이 감정은 뭘까? 좋아하지도 않은 죽은 여자를 감싸 주고 싶은 느낌. 노프레트는 사악했고, 노프레트는 죽었다. 그냥 그렇게 묻어 둘 수는 없는 걸까? 가슴을 후비는 이 뜬금없는 동정심은 뭐지? 동정심 이상의 어떤 것, 이해심에 가까운 어떤 것.

레니센브는 혼란스러운 듯 고개만 저었다. 그녀는 다른 사람들이 사라진 뒤에도 물가에 앉아, 마음속 혼란을 이해하려 애썼지만 허사였다.

해가 낮아졌을 때, 마당을 가로지르던 호리가 그녀를 보고 곁에 다가와 앉았다.

"날이 저물었어, 레니센브. 해가 지고 있잖아. 안으로 들어가야 돼."

그의 근엄하고 조용한 목소리가 변함없이 그녀를 달래 주었다. 그녀는 고개를 돌리고 물었다.

"한 집안 여자들은 반드시 뭉쳐야 하나요?"

"누가 그러던, 레니센브?"

"카이트 언니요. 그녀와 사티피 언니가……."

레니센브가 말을 멈췄다.

"그리고 넌……, 혼자 생각하고 싶은 거니?"

"아, 생각! 어떻게 생각해야 할지 갈피를 못 잡겠어요, 호리. 모든 게 혼란스러워요. 사람들을 이해할 수 없어요. 다들 더 이상 제가 알던 사람들이 아니에요. 저는 늘 사티피 언니가 대담하고, 단호하고, 위압적이라고 생각했어요. 하지만 지금은 나약하고, 머뭇거리고, 심지어 소심하기까지 해요. 그렇다면 어느 쪽이 진짜 사티피 언니죠? 사람이 하루 만에 그렇게 변할 수는 없어요."

"하루 만에는 안 되지. 절대."

"그리고 카이트 언니는……, 늘 온순하고 순종적이고 모두가 을러대도 가만히 있었어요. 그런데 지금은 모두를 지배해요! 심지어 소베크 오빠마저 그녀를 두려워하는 것 같아요. 그리고 야흐모세 오빠마저 달라졌어요. 자기가 내린 명령에 복종하길 기대해요!"

"이 모든 상황이 혼란스러운 거로구나, 레니센브?"

"네. 이해할 수 없으니까요. 가끔은 헤네트조차 평소 모습과 완전히 다른 것 같아요!"

레니센브는 자기 말이 한심하다는 듯 웃었지만, 호리는 덩달아 웃지 않았다. 그는 여전히 근엄하고 생각에 잠겨 있었다.

"사람에 대해 그리 많이 생각해 보지 않았구나, 레니센브? 그랬다면 깨달았을 텐데⋯⋯."

그는 잠시 침묵하다가 다시 입을 열었다.

"모든 묘소에는 항상 장식 문이 있다는 건 알지?"

레니센브가 빤히 쳐다보며 대답했다.

"네, 물론 알죠."

"그래, 사람도 마찬가지야. 장식 문을 만들지. 속이려고. 자신의 나약함과 무능을 깨닫는 순간 자만과 허풍과 압도적인 권위로 장식된 근사한 문을 만들지. 그리고 얼마 후에는 정말로 그 존재를 믿는단다. 사람, 모든 사람은 그 문을 자신과 동일시하지. 하지만 레니센브, 그 문 뒤에는 벌거벗은 바위뿐이야⋯⋯. 그래서 현실이 찾아와 진실의 깃털로 건드리면, 참된 자아가 모습을 드러내지. 카이트의 경우 온순함과 복종심은 그녀가 바라는 모든 걸 가져다줬어. 남편과 아이들. 아둔함은 그녀에게 손쉬운 삶을 선사했지. 하지만 위험이라는 형태로 현실이 찾아와 겁을 주자 본모습이 드러난 거야. 그녀는 변하지 않았단다, 레니센브. 그 힘과 그 무자비함은 늘 거기 있없어."

레니센브가 어린아이처럼 말했다.

"하지만 전 싫어요, 호리. 무서워요. 모두 제가 알던 사람이 아니에요. 하지만 제 자신은요? 저는 늘 똑같아요."

그가 미소를 지었다.

"그럴까? 그럼 왜 몇 시간이나 여기 앉아서 이마를 찡그린 채 골똘히 생각에 잠겨 있지? 과거의 레니센브, 크하이와 떠났던 레니센브가 그런 적이 있었던가?"

"아뇨. 그땐 그럴 필요가 없었으니까……."

레니센브가 말을 멈췄다.

"거 봐. 네 입으로 말했잖아. 그게 바로 현실의 단어야. 필요! 넌 이제 예전처럼 모든 일을 있는 그대로 받아들이는, 행복하고 생각 없는 어린아이가 아냐. 단순히 이 집안 여자들 중 하나가 아냐. 혼자 생각하고, 다른 사람에 대해 고민하는 레니센브지……."

레니센브가 천천히 말했다.

"노프레트를 생각하고 있었어요……."

"무엇을 말이야?"

"어째서 그녀를 잊지 못하는지……. 그녀는 사악하고 잔인하고 우리를 해치려 했어요. 그리고 이제 죽었어요. 왜 그냥 그렇게 묻어 두지 못할까요?"

"묻어 두지 못하겠니?"

"네. 애는 썼지만……."

레니센브가 말을 멈췄다. 그리고 혼란스러운 듯 손으로 눈을 쓸었다.

"이따금 노프레트에 대해 안다는 느낌이 들어요, 호리."

"안다니? 무슨 뜻이지?"

"설명할 순 없지만 때때로 그런 생각이 들어요……. 마치 그녀가 여기 제 곁에 있는 것처럼. 마치……, 그녀와 함께 있는 느낌이에요. 그녀가 뭘 느끼는지 알 것 같아요. 그녀는 몹시 불행했어요, 호리. 그땐 몰랐지만 지금은 알 것 같아요. 그녀가 우리 모두를 해치려 한 건 자신이 너무 불행했기 때문이에요."

"네가 그걸 알 수는 없어, 레니센브."

"네, 당연히 알 수 없죠. 하지만 그렇게 느껴져요. 그 비참함, 그 쓸쓸함, 그 모진 증오……. 언젠가 그녀의 얼굴에서 그걸 본 적이 있지만, 이해를 못 했어요! 그녀는 누군가를 사랑했지만 일이 꼬였을 거예요. 아마도 그가 죽었거나……, 달아났겠죠. 하지만 그 때문에 그녀는 변했어요. 남을 해치고 상처 주려고 안달하게 됐죠. 아! 뭐라고 하셔도 좋아요. 제가 옳다는 걸 아니까! 그녀는 저 늙은, 우리 아버지의 첩이 됐어요. 그리고 그녀가 여기 오자, 우린 그녀를 미워했어요. 그래서 그녀는 우리 모두를 자신만큼 불행하게 만들기로 마음먹었죠. 네, 그렇게 된 거예요!"

호리가 호기심 어린 눈길로 바라보았다.

"확신에 찬 말투로구나, 레니센브. 하지만 너는 노프레트를 잘 몰라."

"하지만 전 그게 사실이라고 느껴요, 호리. 전 그녀를 느껴요……. 노프레트가 가끔 제 곁에 아주 가까이 있는 것 같아요……."

"알겠다."

두 사람 사이에 침묵이 흘렀다. 날이 이제 거의 캄캄했다.

이윽고 호리가 조용히 말했다.

"너는 노프레트가 사고로 죽은 게 아니라고 믿지? 그녀가 떠밀렸다고 생각하지?"

레니센브는 자신의 믿음이 발설되는 것에 강한 반감을 느꼈다.

"아뇨, 아뇨. 그 말은 하지 마세요."

"하지만 레니센브, 내 생각엔 말하는 편이 나아. 네 머릿속에 있는 말이니까. 그렇게 생각하는 거 맞지?"

"전……, 그래요!"

호리는 골똘한 얼굴로 고개를 숙이며 다시 말했다.

"그리고 소베크를 범인으로 보지?"

"달리 누가 있겠어요? 뱀을 죽이던 일 기억하죠? 그리고 그때 했던 말……. 그날, 그녀가 죽던 날, 중앙 홀을 나가기 전에 한 말도 기억하죠?"

"물론 기억하지. 하지만 사람의 말과 행동이 늘 일치하는 건 아니란다."

"그럼 당신은 그녀가 살해됐다고 믿지 않나요?"

"아니, 레니센브. 내 생각도 그래……. 하지만 그건 결국 하나의 견해일 뿐이야. 증거가 없잖니. 내가 보기엔 증거가 있을 것 같지 않구나. 내가 임호테프께 사고로 받아들이라고 권한 건 그 때문이야. 누군가 노프레트를 밀었다 해도, 그게 누군지는 절대 알 수 없어."

"그러니까 소베크 오빠라고 생각하지 않는다는 건가요?"

"그럴 것 같진 않아. 하지만 말했듯이 절대 알 수 없어. 따라서 그 문제를 생각하지 않는 게 상책이야."

"하지만……, 소베크 오빠가 아니라면…… 도대체 누구라고 생각하세요?"

호리가 고개를 저었다.

"설령 짐작 가는 사람이 있다 해도 잘못된 추측일 수 있어. 그러니 말하지 않는 게 나아……."

"하지만 그러면……, 우린 영원히 모르게 돼요!"

레니센브의 목소리에 실망스러움이 배어 있었다.

"어쩌면……."

호리가 머뭇거렸다.

"어쩌면 그게 최선일지 몰라."

"모르는 게?"

"모르는 게……."

레니센브가 몸서리를 쳤다.

"하지만 그러면……. 오! 호리, 두려워요!"

3부
여름

## 여름 첫째 달 11일


*I*

마지막 의식이 끝나고, 정식 기도문이 낭독되었다. 하토르 사원 제사장 몬투가 헤덴 풀 빗자루를 들고 조심스레 실내를 쓸면서, 문을 영원히 봉인하기 전에 주문을 암송해 악령의 흔적을 없앴다.

묘지가 봉인된 후 염장이들이 작업하고 남긴 모든 물품과 시체에 닿았던 소다, 소금, 넝마가 담긴 단지들이 작은 옆방에 놓였고, 그 방 역시 봉인되었다.

임호테프는 어깨를 펴고 심호흡을 하면서 경건한 장례식의 표정을 풀었다. 모든 절차가 적절한 방식으로 진행되었다. 노프레트의 장례는 정해진 모든 의식 절차에 따라 비용을 아끼지 않고 치러졌다.(임호테프가 보기에는 조금 지나친 비용이었다.)

임호테프가 제사장들과 인사를 나누자, 이제 신성한 임무를 마친 그들은 다시금 세속적인 모습으로 돌아갔다. 모두들 적당한 음식이 준비된 집으로 내려갔다. 임호테프는 주임 제사장과 함께 최근의 정치 변화를 논의했다. 테베는 막강한 도시로 급변하는 중이었다. 머잖아 이집트가 하나의 군주 아래 다시 통합될 조짐이 보였다. 피라미드 축조의 황금기가 다시 올지도 몰랐다.

몬투는 네브헤페트 레 왕을 존경하고 칭송했다. 뛰어난 군인이면서 동시에 숭고한 인물. 부패하고 소심한 북부는 그에게 맞서기 어려우리라. 통합된 이집트, 그게 필요했다. 그리고 이는 필시 테베에 이로울 터…….

두 사람은 함께 걸으며 앞날을 논의했다.

레니센브는 절벽과 봉인된 묘소를 돌아보았다.

"결국 끝이 났어."

그녀가 중얼거렸다. 그리고 안도감에 휩싸였다. 앞일이 캄캄해 줄곧 얼마나 조마조마했는지! 혹시 아버지가 마지막 순간에 폭발하거나 비난을 퍼붓지는 않을까?

하지만 모든 일이 훌륭하고 순조롭게 끝났다. 노프레트의 장례는 모든 종교의식에 따라 적절하게 치러졌다.

끝났다.

헤네트가 낮은 목소리로 말했다.

"그랬으면 좋겠어. 정말이지 그랬으면 좋겠어, 레니센브."

레니센브가 그녀를 쏘아보았다.

"무슨 뜻이지, 헤네트?"

헤네트가 그녀의 눈을 피했다.

"그냥 이게 끝이면 좋겠다는 소리야. 이따금 끝이라고 생각한 게 사실은 시작에 불과할 때가 있거든. 하지만 절대로 그래선 안 되지."

레니센브가 성난 얼굴로 따졌다.

"무슨 소릴 하는 거야, 헤네트? 말하고 싶은 게 뭐야?"

"그런 거 없어, 레니센브. 당치 않은 소리야. 노프레트는 묻혔고, 모두가 만족해. 그러니 모든 게 제자리로 돌아온 거야."

레니센브가 다그치듯 물었다.

"아버지가 노프레트의 죽음에 대해 당신 생각을 물으셨어?"

"물론이지, 레니센브. 사실대로 모두 이야기하라고 아주 각별히 물으시더구나."

"그래서 뭐라고 말씀드렸어?"

"당연히 사고였다고 말했지. 그게 아니면 뭐였겠니? '주인님 가족 중 누군가가 그 여자를 해쳤다고 의심하시는 건 아니죠?'라고 말했단다. 감히 그럴 수 있겠냐고도 했지. 다들 주인님을 지극히 존경하니까. 투덜대긴 하지만 그 이상은 아니라고 했다. 내 말을 믿으셔도 된다고!"

헤네트는 고개를 주억거리며 낄낄거렸다.

"그래서 아버지가 믿으시던가?"

헤네트는 몹시 만족스럽게 다시 끄덕였다.

"네 아버지는 내가 당신께 얼마나 헌신적인지 잘 아셔. 늙은 헤네트의 말은 뭐든 새겨들으시지. 너희들과는 달리 나를 인정하신단다. 물론 너희 모두에 대한 헌신이 곧 나의 보상이지만. 감사 따윈 기대하지 않아."

"노프레트한테도 헌신적이었지."

레니센브가 말했다.

"대체 왜 그런 생각을 하는지 정말 모르겠구나. 다른 사람과 마찬가지로 나도 지시에 따랐을 뿐인데."

그녀가 다시 낄낄거렸다.

"노프레트는 자기 생각만큼 영리하지 못했어. 거만한 계집······. 자기가 온 세상을 가졌다고 믿었지. 뭐, 이젠 저승에서 심판을 받겠지. 하지만 거기선 예쁜 얼굴도 도움이 안 될 게다. 어쨌거나 우린 해방됐어."

헤네트가 목에 건 부적 하나를 만지작거리며 낮은 목소리로 덧붙였다.

"적어도 그러길 바란다."


*II*


"레니센브, 사티피에 관해 얘기 좀 하자."

"뭔데, 오빠?"

레니센브는 온화하고 근심 어린 야흐모세의 얼굴을 안쓰럽게 올려다보았다.

야흐모세가 느릿느릿 무겁게 입을 열었다.

"사티피가 뭔가 크게 잘못된 것 같아. 도무지 이해가 안 돼."

레니센브는 서글프게 고개를 저었다. 위로할 말을 찾을 수가 없어 당혹스러웠다.

야흐모세가 계속 이야기했다.

"한동안 계속 그러는구나. 낯선 소리만 들려도 놀라서 부들부들 떨고, 식사도 제대로 못 해. 살금살금 다니는 게 마치……, 자기 그림자도 무서워하는 사람 같아. 너도 느꼈겠지, 레니센브?"

"그럼. 우리 모두 느꼈는걸."

"아프면 의사를 불러 주겠다고 했지만 아무것도 아니래. 아주 말짱하다나."

"나도 알아."

"너도 물어봤니? 너한테 아무 말 않던? 아무 말도?"

재촉하는 말투였다. 레니센브는 그가 딱해 보였지만, 도와줄 말이 없었다.

"아주 말짱하다고 우기던걸."

야흐모세가 중얼거렸다.

"네 올케는 밤에 잠도 제대로 못 자. 자다가 헛소리까지 해. 혹시……, 우리가 모르는 어떤 고민이 있는 건 아닐까?"

레니센브가 고개를 저었다.

"그럴 리 없어. 아이들한테 아무 문제도 없잖아. 무슨 일이 생긴

것도 아니고……. 물론 노프레트의 죽음은 예외지만, 올케 언니가 그런 일로 슬퍼할 사람인가."

야호모세가 희미하게 웃었다.

"물론 아니지. 오히려 그 반대일걸. 게다가 이런 증세가 한동안 계속됐어. 아마 노프레트가 죽기 전부터 시작됐을 거야."

조금 미심쩍은 말투라 레니센브는 그를 힐끗 쳐다보았다. 야호모세가 은근히 고집스럽게 말했다.

"노프레트가 죽기 전, 안 그러니?"

"나는 사고 후에야 느꼈어."

레니센브가 천천히 말했다.

"사티피가 너한테도 아무 말 안 했다는 거지……. 확실해?"

레니센브가 고개를 끄덕였다.

"하지만 오빠, 내가 보기에 언니는 아픈 게 아냐. 오히려 두려워하는 것 같아."

야호모세가 몹시 놀라 소리쳤다.

"두려워하다니? 사티피가 두려워할 이유가 뭐가 있지? 그리고 뭘 두려워한다는 거냐? 사티피는 사자와 같은 용기를 지닌 여자야."

레니센브가 힘없이 말했다.

"알아. 우린 늘 그렇게 생각했어……. 하지만 사람은 변해……. 이상한 일이야."

"제수씨가 뭘 좀 알까? 어떻게 생각하니? 사티피가 그녀한테는 뭐라도 말했을까?"

"나보다는 카이트 언니한테 말했을 가능성이 높지. 하지만 아닐 거야. 분명 안 했을 거야."

"제수씨 생각은 어떨까?"

"카이트 언니? 둘째 올케언니는 아무 생각 없는 여자야."

레니센브가 생각하기에, 카이트가 한 짓거리는 사티피가 이상하게 온순해진 틈을 타 새로 만든 리넨 중 제일 좋은 것을 자기 자신과 아이들 몫으로 챙기는 것 따위였다. 사티피가 평소 같았으면 엄두도 못 낼 일이었다. 십중팔구 집 안에 거센 말다툼 소리가 다시 울려 퍼졌으리라! 사티피가 군말 없이 싸움을 포기했다는 사실은 그 어떤 일보다 레니센브를 놀라게 했다.

레니센브가 물었다.

"할머니한테 말씀드려 봤어? 할머니는 여자들의 행동 양식을 잘 아시잖아."

야흐모세가 조금 곤혹스럽게 말했다.

"할머니는 사티피의 변화에 감사하라고만 하시더구나. 앞으로도 그렇게 유순하고 상식적으로 행동하길 기대하는 건 무리라고."

레니센브는 조금 머뭇거리며 말했다.

"헤네트한테는 물어봤어?"

야흐모세가 얼굴을 찡그렸다.

"헤네트? 설마. 아무렴 그런 말을 헤네트한테 했겠니. 그녀는 자기가 뭐 대단한 존재인 줄 알아. 아버지만 믿고 안하무인이지."

"그건 나도 알아. 정말 지긋지긋한 여자야. 하지만 그렇다곤 해도……. 뭐랄까…….”

레니센브가 망설였다.

야호모세가 천천히 말했다.

"헤네트는 늘 뭔가 알고 있잖아. 네가 물어봐 줄래, 레니센브? 그리고 뭐라고 하는지 나한테 알려 주련?"

"오빠가 원한다면…….”

레니센브가 그 질문을 한 것은 헤네트와 단둘이 있을 때였다. 두 사람은 천 짜는 헛간으로 가고 있었다. 레니센브의 물음에 헤네트가 언짢은 기색을 보여 오히려 놀라웠다. 평소처럼 수군대지 못해 안달하는 기미가 전혀 없었다.

그녀는 차고 있던 부적에 손을 대고는 어깨 너머로 힐끗 쳐다보았다.

"나랑 상관없는 일이야, 아무렴……. 누가 평소와 다르건 말건 내 알 바 아냐. 난 내 일만 신경 써. 괜히 말썽에 연루되고 싶지 않아."

"말썽? 무슨 말썽?"

헤네트가 잽싸게 곁눈질을 했다.

"아무것도 아닐 게다. 어쨌건 우리가 끼어들 문제가 아냐. 너랑 나, 우린 자책할 게 전혀 없어. 내게는 아주 다행스런 일이지."

"당신 말은 사티피가……. 대체 무슨 뜻이야?"

"아무 뜻 없어, 레니센브……. 제발 무슨 뜻이 있다고 생각하지 말거라. 난 이 집에서 고작 하인보다 조금 나은 처지고, 나랑 상관없는 일에 이러쿵저러쿵할 입장이 아냐. 굳이 묻는다면, 그건 차라리 잘된 일이고 이대로 묻어 두는 편이 우리 모두에게 좋아. 자, 레니센브, 난 가서 리넨에 날짜를 제대로 표시하는지 봐야겠다. 저 여편네들은 너무 덤벙거리고, 늘 웃고 떠드느라 일을 소홀히 하거든."

원하는 답을 얻지 못한 채, 레니센브는 천 짜는 헛간으로 쏜살같이 들어가는 헤네트를 바라보았다. 그녀도 천천히 집으로 돌아갔다. 그녀는 소리 없이 사티피의 방에 들어섰다. 어깨를 짚는 레니센브의 손길에 놀란 사티피가 외마디 비명을 지르며 튀어 오르듯 돌아섰다.

"어휴, 놀랐잖아. 난 또……."

레니센브가 말했다.

"언니, 무슨 일이에요? 나한테 말해 주지 않겠어요? 야흐모세 오빠도 걱정하고 있고……."

사티피의 손가락이 잽싸게 그녀의 입을 막았다. 그녀는 겁먹은 듯 눈을 동그랗게 뜨고 불안하게 우물거렸다.

"야흐모세? 무……, 무슨 말을 했는데?"

"걱정하고 있어요. 언니가 자다가 헛소리를 한다고……."

사티피가 그녀의 팔뚝을 잡으며 다급하게 말했다.

"아가씨! 내가 혹시……, 내가 뭐라고 했대? 혹시 야흐모세가……, 아가씨한테 뭐라고 했어?"

그녀의 눈동자가 공포에 휩싸여 커지는 듯했다.

"우리 모두 언니가 어디 아픈 게 아닌가 생각해요……. 혹은……, 불행하다고."

"불행?"

그녀는 목소리를 깔고 특이한 억양으로 되물었다.

"언니 불행해요?"

"어쩌면……. 모르겠어. 그건 아냐."

"아니긴요. 겁먹은 거야, 그렇죠?"

사티피가 갑자기 적개심을 드러내며 그녀를 쏘아보았다.

"왜 그런 소릴 하지? 내가 왜 겁먹었다는 거야? 뭣 때문에?"

레니센브가 말했다.

"나야 모르죠. 하지만 사실이잖아, 그렇죠?"

사티피는 애써 예전의 거만한 태도를 되찾았다. 그러고는 고개를 홱 쳐들었다.

"난 아무것도 두렵지 않아. 그리고 아무도! 어떻게 아가씨가 감히 나한테 그런 말을 하지, 응? 그리고 야흐모세랑 나에 대해 수군대는 건 용납 못 해. 야흐모세와 난 서로를 잘 알아."

그녀는 잠시 멈췄다가 이내 매섭게 쏘아붙였다.

"노프레트는 죽었어. 잘 사라졌지. 내가 할 말은 그게 다야. 그러니 누가 묻거든 내가 그렇게 생각한다고 전하면 돼."

"노프레트?"

레니센브는 그 이름을 말하며 의아해했다.

사티피는 흡사 예전 모습으로 돌아간 듯 몹시 열을 냈다.

"노프레트, 노프레트, 노프레트! 그 이름 듣는 것도 지겨워. 이 집에서 더 이상 그 이름을 들을 필요가 없게 돼서 얼마나 다행인지 몰라."

예전처럼 날카롭게 격앙된 그녀의 목소리는 야흐모세가 들어오자 갑자기 잦아들었다. 그는 평소와 달리 엄하게 말했다.

"조용히 해, 사티피. 아버지 귀에 들어가 또 말썽이 생기면 어쩌려고. 왜 그리 바보처럼 구는 거야?"

야흐모세가 불만스럽게 꾸짖는 말투만큼이나, 사티피가 온순하고 의기소침한 것 역시 이상했다. 그녀가 중얼거렸다.

"미안해, 야흐모세……. 미처 생각을 못 했어."

"그래. 앞으로는 좀 더 조심해! 당신과 카이트는 전부터 늘 말썽이었어. 당신네들은 생각이란 게 없다니까!"

사티피가 다시 우물거렸다.

"미안해……."

야흐모세가 어깨를 펴고 밖으로 나갔다. 난생처음 권위를 세웠다는 사실이 흐뭇한 듯, 평소보다 훨씬 의기양양한 발걸음이었다.

레니센브는 천천히 에사 할머니의 방으로 갔다. 할머니의 조언이 도움이 될지 모른다고 생각했다.

하지만 에사는 포도를 아주 맛나게 먹으면서 그 문제를 심각하게 여기지 않았다.

"사티피? 사티피? 사티피 때문에 왜 이리 야단이냐? 그 애가 난생처음 제대로 행동한다고 이 난리법석인 걸 보니, 다들 개한테 욕 먹고 지시받는 게 좋은 게로구나?"

그녀는 포도 씨를 뱉고 말했다.

"어쨌거나 그리 오래가진 않을 게다. 야흐모세가 잘 관리하지 않으면."

"야흐모세 오빠가요?"

"그래. 나는 야흐모세가 결국 정신 차리고 자기 마누라를 호되게 꾸짖었으면 했다. 사티피에겐 그게 필요해. 그리고 그 애는 아마 그걸 즐기는 유형의 여자일 게야. 늘 온순하고 굽실대는 야흐모세는 걔한테 큰 시련이었겠지."

레니센브가 성난 얼굴로 소리쳤다.

"야흐모세 오빠는 좋은 사람이에요. 모두에게 친절하죠. 그리고 여자처럼 상냥해요. 여자가 상냥한 존재라면……."

그녀가 미심쩍은 듯 덧붙였다.

에사가 키득거렸다.

"재미있구나. 맞아, 여자들에게 상냥함이란 없지. 그런 게 있다면, 이시스여, 그들을 도우소서(이시스는 어머니의 여신이자 보호의 여신이다—옮긴이)! 게다가 착하고 온순한 남편을 좋아하는 여자는 거의 없어. 금세 소베크처럼 잘생기고 허풍 떠는 짐승을 찾지. 여자의 흥미를 끄는 건 그런 사내야. 혹은 카메니처럼 똑똑한 젊은이거나. 안 그러니, 레니센브? 마당의 파리가 어깨에 앉을 새도 없이 늘 팔팔하지! 게다가 사랑 노래를 부르는 솜씨도 보통이 아니고. 그렇지? 히히히."

레니센브는 볼이 빨개지는 것을 느꼈다.

"무슨 말씀인지 모르겠어요."

그녀는 시치미를 떼며 말했다.

에사는 반소경인 눈으로 레니센브를 응시했다.

"다들 늙은 에사가 세상 돌아가는 걸 모른다고 생각하지! 하지만 난 잘 알고 있어. 아마 너보다는 잘 알 게다, 아가야. 화내지 말거라. 삶이란 그런 거다, 레니센브. 크하이는 좋은 남편이었지. 하지만 지금은 공물(供物)의 들판에서 배를 몬단다. 아내는 이승의 강에서 낚시하는 새 남편을 찾아야 해. 카메니가 적임자란 소리는 아니다. 갈대 펜과 파피루스 두루마리가 그의 취미니까. 물론 잘생긴 젊은이야. 노래도 썩 잘하고. 하지만 아무리 그렇다 해도 그가 네 남자라는 확신은 안 서는구나. 우린 그에 대해 잘 몰라. 그는 북부 사람이야. 임호테프에게 인정받고 있지만 난 늘 임호테프가 바보라고 생각했다. 누구든 아양만 떨면 곁에 두니까. 헤네트를 보거라!"

"잘못 아신 거예요."

레니센브가 시치미를 떼며 말했다.

"그래, 알겠다. 내가 틀렸다. 네 아버지는 바보가 아냐."

"그게 아니라 제 말은……."

에사가 싱글거리며 말했다.

"무슨 말인지 안다, 아가야. 하지만 넌 진짜 농담을 모르는구나. 너는 나처럼 편히 앉아 남편과 아내, 사랑과 미움이 얽힌 이 모든 일을 접하는 게 얼마나 좋은지 모를 게다. 잘 익힌 토실토실한 메추라기나 쌀새 요리, 꿀을 뿌린 케이크를 먹고, 잘 익힌 리크와 셀러리를 먹은 다음, 시리아 산(産) 와인으로 입가심하는 즐거움. 그러고 나면 모든 근심이 사라지지. 온갖 소동과 골칫거리를 봐도, 어느 것 하나 더 이상 영향을 끼치지 못한다는 걸 알게 돼. 아들놈이 예쁘장한 여자에 눈이 멀고, 그 여자가 온 집안을 싸움터로 만드는 꼴을 봐도, 정말이지 웃음만 나오더구나! 한편으로 난 그 여자가 좋았단다! 그녀에겐 분명 마귀가 들어 있었어. 그녀가 손대는 건 모두 허울을 벗었지. 상처 입은 허풍선이 소베크, 어린애 티가 줄줄 흐르는 이파이, 바가지나 긁히는 수치스런 남편 야흐모세. 마치 물웅덩이에 제 얼굴을 비춰 보듯 말이다. 그녀는 그들이 세상에 비쳐지는 모습 그대로 보이게 만들었어. 하지만 어째서 너를 미워했을까, 레니센브? 대답해 보려무나."

레니센브가 미심쩍게 말했다.

"절 미워했다구요? 저는……, 친구가 되려고 한 적이 있어요."

"그런데 받아들이지 않았다? 널 미워한 게 맞구나, 레니센브."

에사는 잠시 침묵하다가 재빨리 물었다.

"카메니 때문이었을까?"

레니센브의 얼굴이 달아올랐다.

"카메니요? 무슨 말씀인지 모르겠네요."

에사는 골똘한 표정을 지었다.

"그녀와 카메니는 둘 다 북부 출신이지만, 카메니가 마당 저편에서 바라본 건 너였어."

레니센브가 허둥지둥 말했다.

"가서 테티를 봐야겠어요."

날카롭고 명랑한 에사의 웃음소리가 그녀의 뒤를 따랐다. 레니센브는 볼이 빨갛게 달아오른 채로 마당을 가로질러 호수 쪽으로 달려갔다.

카메니가 현관에서 그녀를 보고 외쳤다.

"새 노래를 만들었습니다, 레니센브. 와서 들어 보세요."

그녀는 고개를 젓고 계속 달렸다. 심장이 성난 듯 고동쳤다. 카메니와 노프레트. 노프레트와 카메니. 심술궂은 장난꾸러기 에사 할멈이 어째서 그녀의 마음속에 이런 생각을 불어넣었을까? 그리고 왜 관심을 갖는 걸까?

어쨌건 그게 무슨 상관인가? 그녀는 카메니를 전혀 좋아하지 않는다. 전혀. 크하이를 떠올리게 만드는 웃음 섞인 목소리와 강건한 어깨를 지닌 도도한 젊은이.

크하이……. 크하이…….

그녀는 그의 이름을 자꾸만 되뇌어 보았다. 하지만 이번만큼은 아무런 형상도 떠오르지 않았다. 크하이는 다른 세상에 있었다. 그는 공물의 들판을 떠돌고 있었다.

현관에서 카메니가 감미롭게 노래하고 있었다.

"나는 프타에게 말하리라. 오늘 밤 내게 누이를 주오……."

*III*

"레니센브!"

호리가 두 번이나 이름을 부르고 나서야, 그녀는 그의 목소리를 듣고 나일 강을 응시하던 시선을 돌렸다.

"생각에 잠겨 있었구나, 레니센브. 무슨 생각을 하고 있었지?"

레니센브는 내키지 않는 투로 말했다.

"크하이를 생각하고 있었어요."

호리는 잠시 그녀를 바라보다가 미소를 지었다.

"알겠다."

레니센브는 그가 안다는 느낌이 영 불편했다.

그녀가 뜬금없이 말했다.

"죽으면 어떻게 되는 거죠? 정말로 아는 사람 없나요? 이 모든 글귀들, 관 위에 적힌 이 모든 말들, 그것들은 더러 너무 모호해서 아무 의미도 없는 듯해요. 오시리스가 살해된 뒤 그의 육체가 재결합되었고, 그가 하얀 왕관을 쓰며, 오시리스 덕분에 우리가 죽지 않아도 된다는 건 알아요. 하지만 호리, 가끔은 어느 것도 진짜 같지 않아요……. 그리고 죄다 혼란스러워요……."

호리가 다정하게 고개를 끄덕였다.

"사후에 정말로 무슨 일이 생기는지, 전 그게 알고 싶어요."

"나도 모르겠구나, 레니센브. 그런 질문은 사제(司祭)에게 하렴."

"그저 뻔한 대답만 하는걸요. 저는 알고 싶어요."

호리가 다정하게 말했다.

"자신이 죽기 전까지는 아무도 모른단다."

레니센브가 몸서리쳤다.

"제발, 그런 말은 하지 말아요!"

"뭔가 고민이 있구나, 레니센브?"

"할머니 때문이에요."

그녀는 잠시 침묵하고는 다시 말했다.

"말해 줘요, 호리. 혹시……, 카메니와 노프레트가 전부터 알던 사이였나요? 여기 오기 전부터?"

호리는 한동안 잠자코 서 있다가, 레니센브와 나란히 걸으며 집으로 돌아오는 길에 입을 열었다.

"알겠어. 그게 그렇게 된 거로군……."

"무슨 말이에요? '그게 그렇게 된 거'라니? 난 그저 노프레트와 카메니에 대해 물었을 뿐인데."

"그건 내가 모르는 질문이었어. 그들이 북부에서 알던 사이였느냐……. 글쎄, 모르겠구나."

그가 다정하게 덧붙였다.

"그게 중요하니?"

"아뇨, 물론 아니에요. 전혀 중요하지 않아요."

레니센브가 말했다.

"노프레트는 죽었어."

"죽어서 수의에 싸여 묘소에 봉인됐죠! 그걸로 끝이에요."

호리가 조용히 말을 이었다.

"그리고 카메니는……, 슬퍼 보이지 않아……."

레니센브는 그 점을 깨닫고 말했다.

"맞아요. 사실이에요."

그녀는 충동적으로 그를 바라보았다.

"오, 호리. 정말……, 당신은 정말 위로가 되는 사람이에요!"

그가 미소를 지었다.

"나는 꼬마 레니센브의 나무 사자를 고쳐 줬지. 지금……, 그녀는 다른 장난감을 갖고 있고……."

레니센브는 빙 돌아서 집으로 다가갔다.

"아직 들어가고 싶지 않아요. 모두 지긋지긋해요. 아, 진심은 아니에요. 하지만 전 지금 짜증스럽고……, 초조해요. 그리고 모두들 너무 이상해요. 묘소로 올라가면 안 될까요? 그곳은 높아서 참 좋아요. 단 하나가 다른 모든 것보다 좋아요."

"똑똑하구나, 레니센브. 나도 그렇게 느낀단다. 집과 경작지와 농토……. 그것 모두 하나 아래 있고 무의미하지. 하나는 그 모든 것 너머를 바라보고, 나일 강을 바라보고, 다시 그 너머를 바라보고, 이집트 전체를 바라보거든. 이제 곧 이집트가 다시금 하나가 될 테니까. 과거에 그랬듯 강하고 위대한 모습으로."

레니센브가 멍한 얼굴로 우물거렸다.

"아……. 그게 중요한가요?"

호리가 미소를 지었다.

"꼬마 레니센브에겐 아니지. 장난감 사자만이 중요하니까."

"놀리지 말아요, 호리. 그럼 당신한테는 중요한가요?"

호리가 중얼거렸다.

"그럴까? 정말 그럴까? 난 그저 묘지기의 사업을 담당하고 있을 뿐이야. 이집트가 크건 작건 나와 무슨 상관이겠니?"

레니센브가 위쪽 절벽을 눈짓하며 말했다.

"보세요. 야흐모세 오빠와 올케언니가 묘소에 갔었나 봐요. 지금 내려오고 있어요."

"그렇구나. 치울 게 좀 있거든. 염장이들이 사용하지 않은 리넨 두루마리가 몇 개 있어. 야흐모세가 사티피를 데리고 올라가 어떻게 처리할지 물어보겠다고 했어."

두 사람은 길을 내려오는 부부를 바라보았다.

레니센브는 문득 그들이 노프레트가 추락했던 지점에 다가가고 있다는 생각이 들었다.

사티피가 앞장서고 야흐모세는 조금 뒤에서 따라왔다.

갑자기 사티피가 야흐모세에게 고개를 돌렸다. 아마도 그곳이 사고가 발생한 장소라고 말하려는 거라고 레니센브는 생각했다.

그때 갑자기 사티피가 그 자리에서 돌처럼 굳었다. 그녀는 왔던 길을 뚫어져라 바라보며 얼음처럼 서 있었다. 그리고 마치 끔찍한 광경을 목격했거나 혹은 주먹질을 피하려는 듯 두 팔을 번쩍 들었다. 그녀는 고함을 지르고, 비틀거리며, 휘청거렸다. 야흐모세가 그녀 쪽으로 달려가자, 섬뜩한 비명을 지르고는 벼랑 아래로 몸을 던져 아래쪽 바위에 곤두박질쳤다.

레니센브는 손으로 목을 부여잡고, 믿기지 않는 듯 그 광경을 지켜보았다.

사티피의 몸뚱이는 노프레트의 시체가 쓰러져 있던 바로 그 지점에 찌그러져 있었다.

레니센브는 벌떡 일어나 그녀에게 달려갔다. 야호모세는 고래고래 소리치며 길을 따라 뛰어 내려갔다.

레니센브는 올케의 몸뚱이로 다가가 몸을 굽혔다. 사티피는 눈을 뜬 채 눈꺼풀을 실룩거리고 있었다. 그녀는 입술을 가까스로 움직이면서 뭔가 말하려 했다. 레니센브는 좀 더 가까이 몸을 숙였다. 사티피의 눈동자가 공포로 이글거려 소름이 끼쳤다.

그러자 죽어 가는 여자의 음성이 새어 나왔다. 쉰 목소리였다.

"노프레트……."

사티피의 고개가 뒤로 젖혀지더니 입이 닫혔다.

야호모세에게 갔던 호리가 그와 함께 내려왔다.

레니센브가 오빠를 향해 고개를 돌리며 외쳤다.

"올케언니가 저 위에서 뭐라고 소리쳤어? 떨어지기 전에."

야호모세는 가쁜 숨을 몰아쉬었다. 말조차 꺼내기 어려웠다.

"그녀는 내 뒤를 봤어……. 내 어깨 너머……. 마치 누가 길을 따라 다가오는 걸 본 것처럼……. 하지만 아무도 없었어……. 거기에는 아무도 없었다고."

호리가 동의했다.

"아무도 없었어……."

겁먹은 야호모세의 목소리가 낮은 속삭임으로 변했다.

"그러더니 소리쳤어……."

"뭐라고 소리쳤는데?"
레니센브가 조급하게 다그쳤다.
"그게……, 그게……."
그의 목소리가 떨렸다.
"노프레트라고……."

**여름 첫째 달 12일**

"그게 당신 생각인가요?"

레니센브가 호리에게 던진 말은 질문이라기보다 확인에 가까웠다. 그녀는 근심과 공포가 커져 가는 것을 느끼며 담담히 덧붙였다.

"노프레트를 죽인 건 올케언니였어……."

레니센브는 묘소 옆 호리의 작은 석실 입구에서 양손으로 턱을 괴고 앉아 아래쪽 골짜기를 내려다보았다.

그녀는 자신이 어제 내뱉은 말이 얼마나 진실인지를 꿈꾸듯 생각했다. 그게 정말로 어제 일이란 말인가? 위에서 내려다보이는 아래쪽의 집과 바삐 뛰어다니는 형체들은 더 이상 의미 없는 개미집과 다를 게 없었다.

오직 태양만이 그 장엄한 권능으로 머리 위에서 빛나고 있었다.

아침 햇살 속에서 나일 강의 가녀린 물줄기만이 창백한 은빛으로 반짝였다. 그것들만이 영원히 지속될 것이다. 크하이가 죽었고, 노프레트와 사티피가 죽었다. 그리고 언젠가는 그녀와 호리도 죽을 것이다. 하지만 태양신은 여전히 천상을 지배하면서, 밤이면 자신의 돛배를 타고 다음 날 새벽이 올 때까지 저승을 항해하리라. 그리고 나일 강은 변함없이 흘러, 엘레판티네 섬 너머 테베를 지나 마을을 거쳐, 노프레트가 명랑하고 즐거운 마음으로 살았던 북부 이집트에 이른 뒤, 거대한 바다에 도달하면 이윽고 이집트로부터 완전히 멀어지리라.

사티피와 노프레트······.

레니센브는 호리가 대답하지 않자 자기 생각을 크게 말했다.

"알겠지만, 전 당연히 소베크 오빠가······."

그녀가 입을 닫았다.

호리가 골똘한 표정으로 말했다.

"섣부른 생각이었지."

레니센브가 계속 이야기했다.

"전 바보였어요. 헤네트가 대충 이렇게 말했어요. 사티피 언니는 이 길로 걸어갔고, 노프레트는 이리 올라왔다고 했어요. 저는 당연히 사티피 언니가 노프레트를 따라왔다는 걸 알았어야 했어요. 두 여자가 그 길에서 만났고, 사티피 언니가 그녀를 떨어뜨렸다는 걸. 불과 얼마 전에 그녀는 오빠들보다 자기가 더 남자답다는 말을 했으니까요."

레니센브가 말을 멈추고 몸서리쳤다.

그녀가 다시 입을 열었다.

"그리고 올케언니와 마주쳤을 때 알아챘어야 했죠. 사뭇 달라져 있었거든요. 그녀는 겁먹었어요. 저더러 함께 돌아가자고 고집 부렸죠. 제가 노프레트의 시체를 발견할까 봐 두려웠던 거예요. 그 사실을 깨닫지 못하다니, 눈이 멀었었나 봐요. 하지만 전 온통 소베크 오빠에 대한 두려움뿐이라……."

"알 만해. 그가 뱀을 죽이는 광경을 봤으니까."

레니센브는 강조하듯 동의했다.

"네, 그 때문이었어요. 게다가 꿈까지 꿨거든요……. 불쌍한 소베크 오빠. 너무 오해했나 봐요. 당신 말마따나 위협과 실행은 달라요. 소베크 오빠는 늘 허풍이 심했어요. 항상 대담하고 무자비해서 행동을 두려워하지 않는 쪽은 사티피 언니였죠. 그리고 그 이후로 줄곧……, 유령처럼 살금살금 돌아다녔어요. 다들 어리둥절했죠. 어째서 우린 진짜 내막을 생각하지 못했을까요?"

그녀는 힐끗 위를 올려다보며 덧붙였다.

"하지만 당신은 알고 있었죠?"

"한동안 나는 노프레트의 죽음과 관련된 진실의 실마리가 사티피의 비정상적인 성격 변화에 있다고 확신했단다. 워낙 뚜렷했기 때문에 그걸 설명할 뭔가가 있어야만 했거든."

"그런데 왜 아무 말도 하지 않았어요?"

"어떻게 말하겠니, 레니센브? 뭘 증명할 수 있겠어?"

"물론 없죠."

"증거는 벽돌처럼 확고한 것들이어야 해."

"하지만 전에 말했잖아요. 사람은 변하지 않는다고. 하지만 지금은 사티피 언니가 변했다는 걸 인정하고 있잖아요?"

레니센브가 따지자 호리가 그녀를 바라보며 미소 지었다.

"노마르케스(고대 이집트의 행정구획 단위인 노모스의 관리 — 옮긴이)의 법정에 서도 되겠구나. 아니야, 레니센브. 내가 한 말은 사실이야. 사람들은 변하지 않아. 사티피는 소베크와 마찬가지로 말도 많고 허풍도 심했어. 물론 말을 실행에 옮길 수도 있겠지. 하지만 내가 보기에 그녀는 일이 벌어지고 난 후에 깨닫는 부류야. 그 특별한 사건이 있던 날까지 그녀의 삶에는 두려울 것이 없었어. 그러다 두려움이 찾아오자, 뜻밖의 습격을 당한 거지. 그녀는 예상하지 못한 일에 맞서는 해결책은 용기라는 사실을 깨달았어. 그리고 그녀에겐 그런 용기가 없었지."

레니센브가 낮은 목소리로 중얼거렸다.

"두려움이 찾아올 때……. 그래요. 노프레트가 죽은 뒤 그 두려움이 줄곧 우리 주변을 맴돌았어요. 사티피 언니는 그걸 얼굴에 달고 다녀서 모두가 볼 수 있었죠. 죽을 때 그녀의 눈동자에서 그게 쏟아보고 있었어요. '노프레트…….'라고 말할 때, 그녀가 실제로 노프레트를 보는 것 같았어요……."

레니센브가 말을 멈췄다. 그녀는 고개를 돌려 호리를 바라보며 눈을 크게 뜨고 물었다.

"호리, 그녀가 뭘 봤을까요? 그 길 위에서……. 우린 아무것도 못 봤어요! 아무것도 없었어요."

"우리한테는 그랬지. 아무것도……."

"하지만 그녀한테는? 그녀가 본 건 노프레트였어요. 복수하러 온 노프레트. 하지만 노프레트는 죽었고 묘소는 봉인됐어요. 그렇다면 그녀가 뭘 본 거죠?"

"그녀 마음속의 영상이 나타났겠지."

"확실해요? 만약……."

"그래, 레니센브. 만약……?"

레니센브가 팔을 뻗었다.

"호리……. 이제 끝난 거죠? 사티피 언니가 죽었으니까. 정말 끝난 거죠?"

그는 양손으로 그녀의 손을 잡고 위로하듯 꼭 쥐었다.

"그래, 그래, 레니센브. 당연하지. 그리고 적어도 넌 두려워할 필요가 없어."

레니센브가 낮은 목소리로 중얼거렸다.

"하지만 할머니는 노프레트가 날 미워했다던데……."

"노프레트가 널 미워해?"

"할머니가 그러셨어요."

"노프레트는 증오에 익숙했지. 이따금 그녀가 집안사람 모두를 증오했다는 생각이 들어. 하지만 적어도 넌 그녀에게 아무 짓도 안 했잖니."

"네. 그건 사실이에요."

"그러니 마음속으로 네 판단에 거스르는 생각을 할 필요는 전혀 없어, 레니센브."

"그 말은……, 제가 해 질 녘 이 길을 혼자 내려가다가 노프레트가 죽었을 때와 같은 시각에 고개를 돌린다 해도 아무것도 못 볼 거란 뜻인가요? 안전하다는 거죠?"

"안전할 거야, 레니센브. 네가 내려갈 때 내가 함께 걸으면 넌 아무런 해도 입지 않을 테니까."

레니센브는 얼굴을 찡그리며 고개를 저었다.

"아뇨, 호리. 저 혼자 걷겠어요."

"어째서, 레니센브? 두렵지 않겠어?"

"네. 아마 두려울 거예요. 하지만 그래도 그렇게 해야 돼요. 집안 사람들 모두 부들부들 떨면서 사원으로 달려가 부적을 사고, 해 질 녘에는 이 길을 걷지 않는 게 좋다고 떠들어요. 하지만 사티피 언니가 비틀거리다 추락한 건 마술이 아니었어요. 두려움이었어요. 그녀가 저지른 사악한 짓으로 얻게 된 두려움 말이에요. 젊고 강하고, 삶을 즐기는 사람의 목숨을 앗아간 건 나쁜 짓이니까요. 하지만 저는 사악한 짓을 한 적이 없고, 설령 노프레트가 절 미워했다 해도 그녀의 증오가 저를 해칠 수는 없어요. 저는 그렇게 믿어요. 그리고 어쨌건 늘 두려움 속에 살아야 한다면 차라리 죽는 게 나아요. 그러니 저는 두려움을 극복하겠어요."

"용감한 말이로구나, 레니센브."

그녀가 고개를 들어 미소 지었다.

"말로만 용감한 건지도 몰라요, 호리. 하지만 말하고 나니 후련하네요."

호리가 일어서서 그녀 곁에 섰다.

"네 말 잊지 않으마, 레니센브. 그래, 그 말을 하며 고개를 젖히던 모습도. 그 속에는 내가 늘 네 가슴속에 있다고 느낀 용기와 진실이 있었어."

그가 그녀의 손을 잡았다.

"저길 봐, 레니센브. 골짜기 너머 나일 강과 그 너머까지 내다보렴. 저것이 이집트란다. 우리 나라……. 오랜 세월 전쟁과 다툼을 치르면서 초라한 왕국들로 분열됐지만, 이제 곧 합쳐져 다시금 하나의 국가로 변모할 거야. 북부 이집트와 남부 이집트가 다시 하나로 합쳐지는 거지. 나는 과거의 영광이 부활하리라 기대하고 믿는단다. 그때가 되면 이집트에는 열의와 용기를 지닌 남자와 여자가 필요할 거야. 레니센브, 너 같은 여자들 말이다. 보잘것없는 이익과 손실에만 연연하는 임호테프 같은 사람, 소베크 같은 게으른 허풍선이, 오로지 제 밥그릇만 챙기는 이파이 같은 소년, 심지어 야흐모세 같은 성실하고 정직한 아들들조차, 그때가 되면 이집트에서 필요 없게 될 거야. 여기서, 말 그대로 망자들 한가운데 앉아 이익과 손실을 따져 보고하는 동안, 나는 부자의 언어로는 헤아릴 수 없는 이익과, 농작물 손실보다 훨씬 치명적인 손실이 무엇인지 알게 됐단다. 나일 강을 바라보면서, 우리가 살기 전부터 존재했고, 우리가 죽은 뒤에도 존재할 이집트의 생생한 핏줄을 본단다……. 삶과 죽음은 그리 중요하지 않아, 레니센브. 나는 임호테프의 회계사 호리일 뿐이지만, 이집트를 굽어보면서 평온을 깨닫는단다. 그래, 그건 총독의 자리와도 바꾸지 않을 환희야. 내 말 이해하겠니, 레니센브?"

"그럴 거예요, 호리……. 당신은 저기 저 아래에 있는 사람들과 조금 달라요……. 이따금 그렇게 느끼곤 했어요. 그리고 가끔 여기서 당신과 함께 있을 때, 저도 당신이 느끼는 걸 느껴요. 물론 어렴풋이, 아주 또렷하진 않아요. 하지만 당신 말이 무슨 뜻인지 알겠어요. 여기 있으면 저 아래 사물들은……."

그녀가 손으로 아래를 가리켰다.

"더 이상 중요하지 않아 보여요. 싸움과 증오와 끊임없는 소동과 소란. 오직 이곳만이 그 모든 것에서 자유로워요."

그녀는 눈살을 찌푸리며 잠시 멈췄다가, 조금 우물거리듯 계속 이야기했다.

"이따금 전……, 탈출한 것이 기뻐요. 하지만……, 모르겠어요……. 뭔가……, 저 아래에서……, 돌아오라고 저를 불러요."

호리는 잡았던 손을 놓고 한 발짝 뒤로 물러섰다.

그가 다정하게 말했다.

"그래……, 알겠구나……. 카메니가 마당에서 노래하고 있지."

"무슨 뜻이죠, 호리? 카메니 이야기가 아니에요."

"그 친구 생각을 한 건 아닐지도 모르지. 그렇다 해도 너는 무의식적으로 그의 노래를 듣고 있는 것 같구나."

레니센브는 눈살을 찌푸리고 호리를 빤히 쳐다보았다.

"정말 이상한 말을 하네요, 호리. 이렇게 높은 곳에서 그의 노래를 들을 수 있는 사람은 없어요. 너무 멀다구요."

호리는 조용히 한숨을 내쉬고 고개를 저었다. 재밌어 하는 그의 눈동자가 그녀를 어리둥절하게 했다. 그녀는 도무지 이해할 수 없어서 조금 화나고 당황스러웠다.

**여름 첫째 달 23일**

*I*

"잠시 말씀 좀 나눌 수 있을까요, 마님?"

헤네트가 알랑거리는 미소를 띠고 문간에 서 있었다.

"뭐지?"

에사가 그녀를 노려보며 매섭게 물었다.

"별것 아닙니다. 적어도 제 생각에는 그렇지만 여쭤 봐야 할 것 같아서……."

에사가 말을 잘랐다.

"들어와, 어서. 그리고 너……."

그녀는 구슬을 꿰고 있는 흑인 노예 소녀의 어깨를 지팡이로 툭툭 쳤다.

"부엌에 가서 올리브 좀 가져오거라. 석류 주스도 만들어 오고."

소녀가 뛰어가자, 에사가 헤네트를 향해 조급하게 손짓했다.

"이것 때문입니다, 마님."

에사는 헤네트가 건네는 물건을 물끄러미 내려다보았다. 그것은 미닫이 뚜껑이 달린 작은 보석 상자였는데, 위쪽이 단추 두 개로 묶여 있었다.

"이게 뭔가?"

"그녀 물건입니다. 방금 제가 발견했습니다. 그녀 방에서."

"누굴 말하는 거냐? 사티피?"

"아뇨, 아뇨, 마님. 다른 여자 말입니다."

"노프레트? 그래서?"

"그녀의 보석과 화장품 통과 향수병은 죄다 함께 묻혔습죠."

에사가 단추의 끈을 풀어 상자를 열었다. 상자의 속에는 작은 홍옥수 목걸이 하나와, 둘로 쪼개진 번쩍이는 녹색 부적 반쪽이 들어 있었다.

에사가 코웃음을 쳤다.

"흥! 별것 아니구먼. 어쩌다 빼먹은 모양이지."

"염장이 인부들은 빠짐없이 가져갔습니다."

"염장이 인부들이라고 특별히 믿음직한 건 아니로군. 이걸 빼먹다니."

"제 말 좀 들어 보세요, 마님. 제가 마지막으로 방 안을 살폈을 때 이건 없었어요."

에사가 고개를 들어 헤네트를 노려보았다.

"무슨 소릴 하려는 게야? 노프레트가 저승에서 돌아와 지금 이 집에 있다는 거야? 헤네트, 넌 이따금 바보처럼 굴지만 실은 그렇지 않아. 이런 미신 같은 한심한 이야기를 퍼뜨려서 무슨 재미를 보려는 거야?"

헤네트가 엄숙하게 고개를 저었다.

"사티피한테 무슨 일이 벌어졌는지 다들 아는데, 뭣 하러 그러겠습니까!"

"그럴지도 모르지. 그리고 우리 중 누군가는 그전부터 알고 있었을지도 모르고! 안 그래, 헤네트? 난 늘 네가 노프레트의 죽음에 관해 우리가 모르는 걸 알고 있다고 생각했어."

"어이구, 에사 마님. 한시라도 그런 생각일랑 절대……."

에사가 말을 잘랐다.

"무슨 생각을 하지 말라는 거야? 그건 내 맘이야, 헤네트. 지난 두 달 동안 나는 사티피가 죽도록 무서워하며 슬금슬금 돌아다니는 걸 봤어. 그러자 어제 이후로 누군가 그녀의 비밀을 쥐고 있을지 모른다는 생각이 퍼뜩 들더군. 아마 야호모세에게 이르겠다고 위협했거나, 혹은 임호테프에게 직접……."

갑자기 헤네트가 귀에 거슬리는 목소리로 항의하며 절규를 토해 냈다. 에사는 눈을 감고 의자에 등을 기댔다.

"네가 그런 말을 인정하리라고는 눈곱만큼도 기대 안 해. 아무렴 그렇고말고."

"제가 왜 그래야 되죠? 대답해 보세요. 왜 그래야 하죠?"

"그야 나도 모르지. 너는 내가 납득할 수 없는 짓을 많이 하잖아, 헤네트."

"제가 침묵의 대가로 뇌물을 요구하려 했다고 생각하시나 보군요. 엔네아드의 아홉 신에게 맹세코……."

"괜히 신들 괴롭히지 말거라. 넌 나름대로 정직할 수도 있어. 그리고 노프레트의 죽음에 대해 전혀 모를 수도 있지. 하지만 넌 이 집에서 벌어지는 일은 대부분 알고 있어. 그리고 누군가 나에게 맹세하라고 한다면, 네가 이 상자를 노프레트의 방에 뒀다고 맹세하겠다. 물론 그 이유는 짐작도 안 가지만. 허나 배후에 어떤 이유가 있어……. 농간을 부려 임호테프는 속일 수 있어도 나는 못 속여. 그리고 징징대지 말거라! 나는 늙은이라 징징대는 인간은 못 참는다. 가서 임호테프한테나 칭얼거려. 좋아하는 듯하니까. 그 이유야 라 신만 아시겠지만!"

"그 상자를 임호테프께 갖고 가서 말씀드리……."

"이 상자는 내 손으로 전해 주마. 썩 꺼져, 헤네트. 그리고 이 미신 같은 한심한 이야기를 퍼뜨릴 생각일랑 말거라. 사티피가 없으니 집안이 평화롭구나. 죽은 노프레트가 살아 있는 노프레트보다 더 좋은 일을 했구먼. 하지만 이제 빚은 갚았으니, 다들 일상으로 돌아가게 내버려 두거라."

*II*

몇 분 뒤 임호테프가 부산스레 에사의 방으로 들어오며 따졌다.

"어찌 된 일입니까? 헤네트가 몹시 상심해 눈물을 뚝뚝 흘리며 저를 찾아왔습니다. 어째서 이 집에서는 아무도 저 헌신적인 여인한테 최소한의 친절조차 베풀지 않는지, 원……."

에사는 태연하게 낄낄거리며 웃었다.

임호테프가 계속 이야기했다.

"듣자하니 보석 상자를 훔쳤다고 그녀를 혼내셨다던데……."

"그렇게 말하더냐? 그런 말 한 적 없다. 이게 그 상자다. 노프레트의 방에서 발견했나 보더구나."

임호테프가 상자를 받아 들었다. 그가 상자를 열었다.

"네, 제가 준 것 중 하나입니다. 흠, 별것 없군요. 개인 소지품에 포함시키지 않다니, 몹시 부주의한 염장이들이군요. 이피와 몬투가 매긴 요금을 생각하면 이런 부주의는 용납할 수 없습니다. 아무것도 아닌 일로 이 무슨 난리람……."

"맞는 말이다."

"이 상자는 카이트에게 주겠습니다……. 아니, 레니센브에게 줘야겠네요. 늘 노프레트를 깍듯이 대했으니까."

그가 한숨을 쉬었다.

"남자들은 평화를 누리기가 이리도 힘든가요? 여편네들이란……, 끝없이 울고 싸우고 다투고……."

"임호테프, 적어도 이제 여자 하나는 줄었잖느냐!"

"네, 맞습니다. 가련한 야흐모세! 하지만 어머니, 제 생각에는……, 음……. 오히려 잘된 일인지도 모릅니다. 사티피가 건강한 아이들을 낳은 건 사실이지만, 여러 면에서 만족스런 아내는 아니었으니까요. 야흐모세는 너무 많이 참고 살았습니다. 네, 이제 다 끝났습니다. 사실 최근 야흐모세의 행동이 무척 만족스러워요. 훨씬 자신만만해진 것 같더군요. 소심함도 줄어들었고. 게다가 여러 가지 사안을 훌륭히 판단합니다. 아주 훌륭해요……."

"야흐모세는 늘 착하고 말 잘 듣는 아이였다."

"네, 네……. 하지만 굼뜨고 책임감이 없어요."

에사가 냉담하게 말했다.

"책임감이야말로 네가 한 번도 허락하지 않았던 것 아니냐!"

"이제 모든 게 바뀔 겁니다. 동업자 확증 서류를 준비하고 있거든요. 며칠 뒤에 서명할 겁니다. 세 아들놈 모두 동업자로 삼을 생각입니다."

"설마 이파이는 아니겠지?"

"그 아이를 빼면 상처받을 겁니다. 그 사랑스럽고 마음씨 착한 것이……."

"그 녀석한테는 미루는 게 없구나."

에사가 말했다.

"소베크도 마찬가지죠. 전에는 맘에 안 드는 녀석이었는데, 요즘은 정말로 개과천선했습니다. 더 이상 빈둥거리지도 않고, 저와 야흐모세의 판단을 전보다 더 존중하더군요."

"이거야, 원. 찬가(讚歌)가 따로 없구나. 좋다, 임호테프. 나도 네가 옳은 일을 하고 있다는 걸 인정하마. 아들들을 불만투성이로 만드는 건 옳지 못한 생각이었지. 하지만 네 계획에 참여시키기에 이파이는 너무 어리다는 생각을 지울 수 없구나. 그 나이의 아이한테 확실한 지위를 준다는 건 말도 안 된다. 어떻게 통제할 셈이냐?"

"일리 있는 말씀입니다."

임호테프가 생각에 잠겼다.

이윽고 그가 일어섰다.

"가야겠어요. 살펴보아야 할 일이 산더미거든요. 염장이들이 와 있습니다. 사티피의 장례 준비가 한창입니다. 둘이나 죽으니 돈깨나 드는군요. 게다가 그렇게 연달아 죽다니, 원!"

에사가 위로하듯 말했다.

"안됐구나. 이게 마지막이길 빈다. 내가 죽기 전까지."

"아직은 창창하십니다, 친애하는 어머니."

에사가 싱글거리며 말했다.

"물론 그래야지. 부디 나한테는 돈을 아끼지 말거라! 모양새가 안 좋을 테니! 저승에서 나를 즐겁게 해 줄 물건이 아주 많이 필요할 게다. 많은 음식과 음료, 많은 모형 노예, 화려하게 장식된 놀이판, 향수와 화장품 세트, 그리고 반드시 가장 비싼 덮개 항아리를 사거라. 설화석고(알맹이가 하얗고 치밀한 석고 — 옮긴이)로 만든 걸로."

임호테프는 초조한 듯 서성거렸다.

"네, 네, 물론입죠. 그런 비통한 날이 오면 당연히 모든 경의를 표할 겁니다. 솔직히 말씀드리면, 사티피에 대해서는 느낌이 좀 다르네요. 남들이 흉보는 것은 원치 않지만, 사실 이런 상황에서는……."

임호테프는 말을 채 끝맺지 않고 황급히 사라졌다.

에사는 냉소적인 미소를 지었다. 그녀는 '이런 상황에서는'이라는 말이, 임호테프가 아끼던 첩의 죽음을 '사고'라는 단어 하나만으로는 온전히 설명하지 못한다는 의구심을 가장 완곡하게 표현한 것임을 알았다.

**여름 첫째 달 25일**

*I*

가족들이 노마르케스의 법정에서 동업자 확증 서류를 정식으로 인정받고 돌아오자, 온 집안에 유쾌한 분위기가 감돌았다. 마지막 순간에 너무 어리다는 이유로 동업자 명단에서 제외된 이파이는 당연히 예외였다. 그 일로 심통이 나서 집을 나가 버렸다.

몹시 기분이 좋아진 임호테프는 포도주 단지를 밖으로 내와 현관에 세워진 커다란 포도주 거치대에 두라고 지시했다.

그가 야흐모세의 어깨를 두드리며 권했다.

"마시거라, 아들아. 사별의 슬픔은 잠시 잊도록 해라. 지금은 다가올 멋진 앞날만 생각하자꾸나."

임호테프, 야흐모세, 소베크, 호리가 건배했다.

그때 수소 한 마리를 도둑맞았다는 전갈을 듣고, 네 남자 모두 사건을 조사하러 부리나케 달려 나갔다.

한 시간 뒤 마당에 다시 들어선 야흐모세는 몹시 지치고 더웠다. 그는 포도주 단지가 아직 그대로 있는 거치대로 다가갔다. 그리고 청동 잔으로 술을 떠서 현관에 앉아 홀짝거렸다. 조금 뒤 소베크가 성큼성큼 다가와 유쾌한 탄성을 질렀다.

"하! 이제 진창 마셔 보자구! 마침내 확실해진 우리의 미래를 위해 건배! 오늘은 의심할 여지 없이 유쾌한 날이야, 형!"

야흐모세가 동의했다.

"그래, 맞아. 앞으로 모든 면에서 생활이 편해질 거야."

"형은 늘 감정을 너무 절제해."

소베크는 웃으면서 이야기하더니, 잔으로 술을 떠서 한입에 털어넣고는 술잔을 내려놓으며 입맛을 다셨다.

"이제 아버지가 예전처럼 진흙 속에 처박힌 막대기처럼 굴지, 아니면 내가 아버지를 요즘 방식으로 변모시킬지 두고 보자고."

"내가 너라면 천천히 진행할 거다. 넌 늘 성미가 너무 급해."

야흐모세가 충고했다.

소베크는 애정 어린 눈길로 형을 바라보며 미소 지었다. 그는 몹시 흥겨워했다.

"그놈의 낡은 방식, 느리고 확실하게."

그가 조롱하듯 말했다.

야흐모세는 미소를 지었지만, 화난 기색은 전혀 없었다.

"결국 그게 최선이야. 게다가 아버지는 우리한테 아주 잘해 주셨어. 걱정 끼쳐 드릴 일을 해선 안 돼."

소베크가 호기심 어린 눈길로 바라보았다.

"아버지를 정말로 좋아하는 거야? 형은 애정 덩어리야! 난 이제……, 아무도 신경 쓰지 않아. 아무도……. 나 소베크만 빼고. 소베크 만세!"

그는 술을 한 잔 더 마셨다.

야흐모세가 다정하게 말했다.

"몸 좀 사려. 오늘 먹은 것도 별로 없잖아. 그럴 때 술을 마시면 종종……."

야흐모세가 갑자기 입술을 일그러뜨리며 말을 멈췄다.

"왜 그래, 형?"

"아무것도 아니야……. 갑자기 통증이……. 난……, 아무것도 아냐……."

하지만 손을 들어 이마를 쓸어 보니, 갑자기 이슬이 맺힌 듯 축축해져 있었다.

"안색이 안 좋아."

"방금까지 아무렇지도 않았는데."

"설마 누가 술에 독을 타기야 했겠어."

소베크는 자기 말을 비웃으면서 단지 쪽으로 팔을 뻗었다. 그 순간 팔이 뻣뻣해지고 갑작스레 몸에 고통스런 경련이 일면서 앞으로 고꾸라졌다.

그가 헐떡거리며 말했다.

"형, 형……, 나도……."

야흐모세는 앞으로 쓰러져 몸이 반으로 접혔다. 숨막히는 신음이 터져 나왔다.

소베크가 고통스럽게 비틀거렸다. 그가 가까스로 목소리를 높여 외쳤다.

"도와줘. 의사를 불러……. 의사를……."

헤네트가 집 밖으로 뛰쳐나왔다.

"나 불렀니? 뭐라고 했어? 뭐야?"

그녀가 놀라 소리치자 다른 사람들이 달려왔다.

야흐모세와 소베크는 고통으로 신음하고 있었다.

야흐모세가 희미하게 말했다.

"술에……, 독이……. 의사를 불러……."

헤네트가 날카롭게 소리쳤다.

"또 불행이 닥쳤어! 정말로 이 집은 저주받은 거야. 빨리! 서둘러! 사원에 가서 경험 많고 노련한 의사 메르수 제사장을 모셔 와!"


*II*


임호테프가 중앙 홀에서 이리저리 서성거렸다. 그의 멋진 리넨 옷이 얼룩져 흐느적거렸다. 그는 씻지도 옷을 갈아입지도 않았다.

그의 얼굴에는 근심과 두려움이 드리워 있었다.

집 뒤편에서 낮게 흐느끼는 곡(哭) 소리가 들려왔다. 집안을 휩쓴 재앙에 대해 여인들이 할 몫이었다. 헤네트의 울음소리가 가장 도드라졌다.

옆방에서는 의사인 메르수 제사장이 축 늘어진 야흐모세를 되살리느라 요란하게 떠드는 소리가 들렸다.

조용히 여인들의 거처를 빠져나와 중앙 홀로 가던 레니센브가 그 소리에 이끌렸다. 그녀는 발걸음을 따라 열린 문간으로 다가갔고, 거기 서서 제사장이 읊는 낭랑한 주문에 마음이 진정되는 것을 느꼈다.

"오, 이시스여! 위대한 마법의 신이여! 저를 놓아 주십시오. 저를 풀어 주십시오. 온갖 못되고, 사악하고, 모진 것들로부터, 신의 징벌로부터, 여신의 징벌로부터, 죽은 남자와 죽은 여자로부터, 저를 증오하는 남자 원수와 여자 원수로부터……."

희미한 한숨이 야흐모세의 입술에서 경련하듯 새어 나왔다.

"오, 이시스여……. 오, 위대한 이시스여……. 오빠를 살려 주세요……. 제 오빠 야흐모세를 살려 주세요……. 위대한 마법의 신이시여……."

주문을 외자 온갖 생각이 혼란스럽게 스쳐 지나갔다.

'온갖 못되고, 사악하고, 모진 것들로부터……. 그게 바로 이 집안의 문제였어……. 그래, 모진 생각, 증오하는 마음……. 죽은 여인의 분노.'

그녀는 마음속으로 그 여인에게 말했다.

'당신을 해친 사람은 야흐모세 오빠가 아냐, 노프레트. 비록 사티피 언니가 그의 아내였지만, 올케언니의 행동에 대한 책임을 오빠에게 물어선 안 돼……. 오빠에겐 올케언니를 통제할 힘이 전혀 없었어. 어느 누구에게도……. 당신을 해친 사티피 언니는 죽었어. 그걸로 모자란 거야? 소베크 오빠가 죽었어. 말만 거칠게 했지, 사실은 해를 끼치지도 않은 소베크 오빠가……. 오, 이시스여, 야흐모세 오빠마저 죽게 두지 마세요. 복수심에 불타는 노프레트의 증오로부터 오빠를 구해 주세요.'

심란한 마음으로 서성거리던 임호테프는 고개를 들어 딸을 보자 애정 어린 표정을 지었다.

"이리 오너라, 레니센브, 사랑스런 내 딸."

그녀는 그에게 달려가 두 팔에 안겼다.

"오, 아버지. 의사가 뭐라던가요?"

임호테프가 침울하게 말했다.

"야흐모세는 살아날 희망이 있다는구나. 소베크는……, 너도 알고 있겠지?"

"네. 저희가 우는 소리 못 들으셨어요?"

"그 녀석은 새벽에 죽었단다. 소베크, 강하고 잘생긴 내 아들."

그의 목소리가 떨리더니 이내 목이 메었다.

"정말 사악하고 잔인해요……. 손쓸 도리가 없나요?"

"할 수 있는 건 다 했다. 억지로 구토제를 먹이고, 약초 즙을 처방

하고, 신성한 부적을 붙이고, 강력한 주문도 외웠다. 하지만 다 소용없구나. 메르수는 노련한 의사야. 그가 내 아들을 살리지 못하면……. 야흐모세가 죽는 건 신의 뜻일 게다."

메르수가 목소리를 높여 마지막 주문을 외고는, 이마의 땀을 닦으며 방에서 나왔다.

"어떻소?"

임호테프가 초조하게 다그쳤다.

의사가 진중하게 대답했다.

"이시스의 도움으로 아드님은 살아날 겁니다. 몸은 약해졌지만 독살의 위기는 넘겼습니다. 독 기운이 약해지고 있으니까요."

그는 좀 더 일상적인 어조로 계속 이야기했다.

"다행히도 야흐모세는 독이 든 술을 훨씬 덜 마셨습니다. 그는 조금씩 마신 반면, 소베크 아드님은 단숨에 들이켰습니다."

임호테프가 신음했다.

"그게 두 녀석의 차이야. 야흐모세는 모든 일에 신중하고 조심스럽게 천천히 다가가지. 소베크는 늘 과하고, 손이 크고, 제멋대로야. 맙소사! 너무 경솔해."

그가 매섭게 덧붙였다.

"그러면 저 술에 확실히 독이 든 거요?"

"의심의 여지가 없습니다, 임호테프. 제 어린 조수들이 남은 술을 검사했습니다. 동물에게 먹여 봤더니 모두 금세 죽었습니다."

"하지만 나도 불과 한 시간 전에 같은 술은 마셨는데 아무 증상이 없잖소."

"당연히 그때는 독이 안 들었겠죠. 독을 넣은 건 그 뒤였습니다."

임호테프는 한 손을 주먹 쥐고 다른 쪽 손바닥을 쳤다.

그가 단언했다.

"그 누구도……. 살아 있는 인간이라면 그 누구도 감히 내 집 지붕 아래서 내 아들들을 독살할 수 없어! 그런 일은 불가능해. 살아 있는 사람이라면!"

메르수는 고개를 살짝 기울이고 모호한 표정을 지었다.

"그건 임호테프 당신께서 가장 잘 아시겠죠."

임호테프는 초조하게 귀 뒤를 긁적이며 서 있었다.

"당신에게 들려주고 싶은 이야기가 있소."

그가 불쑥 말을 꺼냈다.

그가 손뼉을 치자 하인 한 명이 뛰어 들어왔다.

"목동을 이리 데려와."

그는 하인에게 지시하고는 고개를 돌려 메르수에게 말했다.

"조금 덜떨어진 놈이오. 말귀가 어둡고 사람 구실도 제대로 못한다오. 하지만 두 눈은 멀쩡해서 시력도 좋고, 더욱이 아둔한 제 놈에게 늘 친절하고 다정했던 내 아들 야흐모세를 잘 따르지."

하인 손에 끌려온 소년은 허리옷을 두르고 있었다. 야윈 몸에 피부가 거의 까맸으며, 약간 사팔뜨기에 멍청해 보이는 얼굴은 겁을 잔뜩 집어먹고 있었다.

임호테프가 매섭게 다그쳤다.

"말하거라. 방금 전에 나한테 한 말 다시 해 봐."

소년은 고개를 숙인 채, 손가락으로 허리옷을 조몰락거리기 시작했다.

"말하래도!"

임호테프가 소리쳤다.

에사가 지팡이를 짚고 절뚝거리며 들어와 흐릿한 눈으로 쏘아보았다.

"애가 겁을 먹지 않았느냐. 이리 오너라, 레니센브. 이 대추를 저 아이한테 갖다 주렴. 자, 꼬마야, 네가 본 걸 말해 보거라."

소년은 두 사람을 번갈아 쳐다보았다.

에사가 재촉했다.

"넌 어제 마당 문을 지나치다 뭔가를 봤어. 그게 뭐지?"

소년은 고개를 저으며 힐끔힐끔 곁눈질을 했다. 이윽고 우물거렸다.

"우리 야흐모세 주인님은 어디 계시죠?"

제사장이 다정하고 위엄 있게 말했다.

"네 주인 야흐모세께서 네가 우리한테 말하길 원하신다. 겁먹을 것 없다. 아무도 널 해치지 않을 테니까."

소년의 얼굴에 살짝 화색이 돌았다.

"우리 야흐모세 주인님은 제게 친절하세요. 뭐든 분부대로 합죠."

아이가 잠시 말을 그쳤다. 임호테프가 다그치려 했지만, 제사장이 눈짓으로 그를 제지했다.

갑자기 소년이 불안하게 입을 열고 빠르게 조잘거렸다. 마치 보이지 않는 어떤 존재가 엿들을까 봐 두려운 것처럼 좌우를 살피며 말했다.

"꼬마 당나귀 때문이었어요……. 세트(여러 동물의 형상을 한 수호신 — 옮긴이)의 보호를 받는 놈인데 늘 말썽을 피우죠. 저는 막대기를 들고 녀석을 뒤쫓아 갔어요. 녀석이 마당에 있는 커다란 문을 지나쳤고, 저는 문을 통해 집 안을 보았죠. 현관에는 아무도 없고 포도주 거치대가 하나 있었어요. 조금 뒤 여자 하나, 마님 한 분이 집 안에서 현관으로 나오시데요. 그분이 포도주 단지 쪽으로 걸어가 그 위에 손을 뻗고는……, 그러고는 집 안으로 들어가신 것 같아요. 잘 모르겠어요. 발소리가 들려서 고개를 돌려 보니, 멀리서 야흐모세 주인님이 밭에서 돌아오고 계셨거든요. 그래서 전 다시 꼬마 당나귀를 쫓아갔고, 야흐모세 주인님은 마당으로 들어가셨어요."

임호테프가 화를 내며 소리쳤다.

"그런데도 경고를 안 했단 말이냐! 아무 말도 안 하다니."

소년이 울먹이며 말했다.

"나쁜 일인 줄 몰랐어요. 그 마님이 포도주 단지 위로 손을 뻗치면서 싱글싱글 웃으시는 것밖에 못 봤어요……. 전 아무것도 못 봤어요……."

"그 마님이 누구였느냐?"

제사장이 물었다.

소년은 멍한 표정으로 도리질을 쳤다.

"몰라요. 집안 마님들 중 한 분이었을 거예요. 저는 그분들을 몰라요. 저는 농경지 끝에서 소를 몰아요. 그분은 염색한 리넨 드레스를 입고 계셨어요."

레니센브의 눈이 휘둥그레졌다.

"하녀는 아니었느냐?"

제사장이 소년을 바라보며 물었다.

소년은 단호하게 고개를 저었다.

"하녀는 아니었어요······. 머리에 가발을 쓰고 보석을 다셨거든요. 하녀는 보석을 달지 않아요."

"보석? 어떤 보석 말이냐?"

임호테프가 다그쳤다.

소년은 마침내 두려움에서 벗어나 자기 말을 확신하는 듯 자신 있게 대답했다.

"앞쪽에 황금 사자가 매달린 세 줄짜리 구슬 목걸이였어요."

에사의 지팡이가 바닥에 부딪치면서 덜거덕거렸다. 임호테프가 신음을 내뱉었다.

메르수가 위협적으로 말했다.

"꼬마야. 그것이 만약 거짓말이라면······."

"사실이에요. 맹세코 사실이에요."

소년의 목소리가 날카롭고 또렷하게 울려 퍼졌다.

병자가 누워 있는 옆방에서 야흐모세가 맥없이 소리쳤다.

"무슨 일입니까?"

소년은 열린 문을 통해 쏜살같이 달려가, 야흐모세가 누운 소파 곁에서 몸을 웅크렸다.

"주인님, 사람들이 절 고문하려고 해요."

야흐모세가 구부러진 목침 위에서 가까스로 고개를 돌렸다.

"안 돼, 안 돼. 이 아이를 해치지 마세요. 아둔하지만 정직한 아이예요. 약속해 주세요."

임호테프가 말했다.

"물론이다, 물론이야. 그럴 필요는 없어. 아는 대로 다 말했으니까. 그리고 지어낸 말도 아닐 게다. 가 보거라. 하지만 소를 치러 멀리 가진 말거라. 집 근처에 있도록 해. 필요하면 다시 부를 테니까."

소년이 자리에서 일어났다. 아이는 내키지 않은 듯 허리를 굽혀 야흐모세를 바라보았다.

"편찮으세요, 주인님?"

야흐모세가 희미하게 웃었다.

"걱정할 거 없다. 죽진 않을 테니까. 어서 가거라. 그리고 분부대로 얌전히 있어."

소년은 행복한 미소를 지으며 사라졌다. 제사장이 야흐모세의 눈동자를 살피고 맥박을 짚었다. 그리고 잠을 자라고 권한 뒤, 다른 사람들과 함께 다시 중앙 홀로 나왔다.

그가 임호테프에게 말했다.

"꼬마가 말한 인상착의를 아시겠습니까?"

임호테프가 고개를 끄덕였다. 그의 짙은 구릿빛 볼이 창백한 자줏빛을 띠었다.

레니센브가 말했다.

"염색 리넨 드레스를 입는 여자는 노프레트뿐이었어요. 그녀가 북쪽 도시에서 가져온 최신 유행 옷이었거든요. 하지만 그 드레스들은 그녀와 함께 묻혔는데……."

임호테프가 말했다.

"황금빛 사자 머리가 달린 세 줄짜리 구슬 목걸이는 내가 그녀에게 준 거요. 이 집에 그런 장신구는 없소. 값비싸고 귀한 물건이니까. 그녀의 보석은 싸구려 홍옥수 목걸이 말고는 죄다 묘소에 묻혀 봉인됐소."

그가 양팔을 저었다.

"지독한 저주로구나……. 이 무슨 원한이란 말인가! 내가 그토록 아꼈고, 그토록 경의를 표했고, 합당한 의식에 따라 비용을 아끼지 않고 장례를 치러 주었는데……. 나는 그녀와 사이좋게 먹고 마셨소. 그건 모두가 입증하오. 그녀는 불평할 게 하나도 없었지. 정말로 옳고 합당한 것 이상으로 해 주었으니까. 내 피를 물려받은 아들들을 제치고 유산을 물려줄 생각까지 했다오. 그런데 왜, 이런 식으로 저승에서 돌아와 나와 내 가족을 해치는 거지?"

메르수가 심각하게 말했다.

"죽은 여인의 저주는 당신에 대한 복수가 아닌 것 같습니다. 당신이 마신 술은 해롭지 않았으니까요. 가족 중 누가 그 여인을 죽였습니까?"

"죽은 며느리."

임호테프가 짧게 대답했다.

"그렇군요. 야흐모세 아드님의 아내 말씀이시죠?"

"맞소."

임호테프는 잠시 멈췄다가 다시 입을 열었다.

"하지만 어쩌면 좋겠소, 존경하는 제사장? 어찌하면 이 원한이 풀리겠소? 맙소사! 내가 그 여자를 처음 이 집에 들인 날이 바로 흉일이었어."

"정말 흉일이었어요."

카이트가 여인들의 거처 입구에서 앞으로 다가와 음울한 목소리로 말했다.

그녀의 눈동자는 눈물로 푹 젖어 있었다. 수수한 얼굴에서 어찌나 강한 결의가 느껴지는지 마치 딴사람 같았다.

그녀의 깊고 쉰 목소리가 분노로 떨렸다.

"그 흉일에 아버님이 노프레트를 이곳으로 데려온 덕분에 가장 영리하고 가장 잘생긴 아들이 죽었어요! 그녀는 사티피 형님과 제 남편 소베크의 죽음을 불러왔고, 야흐모세 아주버님만 가까스로 살아남았어요. 다음은 누구죠? 아이들이라고 살려 둘까요? 제 어린 딸 앙크를 때린 그녀가? 당장 조치를 취해야 돼요, 아버님!"

"조치를 취해야 하오."

임호테프가 애원하는 듯한 눈길로 제사장을 바라보며 같은 말을 되풀이했다.

제사장은 고개를 끄덕이며 조용히 수락했다.

"여러 가지 방법이 있습니다, 임호테프. 확신이 선다면 당장 시작할 수 있습니다. 저는 당신의 죽은 아내 아샤예트를 생각하고 있습니다. 그녀는 영향력 있는 가문의 여인이었습니다. 그녀는 저승에서도 강력한 힘을 발휘할 수 있으므로, 당신을 위해 중재자로 나설 수 있고, 노프레트라는 여인은 그녀에게 무력할 겁니다. 우선 함께 논의를 해야겠습니다."

카이트가 피식 웃었다.

"오래 지체하면 안 돼요. 남자들은 다 똑같아요. 제사장들마저 모든 일을 법과 선례에 따라 처리하죠. 하지만 분명히 말씀드리지만, 신속하게 행동하세요. 그렇지 않으면 이 지붕 아래서 또 다른 시체가 나올 테니까."

그녀는 홱 돌아서서 밖으로 나갔다.

임호테프가 중얼거렸다.

"훌륭한 여자요. 아이들에게 헌신적인 어머니이자 충실한 아내지. 하지만 이따금 태도가 몹시 불손하오. 이 집안의 주인한테 말이오. 물론 때가 때이니만큼 용서해야겠지. 우리 모두 괴로우니까. 대체 어찌해야 좋을지 모르겠군."

그는 두 손으로 머리를 두드렸다.

"우리 중에 뭘 해야 좋을지 모르는 사람이 있구먼."

에사가 빈정거렸다.

임호테프는 불쾌한 눈초리로 그녀를 쏘아보았다. 제사장이 떠날 준비를 하자, 임호테프는 함께 현관까지 나가서 환자에 대해 주의할 사항을 새겨들었다.

남은 레니센브는 궁금한 표정으로 할머니를 바라보았다.

에사는 조용히 앉아 있었다. 그녀의 찡그린 얼굴 표정이 기묘해서, 레니센브는 머뭇거리며 물었다.

"무슨 생각을 하시는 거예요, 할머니?"

"바로 그거다, 레니센브. 이 집안에서 아주 기묘한 일들이 벌어지고 있으니, 누군가는 반드시 생각을 해야 해."

레니센브가 몸서리를 치며 말했다.

"끔찍한 일이에요. 무서워 죽겠어요."

"나도 무섭단다. 하지만 아마 그 이유는 다를 게다."

그녀는 늘 보던 낯익은 동작으로 가발을 비스듬히 고쳐 썼다.

레니센브가 말했다.

"하지만 이제 야흐모세 오빠는 죽지 않아요. 살아날 거예요."

에사가 고개를 끄덕였다.

"그래. 훌륭한 의사가 제때 도착했으니까. 하지만 다음번에는 그런 운이 없을지도 몰라."

"할머니는……, 이런 일이 또 일어날 거라고 생각하세요?"

"아마 야흐모세와 너와 이파이……, 그리고 어쩌면 카이트도 음식을 조심하는 게 좋을 게다. 항상 하인들이 먼저 맛을 보도록 해."

"그럼 할머니는요?"

에사가 냉소적인 미소를 지었다.

"레니센브야, 할미는 늙은이란다. 그러니 그저 늙은이답게 삶을 즐기면서 남아 있는 모든 시간을 일분일초 음미할 뿐이야. 우리 중 내가 목숨을 부지할 가능성이 가장 높을 게다. 나야말로 너희들 중 어느 누구보다 조심할 테니까."

"그럼 아버지는요? 노프레트가 아버지를 저주하지는 않겠죠?"

"네 아비? 글쎄다……. 모르겠구나. 아직은 모르겠어. 이 모든 일에 대해 생각해 본 뒤 내일 목동을 한 번 더 불러야겠다. 그놈이 한 이야기에 뭔가가 있어……."

그녀가 말을 멈추고 눈살을 찌푸렸다. 그리고 한숨을 내쉬며 자리에서 일어나, 지팡이를 짚고 절뚝거리며 천천히 자기 방으로 돌아갔다.

레니센브는 야흐모세의 방으로 들어갔다. 그가 잠든 것을 보고 살그머니 다시 밖으로 나왔다. 그리고 잠깐 망설이다가 카이트의 방으로 갔다.

그녀는 눈치 못 채게 문간에 서서, 카이트가 아이에게 자장가를 들려주는 모습을 물끄러미 바라보았다. 그녀의 얼굴은 다시금 고요하고 평온했다. 표정이 너무나 평소와 같아서, 레니센브는 지난 스물네 시간 동안 벌어진 비극이 잠시 꿈처럼 느껴졌다.

그녀는 천천히 몸을 돌려 자기 방으로 갔다. 탁자 위, 화장품 상자와 단지들 한가운데 노프레트의 물건이었던 작은 보석 상자가 놓여 있었다.

레니센브는 상자를 집어 들어 손바닥 위에 올려놓고 물끄러미 바라보았다. 노프레트가 만졌던, 그녀가 쥐었던, 그녀의 물건이었다.
 그러자 마음속에 동정심이 물결치면서 그 기묘한 이해심마저 밀려왔다. 노프레트는 불행한 여자였다. 그녀가 이 작은 상자를 손에 쥐었을 때, 어쩌면 자신의 불행을 의도적으로 원한과 증오로 탈바꿈시켰을지도 모른다. 그리고 그 원한을 지금까지 풀지 못한 것이다. 여전히 복수를 모색하면서……. 안 돼. 절대 안 돼. 절대!
 레니센브는 거의 무의식적으로 단추 두 개를 끌러 스르륵 뚜껑을 열었다. 홍옥수 목걸이와 깨진 부적, 그리고 다른 것이 또 하나 있었다.
 심장이 쿵쾅거리는 것을 느끼며, 레니센브는 앞쪽에 황금 사자가 매달린 구슬 목걸이를 꺼내 들었다.

**여름 첫째 달 30일**

*I*

목걸이를 발견하자 레니센브는 몹시 겁먹었다. 그 순간 반사적으로 재빨리 보석 상자에 도로 넣어 뚜껑을 닫은 다음 단추의 끈을 묶었다. 그녀의 마음이 사실을 숨기라고 보챘다. 심지어 그녀는 두려운 표정으로 뒤돌아보며 자신을 본 사람이 없는지 확인하기까지 했다.

그녀는 밤새 이리저리 뒤척이고 구부러진 목침을 계속 고쳐 베느라 잠을 설쳤다.

아침이 밝자, 그녀는 누군가에게 털어놓기로 마음먹었다. 혼란스런 발견을 하고 그 짐을 혼자만 질 수는 없었다. 간밤에는 두 번이나 잠에서 깨어, 노프레트가 곁에서 한 맺힌 표정으로 서 있는 건 아닌지 두리번거렸다. 하지만 아무것도 보이지 않았다.

레니센브는 보석 상자에서 사자 목걸이를 꺼내 자신의 리넨 드레스 주름 속에 숨겼다. 막 일을 마쳤을 때 헤네트가 부산을 떨며 들어왔다. 그녀의 눈동자는 새로운 소식을 알리는 기쁨에 젖어 환하고 교활해 보였다.

"생각해 보렴, 레니센브. 끔찍하지 않니? 그 목동 꼬마가 오늘 아침 옥수수 창고에서 스르륵 잠들었는데, 다들 그 아이를 흔들면서 귀에다 소리쳤지만 이제 다시는 깨어나지 못할 거래. 양귀비 주스를 마신 것 같아. 정말로 그랬을지도 모르지. 하지만 그랬다면 그걸 누가 줬을까? 이 집 사람은 아냐. 틀림없어. 그 녀석이 직접 찾아 마셨을 리도 없고. 맙소사! 어제 좀 더 물어봤으면 내막을 알 수 있었을 텐데."

헤네트는 자신이 착용한 많은 부적 중 하나에 손을 댔다.

"아문이여, 우리를 망자의 악령으로부터 굽어 살피소서! 그 꼬마는 자신이 본 걸 말했어. 그녀를 어떻게 봤는지 말이야. 그래서 그녀가 다시 찾아와 그 아이에게 양귀비 주스를 먹여 영원히 눈을 감게 만든 거야. 오, 너무 막강해, 노프레트! 알다시피 그녀는 이집트 밖으로 싸돌아다니면서 필시 온갖 해괴한 원시 마법을 배운 거야. 이 집은 안전하지 못해. 아무도 안전하지 못해. 네 아버지는 아문 신께 소를 여러 마리 바쳐야 할 게다. 필요하다면 가축 전부를 말이다. 지금은 돈을 아낄 때가 아냐. 우리 자신을 보호해야 하니까. 너희 어머니께 호소해야 돼. 임호테프도 그럴 생각이야. 메르수 제사장이 그러랬거든. 망자에게 보내는 신성한 서신 말이다. 호리는 지금 문구를 작성하느라 바쁘단다. 네 아버지는 그걸 노프레트에게 보낼 심산이야. 그녀한테 호소하려고. '고귀한 노프레트, 대체 내가 당신에게 무슨 악행을 저질렀기에…….' 등등. 하지만 메르수 제사장이 지적하길, 그보다 더 강력한 수단이 필요하다는구나. 네 어머니 아샤예트는 훌륭한 여인이었어. 그녀의 외숙부는 노마르케스였고, 그녀의 오빠는 테베 장관의 수석 보좌관이었지. 그녀가 이번 사건을 알기만 하면, 일개 천첩이 자기 자식들을 해칠 수 없다는 걸 깨닫게 해 줄 거야! 그래, 벌을 내릴 거야. 아까도 말했다시피 호리는 지금 그녀에게 보내는 기원문을 작성하고 있단다."

레니센브는 호리를 찾아가 목걸이를 발견한 사실을 털어놓으려던 참이었다. 하지만 그가 이시스 사원에서 제사장들과 더불어 바쁘다면 그를 따로 만날 수가 없었다.

아버지한테 가야 하나? 레니센브는 낙담하며 고개를 저었다. 아버지가 전능한 사람인 줄 알았던 어릴 적 믿음은 이미 사라져 버렸다. 이제는 위기가 닥쳤을 때 아버지가 금세 우왕좌왕한다는 것을 알게 됐다. 진짜 힘은 없고 잔소리와 허풍뿐. 야흐모세가 아프지만 않다면 그에게 털어놓을 텐데. 물론 도움이 될 만한 조언을 얻을지는 알 수 없지만. 아마 그 문제를 임호테프에게 알려야 한다고 고집을 부리리라.

위기감이 고조되는 가운데 레니센브는 그것만은 어떻게든 피해야 한다고 느꼈다.

그 말을 들으면 임호테프는 다짜고짜 모든 사실을 공표할 터이기에, 레니센브는 비밀을 유지해야 한다고 본능적으로 확신했다. 왜 그래야 하는지는 막연했지만.

아니, 그녀가 원하는 것은 호리의 충고였다. 호리라면 늘 그렇듯 옳은 방법이 무엇인지 알 것이다. 그에게 목걸이를 건네주는 순간, 그녀의 근심과 혼란도 함께 가져갈 것이다. 그가 평소처럼 다정하고 근엄한 눈길로 바라보면, 금세 그녀는 이제 안심이라고 느낄 것이다.

잠깐 동안 레니센브는 카이트에게 털어놓고 싶은 충동이 일었다. 하지만 카이트로는 충분하지 않았다. 제대로 귀담아 듣는 법이 없으니까. 혹시 그녀와 아이들을 떼어놓는다면……. 아니, 소용없다. 카이트는 착하지만 아둔하니까.

레니센브는 생각했다.

'카메니가 있지……. 할머니도 계시고…….'

카메니……? 카메니에게 털어놓을 생각을 하니 어쩐지 즐거운 기분이 들었다. 그녀의 마음속에 그의 얼굴이 선명히 떠올랐다. 유쾌한 도전에서 관심으로 변하는 표정. 그녀를 위한 염려……. 하지만 그녀를 위한 것이 아니라면?

어째서 노프레트와 카메니가 겉모습과 달리 가까운 사이였다는 이런 치졸하고 은밀한 의구심이 드는 걸까? 임호테프와 가족을 이간질한 노프레트의 음모를 카메니가 도운 사실 때문일까? 그는 어쩔 수 없었다고 말했다.

하지만 그게 사실일까? 그렇게 말하기는 쉬웠다. 카메니가 한 말은 모두 쉽고 옳고 당연하게 들렸다. 그의 명랑한 웃음은 상대마저 웃게 만들었다. 흔들거리며 걷는 그의 모습은 너무도 우아했다. 그 부드러운 어깨 위에서 돌아가는 머리. 상대를 응시하는 눈동자……. 그 눈동자……. 레니센브는 머릿속이 혼란스러워 그만 생각을 접었다. 카메니의 눈은 호리의 눈처럼 안전하고 다정하지 않았다. 그저 요구하고 도전할 뿐이었다.

그런 생각을 하자 레니센브의 볼이 달아오르고 눈빛이 반짝였다. 노프레트의 목걸이를 발견한 일은 카메니에게 말하지 않기로 마음먹었다. 아니, 에사 할머니를 찾아가리라. 그녀는 어제 에사에게서 깊은 인상을 받았다. 비록 늙긴 했지만, 그 노파는 세상사를 꿰뚫고 있으며, 가족 누구도 갖지 못한 예리하고 현실적인 감각의 소유자였다.

레니센브는 생각했다.

'할머니는 늙으셨어. 하지만 무언가 아실 거야.'


*II*

목걸이라는 말을 처음 꺼냈을 때, 에사는 잽싸게 두리번거리고 손가락을 입술에 갖다 대고는 손을 내밀었다. 레니센브는 드레스를 더듬어 목걸이를 꺼낸 뒤 에사의 손에 올려놓았다. 에사는 한동안 목걸이를 침침한 눈에 바짝 대고 보다가, 이내 자기 드레스 속에 넣었다. 그녀는 낮고 권위 있는 목소리로 말했다.

"이제 더는 말하지 말거라. 이 집에서 말하는 건 백 개의 귀에 대고 말하는 게야. 밤새 뜬눈으로 생각해 보니, 해야 할 일이 너무 많더구나."

"아버지와 호리는 엄마에게 보낼 탄원서 때문에 이시스 사원에서 메르수 제사장과 논의하고 있어요."

"알고 있다. 네 아비는 망령들하고 놀게 내버려 둬. 내 관심은 이승의 일이란다. 호리가 돌아오면 이리로 보내려무나. 의논해야 할 것들이 있으니까. 호리는 믿을 만해."

"호리는 뭘 해야 할지 알 거예요."

레니센브가 행복하게 말했다.

에사는 그녀를 호기심 어린 눈길로 바라보았다.

"네가 종종 묘소에서 그를 만난다지? 너와 호리는 무슨 이야기를 하느냐?"

레니센브는 멍하니 고개를 저었다.

"뭐……, 강이나 이집트, 빛이 변하는 풍경, 해변 모래밭과 바위의 색깔……. 하지만 대개 아무 말 안 해요. 그냥 앉아 있으면 평온하거든요. 잔소리, 아이들 울음소리, 소란스런 왕래가 없으니까요. 제 생각만 할 수 있고, 호리도 방해하지 않아요. 그리고 이따금 고개를 들어 호리가 저를 바라보는 걸 눈치 채면, 서로 마주 보며 씩 웃어요……. 거기 있는 동안은 행복할 수 있어요."

에사가 천천히 말했다.

"너는 운이 좋구나, 레니센브. 모든 이의 마음속에 있는 행복을 발견했으니. 대부분의 여자들에게 행복이란 사소한 일로 소란을 떨며 싸돌아다니는 거란다. 아이들을 돌보며, 웃고 떠들고, 다른 여자들과 싸우고, 남자와 사랑했다 미워했다 하면서……. 줄줄이 구슬 달린 끈처럼 사소한 일들이 한데 뒤엉켜 있지."

"할머니의 삶도 그랬나요?"

"대부분. 하지만 이제는 늙어서 거의 혼자 지낸단다. 게다가 눈도 침침하고 걷기조차 힘들지. 그러자 외적인 삶 못지않게 내적인 삶도 있다는 걸 알게 되더구나. 하지만 이젠 너무 늙어서 참된 인생을 배우긴 글렀단다. 그래서 어린 하녀나 들들 볶고, 부엌에서 내온 따끈따끈하고 맛난 음식을 즐기고. 우리가 굽는 온갖 종류의 빵을 음미하고, 잘 익은 포도와 석류 주스를 즐기며 살지. 이런 즐거움 말고는 다 사라졌단다. 내가 가장 사랑하던 아이들은 이미 죽었어. 네 아비는 늘 바보였단다. 라 신이여, 굽어 살피소서! 네 아비가 아장아장 걷던 아기였을 때는 나도 그를 사랑했지만, 지금은 거만 떠는 꼴을 보고 있으려니 짜증스러울 따름이야. 손자들 중에서는 너를 가장 사랑한단다, 레니센브. 손자 이야기를 하니 이파이 생각이 나는구나. 그 녀석 어디 있니? 어제오늘 통 보이지 않는구나."

"곡물 비축 작업을 감독하느라 정신없이 바빠요. 아버지가 책임자로 삼으셨거든요."

에사가 씩 웃었다.

"우리 어린 망나니가 입이 찢어지겠구나. 갖은 거만을 떨고 으스

대며 돌아다니겠지. 밥 먹으러 오거든 나한테 오라고 전해 주렴."

"네, 할머니."

"레니센브야, 다른 사람한테는 입 다물어야 한다……."


*III*

"절 보자고 하셨나요, 할머니?"

이파이는 거만한 미소를 지으며 서 있었다. 고개를 한쪽으로 살짝 기울이고 하얀 이 사이에 꽃 한 송이를 물고 있었다. 자기 자신과 삶이 지극히 만족스러운 표정이었다.

"네 소중한 시간이 조금만 남아돈다면……."

에사는 더 잘 보려고 실눈을 뜬 채 손자를 위아래로 훑어보았다.

이파이는 그녀의 비아냥거리는 말투를 대수롭지 않게 여겼다.

"오늘은 너무 바쁘네요. 아버지가 사원에 가신 뒤로 제가 모든 걸 살펴야 하거든요."

"어린 자칼이 목소리가 큰 법."

에사가 말했다.

하지만 이파이는 사뭇 태연했다.

"자, 할머니. 고작 그 말씀 하려고 부르신 건 아니겠죠?"

"물론이지. 우선, 지금은 상중(喪中)이다. 네 형 소베크의 시신이 이미 염장이들 손에 넘어갔어. 헌데 네 얼굴은 오늘이 축제일이라도 되는 양 명랑하구나."

이파이가 싱글거리며 말했다.

"할머니는 위선자가 아니에요. 그런데 제가 그러길 바라세요? 저와 소베크 형 사이에 애정 따위는 없었다는 걸 잘 아시잖아요. 그 인간은 저를 위협하고 괴롭히느라 온갖 짓을 다 했어요. 저를 애처럼 취급했다구요. 그리고 들에서는 제게 가장 모욕적이고 유치한 일만 시켰어요. 툭하면 조롱하고 비웃었죠. 그리고 아버지가 저를 형들과 함께 동업자로 승격하려 했을 때 반대하며 설득한 게 소베크 형이었어요."

"어째서 아비를 설득한 사람이 소베크라고 생각하는 게냐?"

에사가 쏘아붙였다.

"카메니한테 들었어요."

"카메니? 카메니가 그랬다……. 그거 흥미롭구나."

에사는 눈을 치뜨고 가발을 한쪽으로 밀어 머리를 긁적였다.

"카메니는 헤네트한테 들었다고 했어요. 다들 알다시피 헤네트는 늘 모르는 게 없죠."

에사가 냉담하게 말했다.

"하지만 이번에는 헤네트의 말이 틀렸다. 물론 소베크와 야호모세 둘 다 네가 사업에 참여하기에 너무 어리다는 데는 동의했지. 하지만 그건 나였다. 그래, 네 아버지가 너를 포함시키지 못하도록 말린 건 나야."

"할머니가요?"

이파이는 놀란 듯 에사를 빤히 쳐다보았다.

그의 표정이 음침하고 험악하게 변하더니, 입에 문 꽃을 떨어뜨렸다.

"왜 그러셨죠? 그게 할머니와 무슨 상관이라고요?"

"내 집안의 일은 곧 내 일이다."

"그래서 아버지가 귀담아 들으시던가요?"

에사가 담담하게 말했다.

"당시에는 아니었지. 하지만 내 너한테 한 수 가르쳐 주마, 잘생긴 손자야. 여자들은 우회로를 이용하는 법이다. 그리고 남자의 약점을 이용하는 법을 터득하지. 물론 태어날 때부터 아는 것은 아니다. 내가 헤네트한테 놀이판을 들려 서늘한 저녁나절에 현관으로 보냈던 일을 기억할 게다."

"기억나요. 아버지와 제가 한 판 했죠. 그래서요?"

"바로 그거야. 너흰 세 판을 했지. 그리고 매번 훨씬 똑똑한 선수인 네가 아버지를 눌렀어."

"네."

에사가 눈을 감고 말했다.

"그게 다야. 네 아비는 모든 무능한 선수들이 그렇듯 지는 걸 좋아하지 않아. 특히 꼬맹이한테 지는 건. 그래서 내가 한 말을 떠올린 게지. 그리고 동업자로 참여시키기에는 확실히 네가 너무 어리다고 결심한 게야."

이파이는 한동안 물끄러미 바라보았다. 그러고는 웃었다. 썩 유쾌하지 않은 웃음이었다.

"영리하시네요, 할머니. 네, 늦으셨는지는 몰라도 영리하세요. 확실히 할머니와 저는 이 집안의 두뇌로군요. 첫 판에서는 할머니가 이기셨어요. 하지만 두고 보세요. 둘째 판은 제가 이길 테니까. 그러니 조심하세요, 할머니."

"그러마. 그리고 네 말을 되받아 충고하건대, 조심하거라. 네 형들 중 하나가 죽었고, 나머지는 거의 죽다 살아났어. 너 또한 네 아비의 아들이다. 그러니 같은 처지가 될지 몰라."

이파이가 깔보듯 웃었다.

"그럴 염려는 없어요."

"어째서? 너 역시 노프레트를 위협하고 모욕했잖니."

"노프레트!"

깔보는 기색이 역력한 말투였다.

"무슨 생각을 하는 게냐?"

에사가 매섭게 다그쳤다.

"저도 생각이 있다구요, 할머니. 그리고 장담하건대 노프레트의 귀신 눈속임 따위에 겁먹지 않아요. 뭐든 할 테면 하라죠."

이파이 뒤에서 날카로운 절규가 들리더니, 헤네트가 뛰어 들어와 소리쳤다.

"한심한 녀석, 경솔한 철부지 같으니라고. 망자에게 도전하다니! 다들 그녀의 저주를 맛본 이 마당에! 이젠 부적조차 너를 보호해 주지 못할 게다!"

"보호? 내 몸은 내가 지켜. 비켜, 헤네트. 난 할 일이 있어. 저 게으른 농부 놈들은 진짜 주인을 모시는 게 어떤 건지 알게 될 거야."

이파이는 헤네트를 옆으로 밀치고 성큼성큼 방을 나갔다.

에사는 헤네트의 절규와 탄식을 물리쳤다.

"내 말 잘 들어, 헤네트. 그리고 이파이에 대해서는 그만 떠들어. 자신이 무슨 짓을 하는지 알건 모르건 간에 말이다. 아무래도 저 녀석 태도가 이상해. 하지만 우선 이 질문에 대답하거라. 동업자 확증서에서 이파이를 빼라고 설득한 사람이 소베크라고 카메니한테 말했느냐?"

헤네트의 목소리가 평소처럼 징징거리는 음색으로 낮아졌다.

"전 정말 집안일로 너무 바빠서 여기저기 잡담하고 다닐 새가 없어요. 그런데 카메니한테 무슨 이야기를 하겠어요? 직접 찾아와 묻지 않는 한 전 그 사람에게 한마디도 하지 않아요. 에사 마님도 인정하시겠지만, 그 사람은 태도가 아주 좋아요. 저만 그렇게 생각하는 게 아니에요. 아무렴요! 그리고 젊은 과부가 새로운 짝을 원한다면 대개 젊고 잘생긴 남자를 꿈꾸게 마련이죠. 물론 임호테프께서 뭐라고 하실지 모르겠지만. 이러니저러니 해도 카메니는 고작 젊은 필경사일 뿐이니까요."

"카메니가 뭐든 상관없어! 이파이의 동업자 승격을 소베크가 반대했다고 그자한테 말했는지 물었다!"

"글쎄요, 마님. 사실은 했는지 안 했는지 가물가물해요. 제 발로 찾아가서 말하지 않은 것만은 확실해요. 하지만 말이란 돌고 도는 법이고, 마님도 알다시피 소베크가 떠들고 다녔잖아요. 비록 요란하게 떠벌리진 않았지만 야흐모세도 같은 생각이었고요. 이파이는 아직 어려서 절대 안 된다고. 그러니 제가 아는 한 카메니는 자기 입으로 말하고 다닌 거지 저한테서 들은 게 아니에요. 저는 수다쟁이가 아니에요. 하지만 어쨌건 혀는 말하라고 있는 것이고, 전 벙어리도 아니잖아요."

에사가 말했다.

"두말하면 잔소리지. 혀는 때때로 무기가 돼. 하지만 헤네트, 혀는 죽음을 부를 수도 있단다. 하나 이상의 죽음을 부를 수도 있지. 부디 네 혀가 죽음을 부른 게 아니면 좋겠구나, 헤네트."

"세상에, 마님, 어쩜 그런 말씀을! 대체 무슨 생각을 하시는 거예요? 저는 어느 누구한테도 온 세상이 엿들을 말은 단 한마디도 하지 않아요. 그리고 가족 모두에게 헌신한다구요. 가족 중 누굴 위해서라도 죽을 수 있어요. 맙소사! 다들 늙은 헤네트의 헌신을 너무 과소평가해요. 저는 다정하셨던 아이들 어머니한테 약속을……."

에사가 말을 잘랐다.

"오호! 리크와 셀러리를 곁들인 토실토실한 쌀새 요리가 나왔군. 냄새가 근사해……. 알맞게 익었어. 헤네트, 그토록 헌신적이라니 네가 먼저 한 입 먹어 볼 수도 있겠구나. 혹시 알아? 독이 들었을지도 모르잖아."

헤네트가 불만스럽게 외쳤다.

"마님! 독이라뇨! 어떻게 그런 말씀을 하세요! 바로 우리 부엌에서 요리한 건데."

"글쎄. 혹시 모르니 누군가 맛은 봐야지. 그리고 네가 먹는 편이 좋겠어, 헤네트. 가족 중 누굴 위해서라도 기꺼이 죽겠다고 했으니. 아마 그렇게 고통스런 죽음은 아닐 게야. 어서, 헤네트. 얼마나 토실토실하고 촉촉하고 맛있는지 한번 봐. 아니, 됐어. 내 어린 노예를 잃고 싶진 않아. 얘는 젊고 발랄해. 하지만 넌 한창때가 지났잖아, 헤네트. 그러니 너한테 무슨 일이 생겨도 별 문제 아닐 게야. 자, 어서……. 입 벌려……. 맛있지? 이야, 얼굴이 꽤 핼쑥해졌구먼. 내 장난이 맘에 안 들었나? 아무래도 그런가 보군. 하하, 히히."

에사는 재미있어 죽겠다는 듯 떼굴떼굴 구르다 갑자기 자세를 가다듬고는, 좋아하는 요리를 탐욕스럽게 먹기 시작했다.

**여름 둘째 달 1일**

*I*

사원에서의 논의가 끝났다. 탄원서는 수정을 거쳐 완벽하게 작성되었다. 호리를 비롯해 사원의 필경사 두 명이 바삐 일에 몰두했다. 이제 마침내 첫 단추를 채운 셈이다.

제사장이 탄원서 초안을 낭독하라고 지시했다.

가장 고귀한 영혼 아샤예트여. 그대의 오라비이자 남편이 탄원한다. 누이는 그대의 오라비를 잊었는가? 어미는 제 몸으로 낳은 자식들을 잊었는가? 가장 고귀한 영혼 아샤예트는 악령이 자식들을 위협하는 것을 모르는가? 이미 그대의 아들 소베크가 독살되어 오시리스에게 갔다.

나는 그대가 살아 있을 때 모든 예를 갖춰 대했다.

보석과 드레스, 고약과 향수, 몸에 바를 기름을 바쳤다. 눈앞에 식탁들을 펼쳐 놓고, 우리는 함께 평온하고 다정하게 좋은 음식을 먹었다. 그대가 아플 때, 나는 돈을 아끼지 않았다. 뛰어난 의사도 불러 주었다. 그대의 장례는 모든 예를 갖춰 합당한 의식에 따라 치렀고, 저 세상의 삶에 필요한 모든 것을 제공했다. 하인과 소와 음식과 음료와 보석과 의류. 나는 오랜 세월 그대를 애도했다. 그리고 아주 오랜 시간이 지난 후에 아직 늙지 않은 사내에게 걸맞은 삶을 살기 위해 첩 하나를 들였을 뿐이다.

그 첩이 지금 그대의 자식들에게 악행을 저지르고 있다. 그걸 모르는가? 필시 모르고 있으리라. 물론 아샤예트 그대가 그걸 안다면, 즉시 제 몸으로 낳은 자식들을 도우러 올 것이다.

그대가 알고 있는데도 아직까지 악행이 자행되는 까닭은, 그 첩의 사악한 요술이 강하기 때문인가? 하지만 이는 당연히 그대의 뜻에 위배된다. 가장 고귀한 영혼 아샤예트여. 그러니 공물의 들판에 그대의 위대한 친척과 막강한 조력자들이 있음을 상기하라. 위대하고 고귀한 이피, 장관의 수석 보좌관. 그의 도움을 이끌어 내라! 또한 그대의 외숙부, 위대하고 막강한 메립타흐, 테베의 노마르케스. 그에게 이 수치스런 사실을 알려라. 그의 법정에 회부토록 하라. 증인을 소환토록 하라. 노프레트의 악행을 증언토록 하라.

노프레트에게 유죄 판결을 내려, 이 집에 더 이상 해를 끼치지 말 것을 선고하라.

오, 고귀한 아샤예트여, 그대의 오라비 임호테프가 그 여인의 간계에 귀가 멀어 그대가 낳은 자식들을 부당하게 대해 진노했다면, 그대의 오라비만이 아니라 그대의 자식들도 고통받는다는 사실을 상기하라. 그리고 지금까지 아이들을 위해 살아온 그대의 오라비 임호테프를 용서하라.

선임 필경사가 낭독을 멈췄다. 메르수가 고개를 끄덕여 승인했다.
"잘 작성했어. 빠진 게 전혀 없는 것 같군."
임호테프가 일어섰다.
"고맙소, 존경하는 제사장. 내일 일몰 전까지 공물을 보내리다. 가축, 기름, 아마. 그 후에 의식 날짜를 정하면 되겠소? 주문이 새겨진 사발을 묘소 공양실에 넣는 의식 말이오."
"사흘 뒤에 해야 합니다. 사발에 주문을 새기고, 의식에 쓰일 필수품을 준비해야 하니까요."
"뜻대로 하시오. 나는 또 그 사이 나쁜 일이 생길까 봐 걱정이오."
"당신의 근심은 충분히 이해합니다, 임호테프. 하지만 걱정 마십시오. 선한 영혼 아샤예트께서 당연히 우리의 호소에 응답하실 테고, 그분의 친척은 권위와 힘을 갖고 있으므로 지극히 합당한 정의를 이뤄 주실 겁니다."
"이시스께서 그리 되도록 허락하시길! 고맙소, 메르수. 내 아들 야흐모세를 치료하고 돌봐 준 것도. 가지, 호리. 살펴야 할 일이 많아. 집으로 돌아가세. 탄원서 덕에 마음의 짐을 한결 덜었어. 고귀한 아샤예트가 심란한 이 오라비를 실망시키지 않을 거야."


*II*


호리가 파피루스 두루마리를 들고 마당에 들어섰을 때, 레니센브가 그를 찾고 있었다. 호숫가에서 그녀가 달려왔다.
"호리!"
"무슨 일이야, 레니센브?"
"나랑 에사 할머니한테 갈래요? 당신을 만나려고 줄곧 기다리고 계세요."
"물론이지. 잠시만 기다려. 혹시 임호테프께서……."
하지만 임호테프는 이파이에게 붙들렸고, 아버지와 아들은 밀담을 나누느라 바빴다.
"이 두루마리와 잡동사니들 좀 치우고 같이 가자, 레니센브."
에사는 레니센브와 호리가 찾아오자 기쁜 표정을 지었다.
"호리가 왔어요, 할머니. 곧장 이리 데려왔어요."
"잘했다. 바깥 공기가 좋더냐?"
"그…… 그런 것 같아요."
레니센브는 조금 당황했다.
"그럼 내 지팡이를 다오. 마당에 나가 좀 걸어야겠다."
에사의 바깥 산책은 드문 일이기에 레니센브는 놀랐다. 그녀는 한 손으로 할머니의 팔꿈치 밑을 받치고 부축했다. 그들은 중앙 홀을 지나 바깥 현관에 이르렀다.

"여기 앉으실래요, 할머니?"

"아니다, 아가야. 호수까지 걷자꾸나."

에사는 천천히 나아갔지만, 절뚝거리면서도 힘차게 걸었다. 조금도 지치는 기색이 없었다. 그녀는 주위를 둘러보다가, 꽃을 심은 작은 화단이 있는 호수 근처에 무화과나무 한 그루가 반가운 그늘을 드리운 장소를 택했다.

일단 자리를 잡자 음산한 얼굴로 만족스럽게 말했다.

"됐어! 이제 우리 이야기는 아무도 엿듣지 못할 게다."

"현명하십니다, 할머님."

호리가 수긍했다.

"여기서 발설하는 말은 우리 셋만 알고 있어야 돼. 난 널 믿는다, 호리. 어릴 적부터 죽 같이 살았으니까. 늘 믿음직하고 사려 깊고 현명했지. 여기 있는 레니센브는 내 아들놈 자식들 중 내가 가장 아끼는 아이란다. 이 아이한테 해가 가선 안 돼, 호리."

"어떤 해도 입지 않을 겁니다, 할머님."

호리의 목소리는 높지 않았지만, 그와 노파의 눈이 마주쳤을 때 그의 어조와 얼굴 표정은 그녀를 만족시키기에 충분했다.

"흡족하구나, 호리. 네 말은 조용하고 차분하면서도 진심이 담겨 있어. 이제 오늘 무슨 일이 있었는지 말해 보거라."

호리는 탄원서 작성과 그 내용을 상세히 설명해 주었다. 에사는 유심히 귀를 기울였다.

"이제 내 말을 주의 깊게 듣거라, 호리. 우선 이걸 보렴."

에사가 드레스에서 사자 목걸이를 꺼내 그에게 건넸다. 그리고 덧붙였다.

"말해 주거라, 레니센브. 어디서 발견했는지."

레니센브가 이야기한 뒤 에사가 물었다.

"자, 호리. 어떻게 생각하느냐?"

호리는 잠시 침묵하다가 물었다.

"할머님은 나이 많고 현명한 분이십니다. 할머님 생각은 어떠신가요?"

"너는 저들과 달라, 호리. 사실무근인 이야기를 경솔하게 지껄이지 않아. 노프레트가 어떻게 죽음을 맞았는지 너는 처음부터 알고 있었지?"

"저는 진실을 의심했습니다. 단지 의심이었을 뿐입니다."

"물론이다. 그리고 우린 지금도 의심할 뿐이야. 하지만 여기 호숫가에 우리 셋만 있으니, 무엇을 의심하는지 털어놔도 된다. 이후에는 다시 언급하지 말고. 내가 보기에 최근 벌어진 비극은 세 가지로 설명할 수 있단다. 첫 번째는 그 목동 꼬마가 진실을 말했고, 놈이 본 것이 정말로 저승에서 돌아온 노프레트의 망령이었으며, 노프레트가 복수의 수위를 높여 우리 가족을 더 큰 슬픔과 고통 속에 빠뜨리려는 사악한 결심을 했다는 것이야. 그럴지도 모르지······. 제사장 같은 사람들이 가능하다고 하니, 정말로 악령이 병을 일으키는 건지도 몰라. 하지만 난 늙은이라 그들이 하는 말을 전부 믿지 않고 다른 가능성을 염두에 둔단다."

"어떤 가능성 말입니까?"

호리가 물었다.

"노프레트가 사티피에게 살해됐고, 얼마 후 같은 장소에서 사티피가 노프레트의 환영을 보았으며, 두려움과 죄책감 때문에 추락사했다고 가정해 보자. 이건 아주 명백해 보인다. 하지만 이제 다른 가설을 세워 보자. 즉, 그 후 누군가 우리가 아직 깨닫지 못한 어떤 이유로 야흐모세와 소베크의 살해를 기도했다고. 그자는 노프레트의 유령이 한 짓이라는 미신적인 두려움을 이용한 게야. 아주 손쉬운 가설이지."

"대체 누가 오빠들을 죽이려 했을까요?"

레니센브가 소리쳤다.

"하인은 아니다. 감히 그러지 못할 게다. 따라서 그 범주에는 몇 명 남지 않아."

에사가 말했다.

"그러면 우리 가족 중 한 사람이란 말씀인가요? 하지만 할머니, 그건 말도 안 돼요!"

에사가 담담하게 말했다.

"호리에게 물어보렴. 이의 없을 게다."

레니센브가 그에게로 고개를 돌렸다.

"호리……, 설마……."

호리는 심각한 얼굴로 고개를 저었다.

"레니센브, 너는 어려서 사람을 잘 믿지. 네가 알고 좋아하는 사람들이 모두 겉모습과 똑같다고 생각하고. 너는 사람의 마음과 고통을 몰라. 그래, 그 속에는 사악한 본성이 숨어 있을 수 있어."

"하지만 누가……. 어떤 사람이……?"

에사가 재빨리 끼어들었다.

"목동이 했던 말을 되새겨 보자꾸나. 염색한 리넨 드레스를 입고 노프레트의 목걸이를 건 여자를 봤다고 했지. 그게 유령이 아니라면 녀석은 제대로 본 거야. 의도적으로 노프레트처럼 보이려고 했던 여자를 봤다는 뜻이지. 카이트였을 수도 있어. 헤네트였을 수도 있고. 레니센브, 너였을 수도 있어. 그 정도 거리에서는 누구든 여자 옷과 가발만 쓰면 그렇게 보였을 게다. 쉿, 내 말 마저 들어라. 나머지 가능성은 소년이 거짓말을 했다는 거야. 시킨 대로 말한 게지. 녀석에게 명령할 수 있는 누군가의 지시에 따랐고, 너무 덜떨어져서 누군가가 뇌물을 주거나 부추겨서 시킨 말의 의미조차 몰랐을 게야. 이젠 죽었으니 내막을 알 도리가 없지. 허나 그 사실이 의미하는 게 있어. 어쩐지 그 꼬마가 누군가 시킨 대로 말했다는 믿음이 강해지는구나. 녀석이 오늘 살아 있어서 꼬치꼬치 캐물었다면 거짓말이 들통 났을 게다. 조금만 집요하게 캐물으면 어린아이의 거짓말쯤은 쉽게 가려낼 수 있으니까."

"우리들 가운데 독살자가 있다고 생각하시는군요?"

호리가 물었다.

"물론이다. 네 생각은 어떠하냐?"

에사가 호리를 보며 물었다.

"제 생각도 그렇습니다."

호리가 대답했다.

레니센브는 두 사람을 번갈아 바라보며 혼란스러워했다.

호리가 계속 이야기했다.

"하지만 동기가 너무 모호해 보입니다."

에사가 말했다.

"맞는 말이야. 나도 그것 때문에 불안하구나. 다음 대상이 누군지 모르겠어."

레니센브가 끼어들었다.

"하지만……, 우리 중에 있다고요?"

여전히 믿지 못하는 말투였다.

에사가 단호하게 말했다.

"그렇단다, 레니센브. 우리 중 하나가 범인이야. 헤네트이거나 카이트이거나 이파이이거나, 혹은 카메니이거나, 혹은 임호테프 자신일지도 모르지. 그래, 에사이거나 호리이거나 심지어……."

그녀가 미소를 지었다.

"레니센브까지……."

"맞습니다, 할머님. 우리들도 포함시켜야 합니다."

호리가 말했다.

"하지만 어째서죠?"

레니센브의 목소리에 호기심 어린 두려움이 담겨 있었다.

"그걸 안다면, 우리가 알고 싶은 걸 거의 다 아는 셈일 게다. 우린 그저 공격당한 대상만으로 추측할 뿐이야. 야흐모세가 술을 마시기 시작한 뒤에, 뜻밖에 소베크가 술자리에 가담했다는 점을 떠올려 보렴. 결국 누가 했건 야흐모세를 죽이려 한 것은 확실하지만, 그자가 소베크까지 죽이려 했는지는 확실하지 않아."

에사가 말했다.

"하지만 누가 야흐모세 오빠를 살해할 마음을 품겠어요?"

레니센브가 회의적인 말투로 물었다.

"우리 중에 적을 두지 않을 사람은 단연 야흐모세 오빠예요. 늘 조용하고 다정하니까요."

호리가 말했다.

"따라서 그 동기는 개인적인 원한이 아닌 게 분명해요. 레니센브의 말처럼 야흐모세는 적을 만들 사람이 아닙니다."

에사가 말했다.

"맞는 말이다. 그렇게 뻔한 동기가 아니야. 이건 집안 전체에 대한 원한이거나, 아니면 이 모든 배후에 「프타호테프의 금언」(고대이집트의 대신 프타호테프가 쓴 논문 ― 옮긴이)이 경고하는 탐욕이 도사리고 있는 게야. 그 금언에 이르길, 탐욕은 온갖 악의 꾸러미이자 모든 죄의 가방이라 했다."

호리가 말했다.

"어느 방향으로 갈피를 잡으시는지 알겠습니다, 할머님. 하지만 미래를 예측하지 않고서는 어떤 결론에도 이르지 못합니다."

에사가 힘차게 주억거리자 그녀의 커다란 가발이 한쪽 귀로 쏠렸다. 덕분에 괴상망측한 꼴이 됐지만 아무도 웃으려 하지 않았다.

"어디 말해 보거라, 호리."

호리는 신중한 눈초리로 잠시 생각에 잠겼다. 두 여인은 기다렸다. 마침내 그가 입을 열었다.

"의도한 대로 야흐모세가 죽었다면, 가장 큰 수혜자는 임호테프의 남은 아들 소베크와 이파이였을 겁니다. 물론 일부 재산은 야흐모세의 자식들 몫으로 남겨 놓겠지만, 그 돈의 관리는 그들 손에 맡겨졌을 겁니다. 특히 소베크의 손에. 필시 소베크가 가장 큰 이득을 봤을 겁니다. 임호테프가 없는 동안 묘지기 노릇을 대신할 테고, 그가 죽은 뒤에는 직책을 물려받겠죠. 하지만 설령 수혜자라 해도 소베크 역시 독이 든 술을 실컷 마시고 죽었으니 범인일 수 없습니다. 따라서 제가 아는 한 이들 둘의 죽음은 단 한 명에게 이롭습니다. 그 당시에는 말입니다. 이파이."

에사가 말했다.

"동의한다. 멀리 볼 줄 아는구나, 호리. 좋은 지적에 감사한다. 하지만 이파이 놈을 생각해 보자꾸나. 녀석은 젊고 성미가 급해. 모든 면에서 성격이 고약하고, 욕망 충족을 인생에서 가장 중요하게 생각하는 나이란다. 형들에게 불만과 분노를 느꼈고, 가족 동업에서 자기만 빠진 걸 부당하다고 여겼지. 게다가 카메니한테서 엉뚱한 말을 들은 것 같고……."

"카메니라니요?"

끼어든 사람은 레니센브였다. 그녀는 곧 얼굴을 붉히며 입술을 깨물었다. 호리가 고개를 돌려 바라보았다. 오랫동안 다정하게 바라보는 눈빛에 그녀는 왠지 모르게 마음이 쓰라렸다. 에사가 고개를 내밀고 물끄러미 바라보았다.

"그래. 카메니한테서. 헤네트가 부추겼는지 아닌지는 다른 문제다. 중요한 것은 이파이가 야심 차고 거만하며, 형들의 우월한 권위에 골이 났고, 오래전에 나한테 말했듯이 이 집에서 제일 똑똑하다고 자부한다는 사실이다."

에사가 냉담하게 말했다.

호리가 물었다.

"할머님께 그런 말을 했습니까?"

"친절하게도 내가 제 놈처럼 상당히 영리한 두뇌를 가졌다고 인정해 주더구나."

레니센브가 믿을 수 없다는 듯 따졌다.

"이파이가 일부러 오빠들을 독살했다는 건가요?"

"가능성을 염두에 둘 뿐 그 이상은 아니다. 지금 우린 의심스러운 점을 이야기하는 거란다. 아직 증거를 찾은 건 아니야. 태초부터 사내들은 신께서 살인을 싫어한다는 걸 알면서도 사악한 탐욕과 증오에 이끌려 형제를 죽이곤 했지. 그리고 이파이가 이번 일을 저질렀다면 증거를 확보하기가 쉽지 않을 게다. 나도 이파이가 영리하다는 건 두말없이 인정하니까."

호리가 고개를 끄덕였다.

"하지만 우린 여기 무화과나무 아래서 의심에 대해 이야기하고 있습니다. 그러니 이제 가족 모두에 대해 의심스러운 점을 따져 봐야 합니다. 하인들은 제외하겠습니다. 그들 중 감히 그런 짓을 한 자가 없다는 건 의심할 여지가 없으니까요. 하지만 헤네트는 제외하지 않겠습니다."

레니센브가 소리쳤다.

"헤네트? 하지만 헤네트는 우리 모두에게 헌신해요. 그 말을 입에 달고 살잖아요."

"거짓말을 진실처럼 떠드는 건 어렵지 않아. 나는 오랜 세월 헤네트를 알고 지냈단다. 젊은 나이에 그녀가 네 어미와 함께 이 집에 왔을 때부터 말이다. 네 어미의 친척이었어. 불쌍하고 불운한 여자였다. 남편의 사랑을 받지 못했거든. 물론 헤네트는 지나치게 수수하고 매력이라고는 없었어. 그래서 남편이 이혼을 요구했지. 그녀가 낳은 유일한 자식은 어려서 죽었단다. 네 어미한테 헌신한다고 떠벌리며 여기 왔지만, 난 네 어미가 집과 마당을 돌아다닐 때 물끄러미 바라보던 헤네트의 눈을 봤어. 장담하건대 그 속에 애정은 없었단다, 레니센브. 아니, 심술궂은 질투가 더 어울렸지. 그리고 너희 모두를 사랑한다는 공언을 난 믿지 않는다."

호리가 말했다.

"말해 보렴, 레니센브. 헤네트한테 애정을 느끼니?"

레니센브가 마지못해 대답했다.

"아…… 아뇨. 좋아할 수가 없어요. 그녀를 싫어한다는 것 때문에 자책하곤 했는걸요."

"그녀의 말이 거짓임을 본능적으로 느낀 게 아닐까? 그녀가 진심으로 널 도와주면서 자기가 떠벌리는 사랑이란 걸 보여 준 적이 있니? 상처 주고 화를 불러일으킬 말만 여기저기 떠벌리고 다니면서 가족간의 불화를 조장했잖아?"

"네……. 네, 그건 사실이에요."

에사가 냉담하게 낄낄거렸다.

"네 머리에 눈과 귀가 제대로 박혀 있구나, 영특한 호리."

레니센브가 따졌다.

"하지만 아버지는 그녀를 믿고 좋아해요."

"내 아들은 언제나 바보였고, 지금도 마찬가지야. 사내들은 모두 아첨에 약하지. 그리고 헤네트는 연회 때 분을 처바르듯 쉴 새 없이 아양을 떤단다. 이따금 그놈에게 정말로 헌신적일지도 모른다는 생각이 들긴 하지만, 이 집안 어느 누구에게도 헌신하지 않은 건 확실해."

레니센브가 반박했다.

"하지만 그래도 설마…… 죽이지는 않았을 거예요. 무엇 때문에 우릴 독살하고 싶겠어요? 무슨 이득을 얻는다고……."

"몰라, 몰라. 이유가 뭔지는……. 헤네트의 머릿속이 어떻게 돌아가는지 알 턱이 있겠느냐. 뭘 생각하는지, 뭘 느끼는지, 난 모르겠다. 하지만 이따금 그 비굴하고 알랑거리는 태도 뒤에 묘한 것들이 도사리고 있다는 생각이 든단다. 그렇다면 그것은 우리들, 너와 나와 호리가 이해할 수 없는 이유일 게다."

호리가 고개를 끄덕였다.

"부패는 내부에서 시작되기도 하죠. 언젠가 레니센브에게 한 말입니다."

레니센브가 말했다.

"그땐 무슨 말인지 몰랐어요. 하지만 이젠 이해하겠어요. 노프레트가 오면서 시작된 일이에요. 저는 당시에 가족 모두가 제가 알던 사람들이 아니라고 느꼈어요. 그래서 두려웠어요……. 그리고 지금은……. 모든 게 두려워요……."

그녀가 맥없이 손을 저었다.

호리가 말했다.

"두려움은 불완전한 지식일 뿐이야. 내막을 알게 되면 더 이상 두렵지 않을 거야, 레니센브."

"그리고 당연히 카이트도 고려해야 해."

에사가 화제를 이어갔다.

레니센브가 항의하듯 말했다.

"카이트 언니는 아니에요, 카이트 언니가 소베크 오빠를 죽이려 했다는 건 도저히 믿을 수 없어요."

에사가 말했다.

"믿지 못할 건 아무것도 없단다. 적어도 내가 살아오면서 터득한 바로는 그래. 카이트는 지나치게 아둔한 여자야. 하지만 나는 늘 아둔한 여자를 의심했단다. 그들은 위험한 존재야. 오로지 자기 주변의 일만 보고 한 번에 하나만 알지. 카이트는 자기 자신과 아이들, 그리고 아이들 아빠인 소베크만 존재하는 작은 세상의 중심에서 살아왔어. 야흐모세만 제거하면 제 자식들이 부자가 된다는 아주 단순한 생각이 문득 들었을 수도 있지. 소베크는 늘 임호테프의 눈에 마뜩찮았어. 경솔하고, 통제를 못 견디고, 순종을 모르지. 야흐모세는 임호테프가 의지하는 아들이었어. 하지만 야흐모세가 사라지면 임호테프는 소베크에게 의지해야 돼. 아마 카이트는 그렇게 단순한 생각을 했을 게다."

레니센브가 몸서리를 쳤다. 그녀는 무심코 카이트의 태도에 담긴 참모습을 깨달았다.

그녀의 온순함과 다정함, 애정 어린 태도는 모두 자식들을 위한 것이었다. 자기 자신과 아이들과 소베크 이외의 바깥세상은 그녀에게 존재하지 않았다. 그런 것에는 아무런 흥미도 관심도 없었다.

레니센브가 천천히 말했다.

"하지만 소베크 오빠가 돌아와 목이 말라서 함께 술을 마실 수 있다는 걸 올케도 알았을 텐데요?"

에사가 말했다.

"아니. 아마 몰랐을 게다. 내가 말했듯이 카이트는 아둔해. 보고 싶은 것만 보려 했을 게다. 야흐모세가 독주를 마시고 죽으면, 이 사건은 사악하고 아름다운 노프레트의 마술 같은 손길로 치부되리라 여겼겠지. 오로지 단순한 사실만 보려 했을 게야. 여러 가지 가능성과 확률을 무시한 채, 소베크의 죽음은 원치 않았으므로, 뜻밖에 그가 돌아올 거라는 생각은 절대 못 했을 게다."

"하지만 소베크 오빠는 죽고 야흐모세 오빠는 살았어요. 할머니 추측이 옳다면 그녀에겐 너무나 끔찍한 일이에요."

에사가 말했다.

"멍청하면 그런 꼴을 당하는 법이다. 계획과 달리 만사가 완전히 꼬이는 게지."

그녀는 잠시 멈췄다가 다시 말했다.

"이제 카메니에 대해 말해 보자."

"카메니?"

레니센브는 그 이름을 따지듯이 말하지 말고 조용히 말해야겠다고 느꼈다. 자신을 바라보는 호리의 눈길이 느껴지자 다시금 마음이 불편했다.

"네, 카메니도 제외할 수 없습니다. 그가 우리를 해칠 만한 동기가 무엇인지는 모르겠지만, 우리가 그에 대해 제대로 알고 있는 게 뭘까요? 그는 북부 이집트 출신입니다. 노프레트의 출신지와 같은 지역이죠. 그가 그녀를 자발적으로 도왔는지 억지로 도왔는지, 누가 알겠습니까? 임호테프가 자기 자식들에게 등을 돌리도록 부추긴 계략 말이에요. 저도 이따금 그를 관찰해 보았지만, 사실 판단하기 쉽지 않더군요. 두뇌 회전이 빠른 평범한 젊은이고, 미남이라는 점 외에도 여자의 시선을 끄는 묘한 매력을 가지고 있어요. 네, 여자들은 누구나 카메니를 좋아할 겁니다. 하지만 제 생각에, 틀릴 수도 있지만, 정말로 여자의 마음과 정신을 사로잡는 부류는 아닙니다. 늘 명랑하고 낙천적으로 보이며, 노프레트가 죽었을 때 크게 근심하는 기색이 전혀 없었습니다. 하지만 그건 모두 겉모습에 지나지 않아요. 인간의 마음속에서 무슨 일이 벌어지는지 누가 알겠습니까? 마음만 먹으면 거짓 행세를 하기는 어렵지 않으니까요……. 카메니가 정말로 노프레트의 죽음에 몹시 분개할까요? 그리고 복수를 꿈꿀까요? 사티피가 노프레트를 죽였으니 그녀의 남편인 야흐모세도 죽어야 마땅하다고? 네, 그리고 그녀를 위협한 소베크도, 어쩌면 유치한 방식으로 해코지한 카이트도, 덩달아 그녀를 미워한 이파이까지? 허무맹랑한 소리 같지만, 누가 알겠습니까?"

에사가 말없이 호리를 바라보았다.

"누가 알겠습니까, 할머님?"

에사가 예리한 눈초리로 그를 응시했다.

"어쩌면 네가 알고 있지 않을까, 호리? 너는 알고 있다고 생각하지, 그렇지?"

호리는 잠시 침묵하다가 이내 말을 꺼냈다.

"제 나름대로 누가 왜 술에 독을 탔는지 생각해 보기는 했습니다. 하지만 아직은 확실하지 않아요. 사실 모르겠습니다……."

그가 잠시 말을 멈추고는 얼굴을 찌푸리며 고개를 저었다.

"아뇨, 확실한 혐의는 찾지 못했습니다."

"우린 여기서 의심스러운 점을 이야기할 뿐이야. 계속하거라, 호리. 말해 보렴."

호리가 고개를 저었다.

"아니에요, 할머님. 모호한 추측일 뿐이에요. 설령 그것이 사실이라 해도 모르시는 편이 낫습니다. 알면 위험해질 수 있으니까요. 그건 레니센브도 마찬가지입니다."

"그리고 너한테도 위험하지. 그렇지 않느냐, 호리?"

"네, 위험합니다……. 우리 모두 위험할 겁니다, 할머님. 아마 레니센브는 가능성이 희박하겠지만……."

에사는 한동안 말없이 그를 바라보았다.

"네 머릿속 생각이 많은 걸 알려 줄 텐데……."

마침내 그녀가 말했다.

호리는 곧바로 대꾸하지 않았다. 그는 잠시 생각에 잠겼다가 입을 열었다.

"사람들의 마음속을 간파하는 유일한 실마리는 그들의 행동입니다. 평소와 달리 이상하고 묘하게 행동하는 남자가 있다면……."

"그를 의심하는군요?"

레니센브가 묻자 호리가 말했다.

"아니. 말이 그렇다는 거야. 정신이 사악하고 생각이 사악한 남자가 그 사실을 깨달으면 어떻게든 숨겨야 한다는 걸 알게 되지. 따라서 감히 이상한 행동은 못할 테고……."

"남자?"

에사가 물었다.

"남자건 여자건 마찬가집니다."

"알겠다."

에사가 말했다. 그녀는 매서운 눈길을 던지고는 입을 열었다.

"그렇다면 우리는 어떠냐? 우리 셋에게는 각각 어떤 혐의를 둘 수 있을까?"

호리가 말했다.

"그것도 따져 봐야 합니다. 이제껏 저는 상당한 신뢰를 받아 왔습니다. 계약서 작성과 농작물 매각을 줄곧 도맡았죠. 필경사로서 모든 서류를 처리했습니다. 따라서 장부 조작을 했을 수도 있죠. 카메니가 북부에서 발견한 장부 조작 사건처럼 말입니다. 그럴 경우 당황한 야흐모세가 의심하기 시작할지 모릅니다. 그러면 저는 반드시 야흐모세의 입을 막아야 할 겁니다."

그는 자신의 말에 희미하게 웃었다.

레니센브가 말했다.

"오, 호리. 어쩜 그런 말을! 당신을 아는 사람은 그런 말을 믿지 않을 거예요."

"누누이 말하지만 타인을 제대로 아는 사람은 아무도 없어, 레니센브."

에사가 말했다.

"그럼 나는 어떨까? 내 경우에는 어떤 혐의를 둘 수 있지? 그래, 난 늙었어. 두뇌가 노쇠해지면 이따금 괴팍해지지. 과거에 사랑했던 것들을 미워하게 돼. 손자들이 지겨워져서 혈육을 죽일 궁리를 할 수도 있어. 늙은이에게 종종 일어나는 사악한 영혼의 재앙이지."

레니센브가 물었다.

"그럼 저는요? 사랑하는 오빠들을 무슨 이유로 죽이려 할까요?"

호리가 말했다.

"야흐모세와 소베크와 이파이가 죽으면 네가 임호테프의 유일한 자식이 될 테니까. 임호테프는 네 남편감을 구해 전 재산을 물려주겠지. 그리고 너와 네 남편은 후견인으로서 야흐모세와 소베크의 자식들을 맡게 될 거야."

그가 미소를 지었다.

"하지만 무화과나무 아래서, 우린 널 의심하지 않아, 레니센브."

"무화과나무 아래건 아니건, 우린 널 사랑한단다."

에사가 말했다.


*III*

"집 밖에 나갔다 오시는 건가요?"

에사가 절뚝거리며 방으로 들어오자, 헤네트가 부산스레 말했다.

"거의 일 년 동안 꼼짝도 안 하시더니!"

그녀는 캐묻듯이 에사를 응시했다.

"늙은이들이란 변덕스러운 법이지."

"보아하니 호숫가에 앉아 계시던데요……. 호리와 레니센브를 데리고요."

"둘 다 좋은 말벗이더구나. 이 집에서 네 눈에 안 띄는 게 어디 있더냐, 헤네트?"

"당최 무슨 말씀인지 모르겠네요, 마님! 온 세상이 다 보란 듯이 앉아 계셨잖아요."

"하지만 온 세상이 다 엿들을 만큼 가깝진 않았지!"

에사가 싱글거리자 헤네트가 신경질을 냈다.

"저한테 왜 그렇게 쌀쌀맞으신지 모르겠네요, 마님! 늘 이상한 말씀만 하시잖아요. 저는 집안일이 제대로 굴러가는지 살피느라 너무 바빠서 사람들 대화를 엿들을 새가 없어요. 제가 뭐 하러 사람들 말에 신경 쓰겠어요?"

"나도 종종 그게 궁금해."

"저를 정말로 인정해 주시는 임호테프만 아니라면……."

에사가 매섭게 말을 잘랐다.

"그래, 임호테프만 아니라면! 네가 믿는 건 임호테프야. 안 그러냐? 만약 임호테프에게 무슨 일이라도 생기면……."

이번에는 헤네트가 끼어들 차례였다.

"임호테프께는 아무 일 없을 거예요!"

"어떻게 알지, 헤네트? 이 집이 그렇게 안전하더냐? 야흐모세와 소베크가 일을 당했는데도?"

"그건 사실이에요……. 소베크가 죽었고……, 야흐모세는 죽을 뻔했고……."

에사가 앞으로 몸을 숙였다.

"헤네트! 왜 웃으면서 말하는 거지?"

헤네트가 움찔했다.

"제가요? 웃었다구요? 꿈을 꾸시는 거 아니에요, 마님? 그런 끔찍한 말을 하면서 웃다니요!"

"내 눈이 침침하긴 해도 장님은 아냐. 이따금 빛이 바뀌거나 눈을 치뜨면 아주 잘 보여. 사람들은 눈이 침침한 사람과 이야기할 때 부주의해지곤 하지. 다른 때 같으면 조심했을 얼굴 표정을 무심코 드러낸단 말이야. 그러니 다시 물으마. 어째서 그런 은밀한 만족감이 담긴 웃음을 흘리는 게냐?"

"터무니없는 말씀이세요, 정말 터무니없어요!"

"이젠 겁이 나나 보구나."

헤네트가 매섭게 소리쳤다.

"집안에 연달아 사건이 터지는 판에 누군들 안 그러겠어요? 모두들 두려워해요. 저승에서 악령이 돌아와 우릴 고문하고 있잖아요! 하지만 전 알아요. 마님은 호리 말을 듣고 계셨죠. 저에 대해 뭐라고 하던가요?"

"호리가 너에 대해 뭘 알고 있지, 헤네트?"

"아무것도, 아무것도 몰라요. 차라리 제가 그에 대해 뭘 아는지 묻지 그러세요?"

에사의 눈빛이 매서워졌다.

"그래, 뭘 아느냐?"

헤네트가 고개를 쳐들었다.

"아, 다들 가련한 헤네트를 너무 무시해요! 추하고 멍청하다고 여기죠. 하지만 전 세상이 어떻게 돌아가는지 잘 알아요! 그것도 아주 잘 알죠. 사실 이 집에서 제가 모르고 지나가는 건 많지 않아요. 제가 멍청할지는 몰라도, 콩을 한 줄에 몇 개나 심는지도 알아요. 아마 호리처럼 똑똑한 사람보다 제가 더 많이 알걸요? 호리는 어디서든 저를 볼 때면 마치 존재하지도 않는 사람을 보듯, 제 뒤로 뭔가 다른 걸 보는 양, 있지도 않은 뭔가를 보는 양 딴전을 피우죠. 앞으로는 저를 똑바로 쳐다보는 게 좋을 거예요. 농담 아녜요. 저를 하찮고 아둔한 여자로 볼지 모르지만, 똑똑한 사람이 늘 모든 걸 아는 건 아니에요. 사티피는 자신이 똑똑하다고 여겼지만, 지금은 어디 있는지 궁금하군요?"

헤네트는 의기양양하게 말을 마쳤다. 하지만 갑자기 눈에 띄게 움츠러들더니 불안한 눈길로 힐끔거렸다.

하지만 에사는 꼬리를 문 생각 속에 빠진 듯했다. 그녀는 충격을 받아 겁이라도 먹은 듯 혼란스런 표정이었다. 그녀는 골똘한 얼굴로 천천히 말했다.

"사티피……."

헤네트는 평소처럼 징징거리는 어조로 말했다.

"정말 죄송해요, 마님. 제가 이성을 잃었어요. 잠시 어떻게 됐나 봐요. 별 뜻 없이 한 말이었어요……."

에사가 고개를 들고 말을 잘랐다.

"썩 꺼져, 헤네트. 별 뜻이 있건 없건 중요하지 않아. 하지만 네가 뱉은 말 한마디가 내 머릿속에 새로운 생각을 일깨웠어……. 가거라, 헤네트. 내 경고하겠다. 말과 행동을 조심하거라. 이 집에서 더 이상의 죽음은 안 된다. 부디 새겨듣거라."


IV

'모든 게 두려워…….'

레니센브는 호숫가에서 논의할 동안 이 말이 저절로 튀어나오는 것을 느꼈다. 그 말의 진실을 깨닫기 시작한 것은 그 후 얼마 지나지 않아서였다.

그녀는 무의식적으로 카이트와 아이들이 모여 있는 작은 정자로 다가갔지만, 발걸음이 마치 의지를 지닌 듯 꾸물대다 멈췄다.

그녀는 카이트를 만나 그 수수하고 태연한 얼굴을 들여다보면, 혹시라도 그 속에서 독살자의 얼굴을 볼까 봐 두려웠다. 그리고 헤네트가 부산스레 현관으로 나왔다가 다시 들어가자, 평소와 다름없는 혐오감이 샘솟는 것을 느꼈다. 그녀는 필사적으로 몸을 돌려 마당 문간 쪽으로 갔다.

잠시 후 고개를 높이 쳐들고 건방진 얼굴에 명랑한 미소를 띤 채 성큼성큼 걸어오는 이파이와 마주쳤다.

레니센브는 이파이를 빤히 쳐다보는 자신을 발견했다. 집안의 망나니인 그는 그녀가 크하이와 함께 떠날 당시 보았던 잘생긴 고집쟁이 꼬마의 모습 그대로였다.

"왜, 누나? 뭐야? 왜 그렇게 이상한 눈으로 보는 거야?"

"내가 그랬니?"

이파이가 웃었다.

"누나 지금 헤네트처럼 멍청한 얼굴을 하고 있어."

레니센브가 고개를 저었다.

"헤네트는 멍청하지 않아. 아주 교활해."

"원한이 많다는 건 나도 알아. 사실 이 집에서 성가신 존재지. 내가 반드시 내쫓을 거야."

레니센브의 입술이 열렸다 이내 닫혔다. 그녀가 웅얼거리듯 말했다.

"내쫓아?"

"누나, 대체 왜 그래? 누나도 저 비참한 얼간이 흑인 꼬맹이처럼 악령이라도 본 거야?"

"너한테는 모든 사람이 바보로 보이는구나!"

"그 꼬마는 확실히 그랬어. 뭐, 내가 멍청한 걸 못 견디는 건 사실이야. 그런 건 이제 지긋지긋해. 솔직히 자기 코앞도 못 보는 두 느림보 형들한테 핍박당하는 건 영 재미없어! 이제 둘 다 꺼졌으니 아버지만 다루면 돼. 누나도 곧 변화를 느낄 거야. 아버지가 내 뜻대로 움직일 테니까."

레니센브는 그를 올려다보았다. 유난히 잘생기고 거만해 보였다. 그가 뿜어내는 생기와 활기차고 맹렬한 승리감 때문에 평소보다 더 강렬한 느낌이었다. 내면의 어떤 의식이 이런 활달한 행복감을 선사하는 듯싶었다.

레니센브가 매섭게 쏘아붙였다.

"네 말처럼 오빠들이 둘 다 꺼진 건 아냐. 큰오빠는 살아 있어."

이파이는 경멸 어린 조롱의 눈길로 그녀를 바라보았다.

"다시 건강해질 거라고 생각하나 보지?"

"그럼 아냐?"

이파이가 웃었다.

"아니냐고? 글쎄, 간단히 말하면 내 생각은 달라. 큰형은 끝났어. 폐인이 됐다구. 잠깐씩 기어 다니면서 아침마다 앉은 채로 끙끙대긴 하겠지. 하지만 더 이상 사람 구실은 못해. 중독 초기 증상에서는 회복됐지만, 누나도 알다시피 더 이상 호전되지 않아."

레니센브가 따졌다.

"어째서? 의사 말로는 얼마 뒤면 예전처럼 건강해진다던데……."

이파이가 어깨를 으쓱했다.

"의사라고 다 아는 건 아냐. 유식한 척 떠들며 장황한 말만 늘어놓지. 사악한 노프레트 탓이나 하면서. 하지만 누나의 그 잘난 오빠 야호모세는 끝났어."

"그럼 넌 조금도 겁나지 않니, 이파이?"

"겁? 내가?"

소년은 잘생긴 머리통을 뒤로 젖히며 웃었다.

"노프레트는 너를 썩 좋아하지 않았어, 이파이."

"누나, 내가 허락하지 않는 한 아무것도 날 해치지 못해. 난 아직 어리지만 성공할 팔자를 타고난 몸이야. 누나도 내 편에 서는 게 이로울 거야, 알겠어? 누나도 종종 날 무책임한 꼬마 취급해. 하지만 이젠 달라졌어. 시간이 갈수록 모든 게 달라질 거야. 곧 이 집에는 내 의지만 존재할 거야. 명령은 아버지가 내릴지 몰라도, 말은 아버지가 하되 그걸 생각하는 머리는 내가 될 테니까!"

그는 한두 걸음 가다가 멈춰 서서 어깨 너머로 말했다.

"그러니 조심해, 누나. 내가 누나를 탐탁지 않게 여기지 않도록."

레니센브는 선 채로 그의 뒷모습을 바라보다가, 발소리가 들려 돌아보니 카이트가 곁에 서 있었다.

"이파이가 뭐라고 하는 거야, 아가씨?"

레니센브가 천천히 말했다.

"곧 이 집의 주인이 될 거래요."

카이트가 말했다.

"그래? 하지만 내 생각은 달라."


V


이파이는 가볍게 현관 계단을 뛰어올라 집으로 들어갔다.

소파에 누운 야흐모세의 모습을 보고 기뻐하는 듯했다. 그리고 명랑하게 말했다.

"그래, 좀 어때, 형? 경작지에서 형의 모습을 다시는 못 보는 거야? 형 없이도 만사가 순조로운 이유를 모르겠어!"

야흐모세는 가는 목소리로 짜증스레 말했다.

"도무지 이해가 안 가. 독은 씻겨 나갔는데, 어째서 기운을 못 차리겠지? 오늘 아침에 걸어 보려 했는데, 다리가 후들거려 서질 못했어. 몸이 안 좋아……. 게다가 하루하루 더 나빠지는 것 같아."

이파이는 고개를 저으며 건성으로 동정했다.

"정말 딱하군. 의사들이 아무것도 안 도와주는 거야?"

"메르수의 조수가 매일 오긴 해. 하지만 내 상태를 이해하지 못해. 진하게 약초 달인 물을 마시고 있어. 날마다 여신께 기도도 올리고. 영양이 풍부한 특식도 먹고 있어. 의사 말로는 내가 금세 건강해질 수 있다더구나. 하지만 오히려 더 쇠약해지는 것 같아."

"정말 안됐어."

이파이가 말했다.

그는 낮은 목소리로 부드럽게 노래하며 걸어가다가, 서류 작업을 하고 있는 아버지와 호리를 만났다. 근심 때문에 여위고 초췌해진 임호테프의 얼굴이 사랑스런 막내아들의 모습을 보고 환해졌다.

"우리 이파이가 왔구나. 농장 상황은 어떠하냐?"

"모든 게 순조로워요, 아버지. 줄곧 보리를 수확하고 있었어요. 풍작이에요."

"그래, 바깥일이 모두 순조롭다니 라 신께 감사할 따름이다. 집안도 그렇게 잘 굴러가면 좋으련만. 하지만 아샤예트를 믿어야겠지. 고통받고 있는 우리를 모른 체하지 않을 테니까. 야흐모세 때문에 걱정이다. 왜 저렇게 무기력한지 모르겠구나. 아직까지 골골대는 게 납득이 안 가."

이파이가 깔보듯 웃었다.

"야흐모세 형은 늘 약골이었어요."

호리가 부드럽게 말했다.

"그렇지 않아. 늘 건강한 편이었어."

이파이가 단정적으로 말했다.

"건강을 좌우하는 건 기백이야. 야흐모세 형은 기백이 전혀 없었어. 심지어 명령을 내리는 것조차 두려워했다구."

임호테프가 말했다.

"최근에는 그렇지 않았다. 야흐모세는 지난 몇 달간 권위에 찬 모습을 보여 주었어. 나도 놀랐지. 하지만 지금은 사지가 저렇게 허약하니 걱정이야. 메르수 말로는, 독 기운만 사라지면 금세 회복될 거라던데……."

호리가 파피루스 더미를 옆으로 치우고 조용히 말했다.

"다른 종류의 독도 있습니다."

"무슨 뜻이냐?"

임호테프가 호리를 향해 빙글 돌아섰다.

호리의 목소리는 온화하고 사색적이었다.

"먹자마자 순식간에 작용하지 않는 독도 있습니다. 잠행성(潛行性)이죠. 매일 조금씩 먹으면 몸속에 축적되어 몇 달씩 앓은 뒤에야 죽음이 찾아오죠……. 이따금 여자들이 남편을 살해한 뒤 자연사처럼 보이려고 사용하곤 하죠."

임호테프의 얼굴이 창백해졌다.

"그 말은······. 그게······, 야흐모세와 관련이 있다는 게냐?"

"가능성을 말하는 겁니다. 지금 그의 음식을 노예가 먼저 먹어 보긴 하지만, 하루 한 접시에 들어 있는 양으로는 증세가 나타나지 않으니, 그런 예방은 쓸모가 없습니다."

이파이가 큰 소리로 외쳤다.

"헛소리! 순 헛소리야! 그런 독이 있을 리가 없어. 그런 건 들어본 적도 없다구."

호리가 눈을 치떴다.

"넌 너무 젊어, 이파이. 세상에는 아직도 네가 모르는 게 많단다."

임호테프가 탄식했다.

"하지만 이제 뭘 할 수 있지? 이미 아샤예트에게 간청했는데······. 사원에는 공물을 보냈고. 나는 사원을 그리 신뢰하지 않아. 여자들이나 그런 걸 믿지. 대체 더 이상 무슨 손을 쓴단 말이냐?"

호리가 신중하게 말했다.

"야흐모세의 음식을 믿음직한 노예에게 맡기고, 그 노예를 항상 감시하도록 하죠."

"하지만 그 말은······. 바로 이 집에······."

이파이가 또다시 소리쳤다.

"허튼소리! 순전히 허튼소리야!"

호리가 눈을 치떴다. 그가 말했다.

"한번 해 보십시오, 임호테프. 헛소리인지 아닌지 곧 알게 될 테니까."

이파이가 화를 내며 방을 나갔다. 호리는 골똘한 표정으로 물끄러미 그의 뒷모습을 바라보며 혼란스러운 듯 얼굴을 찡그렸다.

## VI

이파이는 몹시 성내며 집을 나서다 하마터면 헤네트를 쓰러뜨릴 뻔했다.

"비켜, 헤네트. 늘 어슬렁거리다 거치적거리기나 하고."

"너무 거칠구나, 이파이. 너 때문에 팔에 멍이 들었잖아."

"잘됐군. 난 당신의 그 징징거리는 태도가 지겨워. 당신이 이 집에서 영원히 사라지는 날이 빨리 왔으면 좋겠어. 당신이 떠나는 모습을 내 눈으로 똑똑히 봐 줄 거야."

헤네트의 눈동자가 악랄하게 반짝였다.

"네가 날 내쫓겠다, 이거냐? 너희 모두를 그토록 보살피고 사랑해 줬건만……. 난 온 집안 식구들에게 헌신했어. 네 아버지는 그걸 잘 아시지."

"물론 충분히 들으셨겠지, 암! 우리들 역시! 하지만 당신은 사악한 혀를 가진 늙은 사고뭉치에 불과해. 당신은 노프레트의 계획을 도왔어. 내가 잘 알지. 그러다 그 여자가 죽자 다시 알랑거리며 우리한테 왔고. 하지만 두고 봐. 결국 아버지는 당신의 거짓말이 아니라 내 말을 듣게 될 테니까."

"화가 단단히 났구나, 이파이. 뭣 때문에 화가 난 거지?"

"신경 꺼."

"너는 겁도 안 나는 거냐, 이파이? 이 집에 이상한 일들이 벌어지는 마당에……."

"당신은 날 겁주지 못해, 이 늙은 고양이야."

그는 그녀를 지나쳐 집 밖으로 달려 나갔다.

헤네트는 천천히 집 안으로 들어섰다. 야흐모세의 신음 소리가 그녀의 주의를 끌었다. 그는 소파에서 몸을 일으켜 걸으려고 애썼다. 하지만 일어서자마자 두 다리가 휘청거렸고, 헤네트가 재빨리 달려가 부축하지 않았다면 바닥에 엎어졌을 것이다.

"조심해, 야흐모세, 조심. 다시 누우렴."

"정말 힘이 세군, 헤네트. 보기와는 다르네."

그는 다시 누우면서 목침에 머리를 올렸다.

"고마워, 정말. 하지만 내가 왜 이러는 거지? 근육이 마치 물로 변한 듯한 이 느낌은 뭘까?"

"이 집이 악령에 홀린 게 문제란다. 북쪽에서 온 마녀의 소행이지. 북쪽에서는 선한 것이 온 적이 없어."

야흐모세가 갑자기 풀이 죽어 중얼거렸다.

"난 죽어 가고 있어. 맞아, 죽어 가고 있어……."

"너보다 다른 사람들이 먼저 죽을 게다."

헤네트가 음산하게 말했다.

"뭐라고?"

그가 팔꿈치로 몸을 세우고 빤히 쳐다보았다.

"괜한 소리가 아냐. 다음에 죽을 사람은 네가 아니다. 두고 보렴."

헤네트가 고개를 여러 차례 끄덕였다.

## VII

"왜 날 피하는 거죠, 레니센브?"

카메니가 레니센브를 가로막고 꼿꼿이 섰다. 그녀는 얼굴만 붉힐 뿐 적당한 대답을 찾지 못했다. 카메니가 다가오는 것을 보고 일부러 피한 건 사실이었다.

"왜죠, 레니센브? 말씀해 보세요."

하지만 그녀는 대답이 준비되지 않은 터라 벙어리처럼 고개만 저을 뿐이었다.

눈을 들어 보니, 그가 그녀를 바라보며 서 있었다.

그녀는 카메니의 얼굴도 전과 다르게 보일까 봐 어렴풋이 두려워하고 있었다. 얼굴이 변하지 않은 것을 확인하자 묘한 기쁨이 샘솟았다. 그의 눈은 진지하게 그녀를 바라보고 있었다. 이번만큼은 입술에 미소가 없었다.

그의 시선 앞에서 그녀의 눈이 수그러들었다. 카메니는 언제나 그녀를 당혹스럽게 만들었다. 그와 가까이 있으면 몸이 먼저 반응했다. 심박이 조금 더 빨라졌다.

"왜 나를 피하는지 압니다, 레니센브."

그녀가 목소리를 되찾았다.

"난……, 피하지 않았어요. 당신이 다가오는 것도 못 느꼈는걸요."

"거짓말."

레니센브는 그가 지금 웃고 있다는 것을 그의 목소리에서 느낄 수 있었다.

"레니센브, 아름다운 레니센브."

그의 따스하고 강한 손이 그녀의 팔을 잡으려 하자, 그녀는 즉시 뿌리쳤다.

"만지지 말아요! 누가 만지는 거 싫어요."

"어째서 날 거부하죠, 레니센브? 우리 사이의 일은 당신도 잘 알 겁니다. 당신은 젊고 강하고 아름다워요. 평생 죽은 남편을 애도하는 건 순리에 역행하는 일입니다. 내가 당신을 이 집에서 멀리 데려 가겠습니다. 여긴 죽음과 사악한 마술로 가득해요. 당신은 나를 따라 멀리 가야 안전합니다."

"내가 원하지 않는다면요?"

레니센브가 힘주어 말했다.

카메니는 웃었다. 그의 하얀 이가 강하게 반짝거렸다.

"당신은 원하고 있어요. 단지 그걸 인정하지 않을 뿐이죠. 인생은 남편과 아내가 함께할 때 행복한 겁니다, 레니센브. 내가 당신을 사랑하고 행복하게 해 주면, 당신은 당신의 주인인 내게 눈부신 들판이 되어 줄 겁니다. 난 이제 더 이상 프타에게 '오늘 밤 내게 누이를 주오.'라고 노래하지 않을 겁니다. 대신 임호테프를 찾아가 말할 겁니다. '제게 레니센브를 아내로 주십시오.' 하지만 이곳은 당신에게 안전하지 않으니, 당신을 멀리 데려가야겠어요. 저는 솜씨 좋은 필경사입니다. 마음만 먹으면 테베의 훌륭한 귀족 집안에 들어갈 수 있어요. 물론 이곳에서 전원생활을 즐기는 것도 정말 좋아합니다. 농경지와 가축과 농부의 노래, 그리고 나일 강에 떠다니는 작은 놀잇배. 당신과 함께 나일 강에서 배를 타고 싶습니다, 레니센브. 그리고 테티도 데려갈 겁니다. 그 아이는 아름답고 강한 아이예요. 저는 그 아이를 사랑하는 좋은 아빠가 될 겁니다. 자, 레니센브, 어쩌시겠습니까?"

레니센브는 말없이 서 있었다. 그녀는 심장이 콩닥거리고 울적한 기분이 밀려드는 것을 느꼈다. 하지만 이런 순종적이고 부드러운 느낌과 더불어 뭔가 다른 것이 있었다. 적대감.

그녀는 생각했다.

'그의 손이 내 팔에 닿으면 나는 완전히 무기력해져……. 그의 힘 때문에……. 떡 벌어진 어깨 때문에……. 웃음을 머금은 입술 때문에……. 하지만 난 그의 정신, 그의 생각, 그의 마음을 전혀 몰라. 우리 사이에는 평화도 애정도 없어……. 내가 원하는 게 뭐지? 모르겠어……. 하지만 이건 아냐……. 그래, 이건 아냐…….'

그녀는 애써 말을 꺼냈지만, 그 말은 그녀 자신의 귀에도 나약하고 자신 없게 들렸다.

"재혼할 생각 없어요……. 혼자 있고 싶어요……. 나 혼자……."

"아뇨, 레니센브. 당신은 잘못 생각하고 있는 겁니다. 당신은 혼자 살 팔자가 아니에요. 내 손에 잡혀 떨리는 당신 손이 그렇게 말합니다……. 봤죠?"

레니센브는 애써 손을 뺐다.

"난 당신을 사랑하지 않아요, 카메니. 어쩌면 당신을 미워하는지도 몰라요."

그가 미소를 지었다.

"날 미워해도 상관없습니다, 레니센브. 당신의 미움은 애정과 아주 흡사하니까. 이 문제에 대해 곧 다시 이야기해요."

그가 어린 가젤처럼 가볍고 민첩한 발걸음으로 사라졌다. 레니센브는 카이트와 아이들이 놀고 있는 호숫가로 천천히 걸어갔다.

카이트가 말을 걸었으나, 레니센브는 건성으로 대답했다.

하지만 카이트는 괘념치 않는 듯했고, 혹은 평소처럼 마음이 온통 아이들에게 쏠려 있어서 다른 일에는 관심이 없는 것 같았다.

갑자기 침묵을 깨며 레니센브가 말했다.

"내가 재혼하면 어떨까요? 어떻게 생각해요, 언니?"

카이트는 별 관심 없이 태연하게 대답했다.

"그게 좋을 거야. 아가씨는 젊고 건강하잖아. 그러니 아이를 더 가질 수 있어."

"그게 여자 인생의 전부일까요, 언니? 정신없이 집안일 하고, 아이 낳고, 오후가 되면 호숫가 무화과나무 아래서 아이들과 시간을 보내는 게…….”

“여자한테 중요한 건 그게 다야. 아가씨도 잘 알잖아. 괜히 노예처럼 말하지 마. 이집트 여인들에겐 힘이 있어. 유산은 여자를 거쳐 자식들에게 가지. 여자는 이집트의 생명 줄이야.”

레니센브는 인형에게 줄 꽃목걸이를 만드느라 바쁜 테티를 유심히 바라보았다. 테티는 조금 찡그린 얼굴로 몰두하고 있었다. 한때 테티가 크하이를 많이 닮아 아랫입술을 내밀고 고개를 살짝 옆으로 돌리는 버릇이 있었는데, 그때마다 레니센브는 고통과 애정으로 심장이 벌렁거렸다. 하지만 이제는 레니센브의 기억에서 크하이의 얼굴이 가물가물했다. 게다가 테티도 더 이상 고개를 옆으로 돌리거나 입술을 내밀지 않았다. 한때 레니센브는 테티를 자기 몸의 일부, 살덩이의 일부로 느껴 늘 곁에 두면서 강한 소유욕에 휩싸인 적이 있었다. “이 아이는 내 거야. 전부 내 거야.” 하고 혼자 중얼거리곤 했었다.

지금 딸을 바라보며, 레니센브는 생각했다.

'저 아이는 나야……. 그리고 크하이야…….'

그러자 테티가 고개를 들어 엄마를 보고는 미소를 지었다. 그 진지하고 친근한 미소 속에는 자신감과 기쁨이 가득했다.

레니센브는 생각했다.

'아니, 저 아이는 내가 아니고 크하이도 아냐. 저 아이 자신일 뿐이야. 저 아이는 혼자야. 내가 혼자이듯, 우리 모두가 혼자이듯. 우리들 사이에 사랑이 있다면 평생 친구가 되겠지. 하지만 사랑이 없다면 저 아이가 자란 뒤 우린 서로에게 낯선 사람이 될 거야. 저 아이는 테티고 나는 레니센브야.'

카이트가 호기심 어린 얼굴로 바라보고 있었다.

"진정으로 원하는 게 뭐야, 아가씨? 이해를 못 하겠어."

레니센브는 대답하지 않았다. 어차피 해 봐야 카이트가 이해하지도 못할 테니. 그녀는 주위를 둘러보았다. 마당의 담벼락, 화려한 색상의 현관, 호수의 부드러운 물결, 작고 우아한 정자, 예쁜 화단, 파피루스 수풀……. 모두 안전하고, 닫혀 있고, 두려울 것 하나 없었다. 집 안에서 들려오는 익숙한 웅성거림, 아이들이 조잘대는 소리, 멀리서 들려오는 집안 여자들의 소란스럽고 새된 수다, 아득히 들려오는 소 떼 우는 소리…….

그녀가 천천히 말했다.

"여기서는 나일 강이 안 보여요……."

카이트가 놀란 표정을 지었다.

"그게 왜 보고 싶은데?"

레니센브가 천천히 말했다.

"난 바보예요. 모르겠어요……."

그녀의 눈앞에 풍요롭게 우거진 녹색 들판이 선명하게 펼쳐졌다. 그 너머로 멀리 장밋빛과 진보랏빛의 매혹적인 풍경이 수평선 속으로 희미하게 흐려졌고, 창백하고 파란 은빛 나일 강이 그 둘을 가르고 있었다.

그녀는 숨을 죽였다. 해가 지는 동안 주위의 풍경과 소리가 흐려졌다. 대신 고요하고 가없는 만족감이 짙게 몰려왔다…….

그녀는 혼잣말을 중얼거렸다.

"고개를 돌리면 호리가 보일 거야. 파피루스를 보다 말고 고개 들어 나를 향해 미소 짓겠지……. 머잖아 해가 지면 어둠이 밀려오고 나는 잠이 들 거야……. 그게 죽음일 거야."

"지금 뭐라고 했어, 아가씨?"

레니센브는 흠칫 놀랐다. 무심코 큰 소리로 말하고 있었던 것이다. 그녀는 몽상에서 깨어나 현실로 돌아왔다. 카이트가 호기심 어린 눈으로 바라보고 있었다.

"방금 '죽음'이라고 말했어, 아가씨. 대체 무슨 생각을 하고 있던 거야?"

"몰라요. 그건 내 본심이……."

레니센브가 고개를 저었다. 그녀는 다시 주위를 둘러보았다. 첨벙거리는 물소리, 아이들 노는 소리……, 이 얼마나 평화롭고 가족적인 풍경인가. 그녀는 깊게 숨을 들이마셨다.

"여긴 정말 평화로워요. 이런 곳에서 끔찍한 일이 벌어진다는 게 믿어지지 않아요."

하지만 다음 날 아침 그 호숫가에서 이파이가 발견되었다. 그는 물속에 얼굴을 처박은 채 뻗어 있었다. 누군가 손으로 눌러 익사시킨 것이다.

**여름 둘째 달 10일**

*I*

임호테프는 웅크리고 앉아 있었다. 망가지고 쪼그라들어 밤사이 폭삭 더 늙어 보였다. 그의 얼굴에는 당혹스럽고 참담한 표정이 역력했다.

헤네트가 음식을 가져와 먹으라고 권했다.

"임호테프, 기운 차리셔야 해요."

"뭐 하러? 기운이 뭔데? 이파이는 강한 녀석이었어. 젊고 아름다워서 강했지. 그랬던 녀석이 지금 소금물 욕조에 누워 있어……. 내 아들, 내 사랑스런 아들. 마지막 남은 아들."

"아니에요, 임호테프……. 야호모세가 있잖아요. 착한 야호모세."

"얼마나 버틸 수 있겠어? 이제 그 녀석도 끝났어. 우리 모두 끝났어. 대체 무슨 재앙이 우릴 덮친 거야? 첩을 집에 들인다고 이런 일이 벌어질 줄 낸들 알겠어? 그건 누구나 인정하는 관례야. 인간과 신의 법에 따른 정당한 행위라구. 난 그녀를 훌륭히 대했어. 그런데 왜 이런 일이 나한테 벌어지는 거지? 혹시 아샤예트가 앙갚음을 하는 건가? 그녀가 날 용서하지 않는 건가? 내 탄원에 아무런 응답이 없어. 사악한 일이 계속 벌어지는 걸 보면 말이야."

"그렇지 않아요, 임호테프. 그런 말씀 마세요. 공양실에 사발을 놓은 지 얼마 지나지도 않았어요. 이 세상에서 법과 정의가 구현되기까지 얼마나 오랜 시간이 걸리는지 아시잖아요. 노마르케스의 법정은 끝없이 지체되죠. 그리고 사건이 장관에게 넘어가면 훨씬 더 오래 걸려요. 이승이든 저승이든 정의는 결국 정의이고, 비록 천천히 진행되긴 하지만 결국은 시비가 가려지는 법이에요."

임호테프가 미심쩍은 듯 고개를 저었다.

헤네트가 계속 이야기했다.

"게다가 이파이가 아샤예트의 아들이 아니라는 점을 잊으시면 안 돼요. 당신의 누이 이피가 낳은 자식이니까요. 그러니 아샤예트가 무엇 때문에 그 녀석을 위해 손을 쓰겠어요. 하지만 야흐모세는 다를 거예요. 아샤예트가 보살필 테니 야흐모세는 회복될 거예요."

"정말이지 자네 말이 위로가 되는군, 헤네트……. 일리 있는 말이야. 야흐모세가 이제 나날이 기운을 되찾고 있는 건 사실이니까. 그 아이는 착하고 충실한 아들이야. 하지만 오! 우리 이파이……. 그렇게 쾌활하고, 그렇게 아름다웠는데……!"

임호테프가 다시금 신음했다.

"가엾어라! 가엾어라!"

헤네트가 동정하듯 울부짖었다.

"저주받은 그 여자, 그녀의 미모! 다시는 그녀에게 눈길도 주지 않겠어."

"네, 맞아요, 친애하는 주인님. 그런 세트(혼란과 불화를 조장하는 존재로 여겨졌다 — 옮긴이)의 딸은 본 적이 없어요. 그녀는 사악한 마법과 주문을 터득한 게 분명해요."

바닥을 두드리는 지팡이 소리가 들리더니, 에사가 절뚝거리며 홀 안으로 들어왔다. 그녀는 비웃듯 콧방귀를 뀌었다.

"이 집에 제정신 박힌 인간이라곤 아무도 없는 게야? 네 마음을 사로잡은 불행한 여자를 저주하는 것 말고는 할 줄 아는 게 없는 거냐? 네 한심한 아들놈들의 한심한 마누라쟁이들이 저지른 한심한 짓거리가, 그녀로 하여금 여자의 사소한 앙심과 심술에 탐닉하도록 부추긴 게 아니더냐?"

"사소한 앙심과 심술······. 그걸 그렇게 부르십니까, 어머니? 세 아들놈 중 둘이 죽고 하나가 죽어 가는 마당에! 맙소사! 내 어머니가 나에게 저런 말을 하다니!"

"네가 현실을 직시하지 못하니 누군가는 반드시 말해 줘야 하지 않겠느냐. 죽은 여자의 영혼이 악행을 저지른다는 이 한심하고 미신적인 믿음을 마음속에서 지워 버려. 호수에서 이파이의 머리를 눌러 익사시키고, 야흐모세와 소베크가 마신 술에 독을 탄 것은 산 사람의 손이었어. 그래, 네겐 적이 있다, 임호테프. 하지만 그 적은 이 집 안에 있어. 호리의 충고를 받아들여 레니센브가 야호모세의 음식을 직접 준비하고, 레니센브의 감시 아래 노예가 준비한 음식을 그 아이 손으로 날라다 준 뒤부터 야호모세가 매일 건강과 기운을 회복하고 있다는 사실이 그 증거야. 제발 바보짓 그만하거라, 임호테프. 머리나 두들기며 신음하는 짓거리도. 전부 헤네트의 지극한 도움 덕분이었겠지만……."

"어머, 마님. 어쩜 그런 오해를……!"

"헤네트가 너의 바보짓을 부추기는 건 그녀 역시 바보거나 혹은 다른 이유 때문에……."

"라 신이여, 용서하소서. 가련하고 외로운 여인에게 저토록 쌀쌀맞은 어머니를!"

에사는 엄숙한 몸짓으로 지팡이를 휘저으며 일갈했다.

"정신 차려라, 임호테프. 그리고 생각해 보거라. 사랑스럽지만 어리석지 않았던 네 죽은 아내 아샤예트가 저승에서 너를 위해 힘쓸지는 모르지만, 이승에서 너에게 도움을 줄 순 없단다. 당장 조치를 취해야 돼. 그러지 않으면 더 많은 죽음이 발생할 테니까."

"살아 있는 적? 살아 있는 적이 이 집에 있단 말입니까? 정말로 그걸 믿으세요, 어머니?"

"그것만이 이 상황을 이해할 수 있는 유일한 것이니까."

"그렇다면 우리 모두 위험에 처한 건가요?"

"당연하지. 마법과 귀신의 손 때문이 아니라, 대리인 노릇을 하는 인간 때문에 위험해. 음식과 음료에 독을 푸는 살아 있는 손, 밤늦게 마을에서 돌아오는 소년의 뒤로 몰래 다가가 그의 머리를 호수에 처넣는 인간의 형상!"

임호테프가 심각한 표정으로 말했다.

"그러려면 힘이 세야 했을 겁니다."

"얼핏 생각하면 그렇지. 하지만 과연 그럴까. 이파이는 마을에서 맥주를 잔뜩 마셨어. 으스대는 기분에 들떠 있었지. 아마 비틀거리며 집으로 돌아온 뒤, 다가오는 사람을 전혀 두려워하지 않은 채 호수에서 얼굴을 씻으려고 스스로 몸을 숙였을 게다. 그러니 힘들일 것도 없었겠지."

"무슨 말씀을 하시려는 거죠? 여자의 소행이다? 하지만 말도 안 됩니다. 전부 터무니없어요. 이 집 안에 적이 있을 리 없어요. 그랬다면 벌써 알았을 겁니다. 제가 알았을 거라구요!"

"사악한 마음은 얼굴에 드러나지 않는 법이다, 임호테프."

"어머니 말씀은 하인 중 하나, 혹은 노예……."

"하인도 노예도 아니다, 임호테프."

"가족 중 하나라구요? 아니면……. 호리나 카메니란 말씀입니까? 하지만 호리는 가족의 일원이고, 지금껏 자신의 충성과 신뢰성을 입증했습니다. 그리고 카메니는……. 이방인인 건 사실이지만 우리 혈연이고, 제 사업을 열심히 도왔으니 헌신을 입증한 셈입니다. 더욱이 오늘 아침만 해도 저를 찾아와 레니센브와의 결혼을 허락해 달라고 요청했습니다."

에사가 관심을 보였다.

"오, 그래? 그랬어? 그래서 넌 뭐라고 했느냐?"

임호테프가 짜증스럽게 말했다.

"무슨 말을 하겠습니까? 지금은 혼사 운운할 때가 아니라고 말했습니다."

"그 말을 듣고 뭐라고 하더냐?"

"자기 생각에는 지금이야말로 혼사를 거론할 때라더군요. 레니센브가 이 집에 있으면 안전하지 못하다면서."

에사가 말했다.

"이상하구나. 몹시 의심스러워……. 그 아이가 안전할까? 그렇다고 생각했는데……. 그리고 호리도 그렇게 생각했는데……. 하지만 지금은……."

임호테프가 계속 말했다.

"어떻게 결혼식과 장례식을 나란히 할 수 있습니까? 볼썽사나운 일입니다. 노모스(고대 이집트의 행정구역 ― 옮긴이) 전체가 수군거릴 겁니다."

에사가 말했다.

"지금은 집회를 할 때가 아니다. 특히나 염장이들이 이 집에 늘 붙어사는 것처럼 보일 테니까. 이피와 몬투만 수지맞을 게다. 유례없는 호황을 누리겠지."

"그자들이 요금을 10퍼센트나 올렸어요! 간악한 무리들! 인건비는 더 비싸다나요."

임호테프가 잠시 샛길로 빠졌다.

"떼로 죽었으니 오히려 깎아 줘야지!"

에사는 음산한 미소를 지으며 농담을 내뱉었다.

임호테프가 성난 눈초리로 바라보았다.

"어머니, 이건 농담거리가 아닙니다."

"삶 전체가 농담이란다, 임호테프. 그리고 마지막에 웃는 건 죽음이지. 축제 때마다 그 웃음이 들리지 않더냐? 내일의 죽음을 위해 먹고, 마시고, 즐기면서……. 그래, 지금 우리에게 꼭 맞는 말이구나. 문제는 오로지 누구의 죽음이 내일 찾아오느냐 하는 것뿐이다."

"끔찍한 말씀을 하시는군요, 끔찍해요! 이제 어떻게 해야 하죠?"

에사가 말했다.

"아무도 믿지 말거라. 그게 맨 먼저 할 일이자, 가장 중요한 일이란다."

그녀는 같은 말을 힘주어 되풀이했다.

"어느 누구도 믿지 마."

헤네트가 흐느끼기 시작했다.

"왜 저를 보시죠? 믿을 만한 사람이 있다면 그건 저라고 확신해요. 그 오랜 세월 동안 몸소 입증했으니까요. 저분 말씀 듣지 마세요, 임호테프."

"괜찮아, 우리 착한 헤네트. 당연히 자넬 믿으니까. 자네의 진실하고 헌신적인 마음을 너무나 잘 알고 있어."

에사가 말했다.

"넌 아무것도 몰라. 우리 모두 아무것도 몰라. 그게 우리가 위험한 이유야."

"마님은 저한테 죄를 씌웠어요."

헤네트가 징징대며 말했다.

"그럴 수도 없다. 아는 것도, 증거도 없으니. 의심할 뿐이지."

임호테프가 매섭게 노려보았다.

"의심하신다구요? 누구를 말입니까?"

에사가 천천히 말했다.

"한 번 의심했고, 두 번 의심했고, 세 번 의심했다. 솔직히 말하자면 처음에는 이파이를 의심했다. 하지만 이파이가 죽었으니 그 의심은 틀렸어. 그래서 다른 사람을 의심했다. 하지만 이파이가 죽던 바로 그날, 세 번째 생각이 떠오르더구나······."

그녀는 그쯤에서 말을 멈췄다.

"호리와 카메니가 집에 있느냐? 이리 불러오거라. 그래, 부엌에 가서 레니센브도 불러와. 야흐모세와 카이트도. 내가 할 말이 있으니, 온 집안 식구가 들어야겠다."


*II*


에사는 한자리에 모인 가족을 둘러보며 그들의 눈을 하나하나 마주쳤다. 야흐모세의 진지하고 온화한 시선, 변함없는 카메니의 미소, 겁먹은 듯 호기심 어린 레니센브의 눈, 조용하고 헤아리기 힘든 호리의 골똘한 응시, 성마른 두려움으로 씰룩거리는 임호테프의 얼굴, 그리고 탐욕스런 호기심과 즐거움이 담긴 헤네트의 눈동자.

그녀는 생각했다.

'저 얼굴들만 봐서는 아무것도 알 수 없어. 겉으로 드러나는 감정만 나타낼 뿐이니까. 하지만 내 생각이 옳다면 틀림없이 뭔가 드러날 거야.'

그녀가 큰 소리로 말했다.

"너희 모두에게 할 말이 있다. 하지만 우선 헤네트에게만 말하겠다. 여기 너희 모두가 있는 앞에서."

헤네트의 낯빛이 변했다. 탐욕과 즐거움은 어느새 사라졌다. 겁먹은 표정이었다. 이윽고 목소리를 높여 거세게 항의했다.

"마님이 절 의심하실 줄 알았어요! 이렇게 죄인으로 몰리면, 머리 나쁘고 가련한 여자인 제가 어떻게 스스로를 보호하겠어요? 저는 보복당할 거예요. 쥐도 새도 모르게 보복당할 거예요."

"쥐도 새도 모르게는 아닐 게다."

에사가 빈정거리듯 말하며 호리의 미소를 보았다.

헤네트는 점점 더 신경질적으로 목소리를 높이며 말했다.

"전 아무 짓도 안 했어요. 결백해요……. 임호테프, 더없이 다정하신 주인님, 살려 주세요……."

그녀는 풀썩 주저앉으면서 그의 무릎을 꼭 껴안았다. 임호테프는 헤네트의 머리를 토닥이며 씩씩거리기 시작했다.

"정말 말도 안 됩니다, 어머니. 이건 수치스러운……."

에사가 그의 말을 잘랐다.

"범인이라고 한 적 없다. 증거도 없이 죄를 씌우진 않아. 전에 헤네트가 했던 말이 무슨 뜻인지 이 자리에서 우리한테 해명하라고 요구하는 것뿐이다."

"전 아무 말도 안 했어요, 아무 말도……."

에사가 말했다.

"아냐, 넌 했어. 내 귀로 똑똑히 들었다. 비록 눈은 침침해도 귀는 밝으니까. 너는 호리에 대해 뭔가 알고 있다고 했어. 그래, 호리에 대해 뭘 안다는 게냐?"

호리가 조금 놀란 표정으로 말했다.

"그래요, 헤네트. 나에 대해 뭘 알고 있죠? 어디 들어 봅시다."

헤네트는 바닥에 주저앉아 눈물을 닦았다. 반항하는 기색을 보이며 부루퉁하게 말했다.

"아무것도 몰라. 내가 뭘 안다는 거지?"

"그건 우리가 듣고 싶은 대답입니다."

호리가 말하자 헤네트가 어깨를 으쓱했다.

"그냥 한 말이야. 별 뜻 없이."

에사가 말했다.

"네 말을 내가 되풀이해 주마. 너는 모두에게 무시당하지만 이 집에서 벌어지는 많은 일들을 안다고 했다. 그리고 똑똑한 사람들보다 더 많이 안다고 했어. 그러고는 이렇게 말했지. 호리가 너를 볼 때면 마치 존재하지도 않은 사람을 보듯, 네 뒤로 뭔가 다른 걸 보는 양, 있지도 않은 뭔가를 보는 양 딴전을 피운다고."

헤네트가 부루퉁하게 말했다.

"항상 그렇게 쳐다보니까요. 제가 마치 벌레라도 되는 듯, 그렇게 쳐다봐요. 하찮은 물건 대하듯."

에사가 천천히 말했다.

"그 말이 내내 머릿속에 남더구나. 뒤에 있는 뭔가, 있지도 않은 뭔가. 헤네트는 이렇게 말했다. '나를 똑바로 봐야 해요.' 그러고는 사티피 이야기로 넘어갔지. 그래, 사티피. 그리고 사티피가 똑똑했지만 지금은 어디 있냐고……."

에사가 좌중을 둘러보았다.

"이 말이 너희에겐 아무 의미도 없느냐? 사티피를 생각해 보거라. 죽은 사티피……. 그리고 사람을 똑바로 쳐다봐야 한다는 말을 기억해라……. 있지도 않은 뭔가가 아니라……."

잠시 죽음과도 같은 침묵이 흐르더니, 이윽고 헤네트가 비명을 질렀다. 높고 가냘픈 비명이었다. 순수한 공포에 질린 듯한 비명. 그녀는 횡설수설 떠들었다.

"난 아냐……. 살려 주세요, 주인님. 제발 마님이……. 난 아무 말 안 했어……. 아무 말도……."

임호테프가 꾹 참았던 분노를 토해 냈다.

"이건 용서 못할 짓이야! 이 가련한 여인을 위협하고 죄인으로 모는 짓은 용납 못해. 증거라도 있나요? 어머니가 말씀하셨듯이 아무것도 없잖습니까.”

야호모세가 평소의 소심함을 접고 끼어들었다.

“아버지 말씀이 옳습니다. 헤네트를 추궁할 명백한 죄목이 있다면 말씀해 보세요.”

“죄인으로 모는 게 아니다.”

에사가 천천히 말했다.

그녀는 지팡이를 짚었다. 몸뚱이가 졸아든 듯 보였다. 그녀는 천천히 무겁게 입을 열었다.

“너를 최근 벌어진 악행의 범인으로 단정하지는 않는다. 하지만 내가 나 자신을 제대로 이해하고 있다면, 아마 네가 어떤 사실을 알고도 감추고 있다고 생각할 게다. 그러니 헤네트, 호리나 다른 누구에 대해 아는 게 있다면 지금이 말할 때다. 여기, 우리 모두 앞에서. 뭘 알고 있는 게냐?”

헤네트가 고개를 저었다.

“그런 거 없어요.”

“신중히 말해야 한다, 헤네트. 안다는 건 위험한 거야.”

“아무것도 모른다니까요. 맹세해요. 엔네아드의 아홉 신, 마아트 여신, 라 신을 두고 맹세해요.”

헤네트는 떨고 있었다. 평소처럼 징징거리는 듯한 목소리가 아니었다. 경건하고 신실하게 들렸다.

에사가 깊은 한숨을 내쉬었다. 그녀가 몸을 앞으로 숙이고 중얼거렸다.

"내 방으로 돌아가게 도와주렴."

호리와 레니센브가 재빨리 다가왔다.

에사가 레니센브를 보며 말했다.

"너는 됐다. 호리에게 부탁하마."

그녀는 호리의 부축을 받으며 그 방을 나왔다. 그녀는 그에게 기대어 자신의 방으로 가는 동안 그를 힐끗 올려다보았다. 그의 얼굴이 엄숙하고 언짢아 보였다.

그녀가 중얼거렸다.

"어땠느냐, 호리?"

"현명하지 못하셨습니다, 할머님. 아주 현명하지 못하셨어요."

"알아야만 했다."

"네……. 하지만 너무 위험했습니다."

"안다. 그럼 너도 나와 같은 생각이로구나?"

"한동안 그렇게 생각했지만 증거가 전혀 없어요. 증거의 그림자도 없어요. 그리고 지금도 할머님은 증거가 없습니다. 전부 할머님 추측일 뿐이에요."

"내가 안다는 것만으로 충분하다."

"너무 많이 아는 것일 수도 있습니다."

"무슨 뜻이냐? 오, 그래. 물론이지."

"몸조심하세요, 할머님. 이제부터는 할머님이 위험합니다."

"우린 반드시 따져 보고 신속히 행동해야 돼."

"네, 하지만 뭘 할 수 있죠? 반드시 증거가 있어야 합니다."

"나도 안다."

그들은 더 이상 말할 수 없었다. 에사의 어린 하녀가 주인에게 달려왔기 때문이다. 호리는 그녀를 소녀에게 맡기고 돌아섰다. 그의 표정은 심각하고 혼란스러웠다.

어린 하녀가 재잘거리며 곁에서 부산을 떨었지만, 에사는 전혀 느끼지 못했다. 늙고 병들고 싸늘해진 기분이었다……. 그녀는 자신의 주위를 빙 둘러싸고 빤히 쳐다보던 얼굴들을 다시 한 번 떠올려 보았다.

단 한 사람의 표정. 일순간 번개처럼 스치는 두려움과 깨달음. 그녀의 생각이 틀릴 수 있을까? 그녀는 자신의 눈으로 본 것을 확신할까? 그 침침한 눈으로 본 것을…….

그렇다. 그녀는 확신했다. 그것은 표정이라기보다 몸 전체의 순간적인 긴장이었다. 굳음. 경직. 한 사람, 오직 한 사람만이 그녀의 종잡을 수 없는 말을 이해했다. 실로 치명적이고 확실하게…….

**여름 둘째 달 15일**

*I*

"이제 이 문제는 너한테 달렸다, 레니센브. 어떻게 하겠느냐?"

레니센브는 혼란스런 표정으로 아버지와 야흐모세를 번갈아 쳐다보았다. 머릿속이 멍하고 뒤죽박죽이 된 기분이었다.

"모르겠어요."

그녀의 입술 사이로 무덤덤한 말이 새어 나왔다.

임호테프가 말을 이었다.

"평소 같으면 충분한 시간을 두고 상의했을 게다. 다른 친척들도 있으니, 너한테 딱 맞는 남편감을 찾을 때까지 고르고 퇴짜를 놓을 수 있겠지. 하지만 상황이 불안하니……. 그래, 불안한 삶이야."

그의 목소리가 떨렸다.

"그게 문제란다, 레니센브. 지금 우리 셋 다 죽음에 직면해 있어. 야흐모세, 너, 나. 우리 중 다음 희생자가 누가 될지 모른다. 그러니 상황을 정리해 두어야 해. 야흐모세에게 무슨 일이 생기면, 내 외동딸인 네 곁에서 유산을 공유하고 여자가 관리할 수 없는 농장 일을 책임질 남자가 필요할 게다. 내가 언제 네 곁을 떠날지 모르지 않느냐? 내 유언장에 명시한 대로, 야흐모세가 죽을 경우 소베크 자식들의 위탁과 보호는 호리가 맡게 될 게다. 야흐모세의 아이들도 마찬가지다. 네 오빠도 그러길 바라니까. 그렇지, 야흐모세?"

야흐모세가 고개를 끄덕였다.

"호리는 늘 저의 절친한 벗이었습니다. 제 가족의 일부죠."

임호테프가 말했다.

"그래, 그래. 하지만 우리 가족이 아니라는 사실은 변함이 없어. 반면 카메니는 혈연이야. 따라서 모든 사항을 고려할 때, 지금으로서는 그 친구가 레니센브의 남편감으로 가장 적당하다. 네 생각은 어떠냐, 레니센브?"

"모르겠어요."

레니센브가 같은 말을 되풀이했다.

그녀는 지독히 나른한 기분을 느끼고 있었다.

"젊고 매력적인 친구라는 건 인정하지?"

"네."

"하지만 그 친구와 결혼하고 싶진 않구나?"

야흐모세가 다정하게 물었다.

레니센브는 오빠에게 고마운 눈길을 보냈다. 그는 누이동생이 원하지 않는 일을 서두르거나 강요해서는 안 된다고 굳게 다짐한 표정이었다.

그녀가 허둥지둥 말했다.

"제 자신이 뭘 원하는지 정말 모르겠어요. 바보 같다는 건 알지만 오늘은 머릿속이 좀 멍해요. 아무래도……, 계속 긴장해서 그런가 봐요."

"카메니가 곁에 있으면 안전하다고 느낄 게야."

임호테프가 말했다.

야흐모세가 아버지에게 물었다.

"레니센브의 남편감으로 호리도 생각해 보셨나요?"

"음, 물론 가능성은 있지……."

"그는 젊을 때 아내와 사별했습니다. 레니센브는 그를 잘 알고 좋아하지요."

레니센브는 두 남자가 이야기하는 동안 꿈을 꾸듯 앉아 있었다. 두 사람은 그녀의 혼사를 이야기하고 있었고, 야흐모세는 레니센브 본인이 원하는 남자를 고르게 하려고 애썼다. 그러나 그녀는 테티의 나무 인형처럼 생기 없는 기분이 들었다. 이윽고 그들의 대화를 듣지도 않던 레니센브가 갑자기 끼어들었다.

"아버지가 좋다고 하시니 카메니와 결혼하겠어요."

임호테프는 만족스런 탄성을 지른 뒤 황급히 홀을 빠져나갔다. 야흐모세가 누이동생에게 다가가 그녀의 어깨를 짚었다.

"이 결혼을 원하니, 레니센브? 행복하겠어?"

"행복하지 못할 이유가 있겠어? 카메니는 잘생기고 밝고 다정하잖아."

야호모세는 여전히 탐탁지 않고 미심쩍은 표정이었다.

"알겠다. 하지만 중요한 건 너의 행복이야, 레니센브. 아버지가 재촉한다고 원하지도 않은 일을 해선 안 돼. 어떤 분인지 잘 알잖아."

"그럼, 알고말고. 아버지가 머릿속에 어떤 생각을 품으면 우리 모두 순종해야 해."

야호모세가 단호하게 말했다.

"꼭 그렇진 않아. 네가 원하지 않는다면 난 여기서 물러서지 않을 생각이야."

"어머, 오빠는 아버지의 뜻을 거스르는 법이 없잖아."

"하지만 이번 일은 달라. 아버지는 나한테 동의하도록 강요할 수 없고, 나 역시 그럴 생각이 없어."

레니센브는 그를 올려다보았다. 평소에는 우물쭈물하던 표정이 어쩜 저리 단호하고 확고해 보일까!

그녀가 고마움을 담아 말했다.

"오빤 정말 다정해. 하지만 강요에 못 이겨 이러는 건 아냐. 이곳의 오래된 삶, 돌아왔을 때 무척 기뻤던 삶은 이미 사라졌어. 카메니와 난 함께 새 인생을 시작해 좋은 남편과 아내로 살아갈 거야."

"네 뜻이 확실하다면······."

"확실해."

레니센브가 말했다. 그러고는 애정 어린 미소를 지으며 홀을 나서 현관으로 나갔다.

마당을 가로질러 호숫가에 이르니 그곳에서 카메니가 테티와 놀고 있었다. 레니센브는 조용히 다가가, 여전히 눈치 못 챈 그들을 물끄러미 바라보았다. 변함없이 유쾌한 카메니는 아이만큼이나 놀이가 재밌는 눈치였다.

레니센브의 마음이 따스해졌다. 그녀는 생각했다.

'저 사람은 테티에게 좋은 아빠가 돼 줄 거야.'

카메니가 고개를 돌려 그녀를 보더니 웃으며 일어섰다.

"테티의 인형을 카 사제로 만들어 놓았습니다. 마침 공양을 드리고 묘소에서 의식을 거행하는 중이었죠."

"메립타흐 아저씨라고 해. 아이가 둘이고, 호리 아저씨 같은 필경사도 있어."

테티가 말했다. 아주 진지해 보였다.

카메니가 웃으며 말했다.

"테티는 아주 영리합니다. 게다가 건강하고 예뻐요."

그의 눈동자가 아이에게서 레니센브에게로 옮겨 가자, 그 은근한 눈길에서 레니센브는 그의 생각을 읽었다. 언젠가 그녀가 낳아 줄 아이들에 대한 생각.

그러자 마음이 설레었다. 하지만 그와 동시에 갑자기 아쉬움이 사무치듯 밀려들었다. 그의 눈동자에서 그녀 자신의 형상을 보았으면 좋았을 텐데 싶었다. 그녀는 생각했다.

'어째서 나만을 바라보지 않는 걸까?'

곧 그 느낌이 사라지자, 그녀는 다정하게 미소 지었다.

"아버지께 말씀 들었어요."

"그래서 동의했나요?"

그녀는 잠깐 주저하다가 대답했다.

"동의했어요."

마지막 말을 내뱉는 순간 그것으로 끝이었다. 모든 것이 마무리되었다. 그녀는 몹시 피곤하고 멍한 느낌이 들어 불쾌했다.

"레니센브."

"네, 카메니."

"나와 같이 나일 강에서 놀잇배를 타지 않겠습니까? 늘 당신과 해 보고 싶었습니다."

그의 말이 묘하게 들렸다. 그를 처음 본 순간, 그녀는 가로돛과 나일 강과 크하이의 웃는 얼굴을 떠올렸다. 하지만 지금은 크하이의 얼굴이 떠오르지 않았다. 대신 그 자리에 돛과 강을 배경으로 카메니가 앉아 그녀의 눈을 들여다보며 웃을 것이다.

죽음 때문이다. 죽음이 그렇게 만들었다. '이런 느낌이야.' 혹은 '저런 느낌이야.'라고 말하지만, 그건 그저 말일 뿐, 이제 아무것도 느끼지 못한다. 망자는 망자일 뿐. 추억 같은 것은 존재하지 않는다…….

그래, 하지만 테티가 있다. 매년 홍수가 옛것을 쓸어가 버리면 새로운 농사에 필요한 흙이 쌓이듯, 끊임없이 새로워지는 삶이 있다.

카이트가 말했다. "한 집안 여자들은 뭉쳐야 돼." 결국 그녀도 한 집안의 여자일 뿐이지 않은가. 레니센브건 아니건, 그게 무슨 상관인가.

그때 조금 걱정스럽고 조르는 듯한 카메니의 목소리가 들렸다.

"무슨 생각을 합니까, 레니센브? 당신은 가끔 너무 멀리 가 버려요……. 나와 함께 강에 나가겠어요?"

"네, 카메니. 같이 가겠어요."

"테티도 데려갑시다."


*II*


레니센브는 꿈을 꾸는 듯했다. 배와 돛과 카메니와 그녀 자신과 테티. 그들은 죽음으로부터 탈출했고, 죽음의 공포에서 벗어났다. 새로운 삶의 시작이었다.

카메니가 말하면 그녀는 꿈속을 헤매듯 대답했다.

그녀는 생각했다.

'이게 내 인생이야. 탈출 따윈 없어…….'

그러자 혼란스러워졌다.

'하지만 왜 스스로에게 탈출이라는 말을 하지? 도망칠 데가 어디 있다고?'

그러자 다시금 그녀의 눈앞에 묘소 옆 작은 석실과, 한쪽 무릎을 들어 올려 손 위에 턱을 괴고 앉은 자신의 모습이 떠올랐다.

그녀는 생각했다.

'하지만 그건 내 삶 밖의 일……. 이게 인생이야……. 그리고 이제 죽을 때까지 탈출 따윈 없어…….'

카메니가 배를 정박시키자 그녀가 뭍으로 올라왔다. 카메니는 테티를 들어 올렸다. 그때 그에게 매달린 아이의 손이 그의 목에 걸린 부적 목걸이를 끊어 버렸다. 부적이 레니센브의 발등에 떨어졌다.

그녀가 그것을 집어 들었다. 호박금과 금으로 된 앙크('생명'을 뜻하는 고대 이집트의 신성 문자 ― 옮긴이) 부적이었다.

그녀가 아쉬운 듯 말했다.

"구부러졌네요. 미안해요. 조심조심……. 망가질지 몰라요."

카메니는 부적을 건네 받더니 힘센 손가락으로 부적을 더 구부려 둘로 잘랐다.

"어머, 무슨 짓을 한 거예요?"

"반쪽을 가져요, 레니센브. 나머지는 내가 가질 테니. 우리들의 표식입니다. 한 몸뚱이의 반쪽이라는 뜻으로."

그가 내민 반쪽을 받으려고 손을 뻗는 순간, 그녀의 머릿속에서 뭔가 반짝이더니 그녀가 거친 숨을 들이마셨다.

"왜 그래요, 레니센브?"

"노프레트."

"무슨 말이에요? 노프레트라니."

레니센브는 금세 확신에 찬 어조로 말했다.

"노프레트의 보석 상자에 들어 있던 쪼개진 부적. 그걸 그녀에게 준 건 당신이었어요……. 당신과 노프레트……. 이제 모든 걸 알겠어요. 그녀가 왜 그렇게 불행했는지. 그리고 누가 내 방에 그 보석 상자를 뒀는지도. 다 알겠어요……. 나한테 거짓말하지 말아요, 카메니. 분명히 말하지만 난 알아요."

카메니는 변명하지 않았다. 선 채로 그녀를 바라보는 시선이 조금도 떨리지 않았다. 그의 목소리는 진지했고, 이번만큼은 미소가 없었다.

"거짓말하지 않겠어요, 레니센브."

그는 마치 생각을 정리하듯 조금 찡그린 얼굴로 잠시 기다렸다.

"레니센브, 한편으론 당신이 알게 돼서 기쁩니다. 당신 추측이 정확하지는 않지만."

"당신은 그녀에게 깨진 부적을 줬어요. 나한테 준 것처럼. 한 몸뚱이의 반쪽이라는 표시로. 그렇게 말했겠죠."

"화났군요, 레니센브. 그건 당신이 날 사랑한다는 뜻이니 기쁩니다. 하지만 아무리 그래도 오해는 풀어야겠어요. 난 그 부적을 노프레트에게 주지 않았습니다. 그녀가 내게 줬죠……."

그가 말을 멈췄다.

"믿지 않겠지만 그건 사실입니다. 맹세코 사실이에요."

레니센브가 천천히 말했다.

"못 믿겠다고는 않겠어요……. 어쩌면 사실일지도 모르죠."

노프레트의 어둡고 불행한 얼굴이 그녀의 눈앞에 아른거렸다.

카메니가 아이처럼 열심히 애원하기 시작했다.

"부디 이해해 줘요, 레니센브. 노프레트는 몹시 아름다웠어요. 그녀와 함께 있으면 즐겁고 마음이 들떴죠. 누군들 안 그러겠어요? 하지만 그녀를 사랑하진 않았어요……."

레니센브는 묘한 동정심으로 가슴이 쓰라렸다. 그래, 카메니는 노프레트를 사랑하지 않았다……. 하지만 노프레트는 카메니를 사랑했다……. 절망적이고 고통스럽게 사랑했다. 나일 강둑 바로 이 지점에서 그날 아침 그녀는 노프레트에게 말을 걸어 우정과 애정을 표했다.

그때 그녀가 뿜어내던 음침한 증오와 비애의 물결이 생생히 떠올랐다. 이제 그 이유가 명백해졌다. 가엾은 노프레트……. 잔소리꾼인 늙은이의 첩으로 들어와, 자기를 별로 좋아하지 않는 명랑하고 경솔하고 잘생긴 젊은이를 향한 사랑으로 애태운 여자.

카메니가 계속 애원했다.

"내가 여기 오자마자 당신을 보고 사랑에 빠진 걸 모르나요, 레니센브? 그 순간부터 내 마음속에 다른 사람은 전혀 없었다는 걸 말이에요. 노프레트는 그걸 똑똑히 본 겁니다."

'그래, 노프레트는 그걸 본 거야.'

레니센브는 생각했다. 노프레트는 그때부터 그녀를 미워했다. 하지만 레니센브는 그녀를 탓하고 싶지 않았다.

"당신 아버지께 편지 쓰는 것조차 싫었습니다. 노프레트의 계략에 더 이상 연루되고 싶지 않았어요. 하지만 그게 쉽지 않았죠. 이해하리라 믿어요."

레니센브가 초조하게 말했다.

"네, 네. 그런 건 아무래도 좋아요. 중요한 건 노프레트니까. 그녀는 몹시 불행했어요. 아마 당신을 무척 사랑했겠죠."

"하지만 저는 그녀를 사랑하지 않았습니다."

카메니가 초조하게 말했다.

"잔인하군요."

레니센브가 말했다.

"아뇨, 저는 남자입니다. 그뿐이에요. 어떤 여자가 나 때문에 스스로 비참해진다는 게 당혹스러울 따름이죠. 내가 원한 건 노프레트가 아니라 당신이었습니다. 오, 레니센브, 그 일로 나에게 화내진 않겠죠?"

그녀는 마지못해 미소를 지었다.

"죽은 노프레트 때문에 살아 있는 우리가 다투어서는 안 돼요. 중요한 건 내가 레니센브 당신을 사랑하고 당신이 나를 사랑한다는 겁니다."

레니센브는 생각했다.

'그래, 중요한 건 그뿐이겠지……'

그녀는 카메니가 고개를 한쪽으로 살짝 기울이고 서서, 명랑하고 자신만만한 얼굴에 애원하는 표정을 짓고 있는 모습을 바라보았다. 젊음의 생기가 느껴졌다.

레니센브는 생각했다.

'옳은 말이야. 노프레트는 죽었고 우리는 살아 있어. 그녀가 왜 나를 증오했는지 이젠 알겠어……. 고통받았을 그녀를 생각하니 안쓰러워……. 하지만 그건 내 잘못이 아냐. 그녀가 아니라 나를 사랑한 카메니 잘못도 아냐. 세상사가 다 그런 법이니까.'

강둑에서 놀던 테티가 위로 올라와 엄마의 손을 끌어당겼다.

"이제 집에 가는 거야? 엄마, 집에 가는 거야?"

레니센브가 깊은 한숨을 내쉬었다.

"그래. 집에 갈 거야."

그들이 집으로 걸어가는 동안, 테티가 조금 앞쪽에서 뛰어다녔다. 카메니가 만족스런 한숨을 내쉬었다.

"사랑스러운 데다 아량까지 넓군요, 레니센브. 우리 사이는 전과 다름없는 거죠?"

"네, 카메니. 변함없어요."

그가 낮은 목소리로 말했다.

"강 위에 있을 때……, 정말 행복했습니다. 당신도 행복했나요, 레니센브?"

"네, 행복했어요."

"행복해 보이더군요. 하지만 뭔가 아주 동떨어진 생각을 하는 듯 보였어요. 당신이 내 생각을 했으면 좋겠습니다."

"당신 생각을 하고 있었어요."

그가 손을 잡았지만 그녀는 뿌리치지 않았다. 그는 낮은 목소리로 부드럽게 노래했다.

"내 누이는 아보카도 나무 같도다……."

그는 떨리는 그녀의 손을 느끼며 빨라지는 숨소리를 듣고 나서야 안도했다.


*III*

레니센브는 헤네트를 방으로 불렀다.

헤네트는 황급히 들어오다가, 레니센브가 뚜껑 열린 보석 상자 곁에 서서 깨진 부적을 손에 쥔 것을 보고는 돌연 멈춰 섰다. 레니센브의 얼굴은 단호하고 분노에 차 있었다.

"당신이 이 보석 상자를 내 방에 둔 거지, 헤네트? 당신은 내가 이 부적을 발견하길 바랐어. 내가 언젠가……."

"나머지 반쪽을 발견하길 원했냐고? 결국 발견했나 보구나. 무언가를 안다는 건 늘 좋은 일이지. 안 그래, 레니센브?"

헤네트가 심술궂게 웃었다.

"당신은 나한테 해가 될 소문을 퍼뜨리려 했어."

레니센브는 극도로 화가 나 있었다.

"당신은 남 괴롭히는 것을 즐겨. 그렇지, 헤네트? 당신은 곧바로 말하는 법이 없어. 시기가 무르익을 때까지 기다리고 또 기다리지. 당신은 우리 모두를 증오해. 그렇지? 늘 그랬어."

"말 한번 잘하는구나, 레니센브! 설마 진심은 아니겠지?"

헤네트의 목소리에는 징징거림 대신 교활한 승리감이 가득했다.

"당신은 나와 카메니 사이가 틀어지길 원했어. 하지만 그런 일은 없을 거야."

"아주 착하고 너그럽기까지 하구나, 레니센브. 너는 노프레트와는 사뭇 달라. 그렇지?"

"노프레트 이야기는 꺼내지 마."

"물론, 그럴지도 모르지. 카메니는 미남에다 운도 좋아. 안 그러니? 내 말은, 그때 노프레트가 죽어서 그에게 다행이었다는 뜻이야. 그녀 때문에 몹시 난처할 뻔했으니까. 네 아버지한테 말이다. 그녀는 카메니와 네가 맺어지는 것이 못마땅했을 게다. 그래, 아주 못마땅했겠지. 그녀가 살아 있었다면 어떤 식으로든 이 결혼을 막았을 게다. 틀림없이 그랬을 게야."

레니센브는 싸늘한 증오의 눈길로 쏘아보았다.

"당신 혀에는 항상 독이 들어 있어, 헤네트. 전갈처럼 쏘아대지. 하지만 나를 불행하게 만들지는 못해."

"이야, 거창하구나. 몹시 사랑에 빠진 게 틀림없어. 허긴, 카메니는 잘생긴 젊은이지……. 아주 멋진 사랑 노래도 부를 줄 알고. 원하는 건 뭐든 차지하고, 두려움도 전혀 없어. 존경스러워. 정말 존경스러워. 늘 단순하고 솔직해 보인다니까."

"무슨 말을 하려는 거지, 헤네트?"

"카메니를 존경한다는 뜻이야. 그리고 확신하건대 그는 단순하고 솔직해. 척하는 게 아니지. 이 모든 게 저잣거리 재담꾼들이 지껄이는 이야기와 아주 흡사하단다. 가난하고 젊은 필경사가 영주의 딸과 결혼해 유산을 공유하며 죽 행복하게 살 거라는 얘기 말이다. 잘생긴 젊은이는 늘 행운이 따르니, 그저 놀라울 따름이구나."

"내 생각이 맞았어. 당신은 우릴 증오해."

레니센브가 말했다.

"네 어머니가 죽은 뒤로 줄곧 너희를 위해 노예처럼 일한 걸 알면서 어떻게 그런 말을 할 수 있지, 레니센브?"

헤네트의 목소리는 징징거림이 아니라 여전히 사악한 승리감을 담고 있었다.

레니센브는 다시 보석 상자를 내려다보다가, 갑자기 마음속에 또 다른 확신이 섰다.

"이 상자에 황금 사자 목걸이를 넣은 건 당신이었어. 부정하려 들지 마, 헤네트. 분명히 말하지만 난 알아."

헤네트의 얼굴에서 교활한 승리감이 사라지고 갑자기 겁먹은 표정이 떠올랐다.

"어쩔 수가 없었어, 레니센브. 무서웠어……."

"무슨 뜻이지? 무섭다니?"

헤네트가 한 발짝 다가와 목소리를 낮추고 말했다.

"그녀가 나한테 줬어. 노프레트 말이야. 그러니까 죽기 얼마 전에. 한두 가지…… 선물도 줬어. 알다시피 노프레트는 인심이 좋았거든. 그래, 늘 인심이 좋았어."

"보나마나 대가를 두둑이 챙겼겠지."

"말투가 맘에 안 드는구나, 레니센브. 하지만 전부 말해 주마. 그녀는 황금 사자 목걸이와 자수정 걸쇠, 그 밖에 한두 가지 다른 것도 줬어. 그리고 얼마 후 목동 녀석이 나타나 그 목걸이를 건 여자를 봤다는 소리를 한 거야. 그래서 무서웠어. 야흐모세가 마신 술에 독을 탄 게 나라고 생각할까 봐. 그래서 목걸이를 상자에 넣은 거야."

"그게 사실이야, 헤네트? 진실을 말하는 거냐구?"

"맹세코 사실이야, 레니센브. 무서웠어……."

레니센브가 호기심 어린 눈길로 바라보았다.

"떨고 있네, 헤네트. 지금도 무서워하는 것 같아."

"그래, 무서워……. 그럴 이유가 있으니까."

"왜? 말해 봐."

헤네트가 얇은 입술을 핥았다. 그녀는 힐끗힐끗 뒤를 살폈다. 그녀의 눈동자가 다시금 쫓기는 짐승처럼 변했다.

"말해 봐."

레니센브가 다그쳤다.

헤네트는 고개를 저으며 확신하지 못하는 듯한 어조로 말했다.

"할 말 없어."

"당신은 너무 많은 걸 알고 있어, 헤네트. 늘 너무 많은 걸 말이야. 이제껏 그걸 즐겼지만, 지금은 위험해진 거야. 맞지?"

"기다려라, 레니센브. 언젠가 내가 이 집안의 채찍을 들 날이 올 테니. 그걸 갈겨 댈 거야. 두고 봐."

레니센브가 눈살을 찌푸렸다.

"당신은 결코 날 해치지 못해, 헤네트. 엄마가 보고만 있지는 않을 거라고."

헤네트의 낯빛이 변하고 눈동자가 이글거렸다.

"난 네 어미를 증오했어. 늘 증오했지……. 그리고 그녀의 눈, 그녀의 목소리, 그녀의 미모와 오만함을 지닌 너도. 난 널 증오해, 레니센브."

레니센브가 웃었다.

"마침내 내가 실토하게 만들었군!"


IV

에사 할멈이 절뚝거리며 자기 방으로 들어갔다.

그녀는 몹시 혼란스럽고 지쳐 있었다. 마침내 나이가 통행세를 뜯어 가는구나 싶었다. 지금껏 몸이 지친 건 인정했지만, 마음이 지치는 줄은 모르고 살아 왔다. 하지만 지금은 채 가시지 않은 정신적 긴장이 몸뚱이 곳곳에서 세금을 떼어 가고 있음을 인정할 수밖에 없었다.

이제 그녀는 어느 곳에서 위험이 닥쳐올지 알 듯했다. 하지만 그 깨달음이 정신적 휴식을 가져다주지는 않았다. 오히려 의도적으로 자신을 부각시킨 뒤부터, 훨씬 더 감시에 만전을 기해야 했다. 증거, 증거, 증거를 찾아야 한다……. 하지만 어떻게?

그녀는 자신의 나이가 걸림돌이라는 것을 깨달았다. 즉흥적으로 행동하기에는, 정신적이고 창조적인 노력을 하기에는 너무 노쇠했다. 그녀가 할 수 있는 것은 방어뿐이었다. 항상 경계하고, 조심하고, 스스로를 보호하는 것.

살인자가 또 다른 살인을 할 것이다. 그녀는 애초에 유령 따위는 믿지 않았다.

물론 그녀는 다음 희생자가 될 뜻이 전혀 없었다. 살해 수단으로는 독이 사용될 게 틀림없다고 생각했다. 그녀는 항상 하인들에게 둘러싸여 있어 혼자인 적이 없었으므로 폭력을 사용할 리는 없었다. 따라서 독이 쓰이리라. 그거라면 막을 수 있다. 레니센브가 음식을 만들어 직접 가져올 테니까.

그녀는 포도주 거치대와 단지를 자기 방으로 들여 노예한테 맛보게 한 뒤, 스물네 시간 동안 어떤 증세가 나타나지 않는지 꼭 확인했다. 그녀는 음식과 술을 레니센브와 함께 먹었다. 물론 레니센브는 걱정하지 않았다. 아직은. 어쩌면 레니센브를 걱정할 필요가 없을지 모른다. 영원히. 하지만 그것도 확신할 수는 없었다.

간간이 그녀는 꼼짝 않고 앉아, 지친 두뇌를 굴려 진실을 입증할 수단을 짜내 보았다. 그리고 어린 하녀가 리넨 드레스에 풀을 먹이고 주름 잡는 모습을 바라보거나, 목걸이와 팔찌를 다시 차곤 했다.

이날 저녁 그녀는 몹시 피곤했다. 임호테프가 레니센브의 결혼식 문제를 딸에게 직접 말하기 전에 상의하고 싶다고 했기 때문이었다.

쪼그라들고 초조해진 임호테프의 모습은 과거의 그림자일 뿐이었다. 그에게서 거만함과 자신감은 자취를 감췄다. 이제는 모친의 군건한 의지와 결심에 기댈 뿐이었다.

에사는 그릇된 발언을 할까 봐 몹시 경계했다. 분별없는 말 한마디에 여러 목숨이 오락가락하는 상황이므로.

"그래, 결혼은 현명한 생각이다."

마침내 그녀가 말했다. 그리고 시간이 없으니 좀 더 훌륭한 가문의 남편감을 찾아 멀리 돌아다닐 수도 없다고 했다. 결국 여자 쪽이 중요하다면서. 레니센브의 남편은 아내와 자식들 몫으로 남겨진 유산을 관리하는 일만 하게 될 거라고.

결국 오랜 세월 우정을 입증한 성실한 사내이자 임호테프의 영지에 인접한 농지를 가진 소규모 영주의 아들인 호리냐, 아니면 사촌 뻘인 젊은 카메니냐 하는 문제로 귀착되었다.

에사는 이들을 신중하게 저울질한 뒤에 입을 열었다. 지금은 그릇된 말 한마디가 불행을 빚을 수 있으므로.

그녀는 꼿꼿한 성품에 걸맞게 힘주어 카메니가 레니센브의 남편감으로 적임자라고 대답했다. 둘의 결혼식과 피로연은 최근의 흉사를 고려해 절차를 대폭 생략하여 일주일 안에 치르기로 했다. 레니센브가 원한다면 그렇게 하는 게 좋겠다고 했다. 카메니는 젊고 훌륭한 사내였다. 둘은 함께 아이들을 건강하게 키우리라. 더욱이 둘 다 서로를 사랑하고 있었다.

'그래, 주사위는 던져졌어.'

에사는 생각했다. 이제 그 문제는 놀이판에서 벗어났다. 그녀의 손을 떠난 것이다. 그녀는 합당한 조치를 취했다. 모험일지도 모르지만, 사실 에사는 이파이 못지않게 게임을 좋아했다. 삶에서 중요한 것은 안전이 아니었다. 고난을 극복해야 게임에서 승리하는 법이다.

그녀는 자기 방으로 돌아와 미심쩍은 눈길로 주위를 둘러보았다. 특히 커다란 포도주 단지를 점검했다.

방을 나설 때와 다름없이 덮개가 씌워져 밀봉돼 있었다. 그녀는 방을 나설 때면 늘 단지 주둥이를 밀봉했다.

그렇다. 그런 위험을 감수할 수는 없었다. 에사는 만족스런 미소를 띠며 심술궂게 낄낄거렸다.

'노파를 죽이기는 그리 쉽지 않아. 노파들은 삶의 가치를 알지. 그리고 속임수를 거의 다 알아.'

그녀가 어린 하녀를 불러 물었다.

"호리는 어디 있지?"

하녀는 묘소 석실에 올라간 것 같다고 대답했다.

에사가 만족한 듯 끄덕였다.

"그리 올라가서 전하거라. 내일 아침 임호테프와 야호모세가 회계 문제로 카메니를 데리고 경작지에 나가 있을 때, 그리고 카이트가 아이들과 호숫가에 있을 때, 내 방으로 오라고 말이다. 알아들었느냐? 들은 대로 말해 보거라."

어린 하녀가 대답하자, 에사가 그녀를 내보냈다.

그래, 만족스런 계획이다. 헤네트를 천 짜는 헛간에 심부름 보내고 나서 호리와 은밀하게 논의할 것이다. 다가올 일을 그에게 일러 주고, 자유롭게 대화를 나눌 수 있으리라.

흑인 노예가 돌아와 분부대로 하겠다는 호리의 메시지를 전하고 나서야 에사는 안도의 한숨을 내쉬었다. 피로감이 홍수처럼 온몸에 밀려들었다.

그녀는 하녀에게 향기로운 고약 단지를 가져다 팔다리에 바르고 마사지하라고 지시했다.

안마가 긴장을 누그러뜨리고, 고약이 뼈의 통증을 완화했다.

그녀는 마침내 몸이 늘어져 머리를 목침에 대고 잠이 들었다……. 그 순간만큼은 두려움이 가라앉았다.

한참 뒤, 그녀는 싸늘한 기분이 들어 잠에서 깼다. 발과 손이 시체처럼 뻣뻣했다. 마치 온몸이 수축되는 것 같았다. 뇌가 뻣뻣해져 의지가 마비되고 심박이 떨어지는 것을 느낄 수 있었다.

그녀는 생각했다.

'이것이 죽음이로구나…….'

이상한 죽음. 경고의 징후가 전혀 없는 갑작스런 죽음.

늙은이의 죽음이 이런 것이구나 하고 그녀는 생각했다.

그때 퍼뜩 더욱 강한 확신이 뇌리를 스쳤다. 이건 자연스런 죽음이 아니야. 어둠 속에서 찾아온 적의 소행이었다.

독…….

하지만 어떻게? 그녀가 먹고 마시는 모든 음식은 검사를 거쳐 안전을 확인했다. 허점이 있을 리 만무였다.

그렇다면 어떻게? 언제?

맥없이 깜빡이는 마지막 지혜를 짜내, 그녀는 이 불가사의를 파헤치려 애썼다. 알아야만 했다. 반드시. 죽기 전에.

그녀는 심장 혈압이 높아지는 것을 느꼈다. 죽음과 같은 싸늘함. 느리고 고통스런 들숨.

적이 어떻게 이런 짓을 저질렀을까?

그러자 갑자기 과거로부터 기억 하나가 쏜살같이 그녀의 머리를 스쳤다. 벗겨진 양가죽……. 냄새나는 기름 덩어리……. 그녀 부친의 실험……. 피부에 흡수되는 독도 있었다. 양털 기름……. 양털 기름으로 만든 고약. 그게 바로 적이 그녀에게 접근한 방법이었다. 이집트 여인의 필수품인 향기로운 고약 단지. 독은 그 속에 들어 있었다…….

내일 호리는 아무것도 모를 것이다……. 그녀는 알려 줄 수가 없다……. 너무 늦었다.

다음 날 아침, 겁에 질린 어린 노예 소녀가 집 안을 뛰어다니며 마님이 자다가 죽었다고 고래고래 소리쳤다.

**여름 둘째 달 16일**

*I*

임호테프는 선 채로 에사의 몸을 내려다보았다. 침통한 얼굴이었지만 미심쩍은 기색은 없었다.

그는 어머니가 고령으로 자연사했다고 말했다.

"늙으셨어. 그래, 너무 늙으셨어. 오시리스에게 가실 때가 된 데다 온갖 고민과 슬픔이 임종을 재촉한 게야. 하지만 충분히 편안하게 돌아가신 것 같구나. 인간이나 악령이 거든 죽음이 아니니, 라 신의 자비에 감사할 따름이다. 폭력의 흔적이 전혀 없잖니. 얼마나 평온한 얼굴인지 보려무나."

레니센브는 흐느꼈고 야흐모세는 식구들을 위로했다. 헤네트는 탄식하며 절레절레 고개를 저었다. 그녀는 에사의 죽음이 큰 손실이며 자신이 늘 그녀에게 헌신적이었다고 떠들었다. 카메니는 노래를 멈추고 애통한 표정을 지었다.

호리가 들어와 죽은 여인을 물끄러미 내려다보았다. 마침 그녀가 찾아오라고 지시한 시각이었다. 그는 그녀가 무슨 말을 하려 했는지 궁금했다.

그녀는 뭔가 명백한 사실을 말하려 한 것이다.

이제 알 도리가 없었다.

어쩌면 추측할 수는 있으리라…….


*II*


"호리……. 할머니는 살해되신 거죠?"

"그런 것 같아, 레니센브."

"어떻게요?"

"모르지."

"하지만 그렇게 조심하셨는데……. 늘 감시하셨어요. 모든 주의를 기울이셨다구요. 먹고 마시는 음식은 모두 검사를 거쳤어요."

그녀의 목소리는 침통하고 혼란스러웠다.

"나도 알아, 레니센브. 하지만 그런데도 살해당하신 것 같아."

"게다가 우리 중 가장 현명한 분이셨는데……. 가장 영리하셨어요! 당신께 어떤 해도 끼칠 수 없다고 자신하셨잖아요. 호리, 마법이 틀림없어요! 사악한 마법, 악령의 주술 말이에요."

"그렇게 믿는 게 가장 쉬울 거다. 사람들은 대개 그렇거든. 하지만 에사 할머니라면 그렇지 않았을 거야. 그분이 아셨다면, 죽기 전에, 잠들어 죽지 않았다면 살아 있는 사람의 소행이라고 믿으셨을 거야."

"그럼 누군지 알고 계셨을까요?"

"그래. 할머니는 자신의 의심을 너무 공공연히 드러냈어. 그게 적을 위협한 거지. 할머니의 죽음은 그분의 의심이 옳았다는 증거야."

"그럼 당신한테 말씀하셨나요? 그게 누군지?"

"아니. 말씀 안 하셨어. 어떤 이름도 언급하지 않았어. 하지만 난 그분 생각과 내 생각이 일치한다고 확신해."

"그렇다면 나한테 말해 줘요, 호리. 그래야 나도 나 자신을 지킬 테니까."

"아니야, 레니센브. 그러기에는 네 안전이 너무 염려되는구나."

"그럼 나는 안전한가요?"

호리의 얼굴이 어두워졌다.

"아니, 레니센브. 안전하지 못해. 어느 누구도 안전하지 못해. 하지만 너는 진실을 모르는 편이 훨씬 안전해. 네가 알게 되면 어떤 위험을 감수하고라도 제거해야 할 명백한 위협이 될 테니까."

"당신은요, 호리? 당신은 알잖아요."

그가 그녀의 말을 고쳐 줬다.

"안다고 생각할 뿐이야. 하지만 아무 말도 안 했고 아무것도 드러내지 않았어. 에사 할머니는 현명하지 못했어. 입을 여셨으니까. 어느 방향으로 생각하는지 드러내신 거야. 그러지 말았어야 했는데……. 나도 나중에서야 그렇게 말씀드렸어."

"하지만 호리……. 당신한테 무슨 일이 일어나면……."

그녀가 말을 멈췄다. 그녀는 호리가 자신의 눈을 들여다보고 있다는 것을 느꼈다.

그녀의 정신과 마음을 꿰뚫어 보는, 진지하고 집요한 시선.

그는 그녀의 손을 살며시 쥐었다.

"내 걱정은 말거라, 꼬마 레니센브……. 다 잘될 거야."

'그래, 호리가 그렇게 말한다면 다 잘될 거야.'

그녀는 생각했다.

이상하게도 편안하고, 평온하고, 맑고 즐거운 행복감이 밀려왔다. 묘소에서 내려다보는 먼 세상처럼 아득하고 사랑스런 느낌. 소란스런 인간의 욕구와 구속이 없는 세상.

갑자기, 매서울 정도로 힘주어 그녀가 입을 열었다.

"곧 카메니와 결혼해요."

호리가 조용하고 자연스럽게 그녀의 손을 놓았다.

"알고 있다, 레니센브."

"사람들은, 그리고 아버지는 그게 최선이라고 생각해요."

"알아."

그가 멀어져 갔다.

마당 담벼락이 훨씬 더 가깝게 느껴지고, 집 안에서 들려 오는 소리와 집 밖 옥수수 창고에서 나는 소리가 점점 더 크고 시끄럽게 들렸다.

레니센브의 마음속에는 단 한 가지 생각뿐이었다.

'호리가 가고 있어……'

그녀가 낮은 목소리로 그를 불렀다.

"호리, 어디 가는 거죠?"

"야흐모세와 함께 밭으로……. 처리하고 기록할 일이 많아. 수확이 거의 끝났거든."

"카메니는요?"

"카메니도 함께 간단다."

레니센브가 소리쳤다.

"전 이곳이 무서워요. 그래요. 심지어 모든 하인들이 주위에 있고 라 신이 천상을 항해하는 낮에도, 전 무서워요."

호리가 재빨리 돌아왔다.

"겁먹지 말거라, 레니센브. 장담하건대 겁먹을 필요 없어. 적어도 오늘은……"

"하지만 오늘이 지난 뒤에는요?"

"오늘은 무사히 살 수 있어……. 그리고 맹세코 오늘 넌 괜찮을 거다."

레니센브는 그를 바라보며 얼굴을 찡그렸다.

"하지만 우리는 위험에 처해 있어요. 야흐모세 오빠, 아버지, 나. 첫 번째 대상이 내가 아니다……. 그렇게 생각하는 거죠?"

"생각하지 않도록 애써 보렴, 레니센브. 내가 최선을 다하고 있으니까. 물론 겉보기에는 아무것도 안 하는 것 같겠지만……."

"알았어요……."

레니센브는 골똘한 표정으로 그를 바라보았다.

"네, 알았어요. 야흐모세 오빠가 첫 번째겠죠. 적이 두 번이나 독살을 기도했지만 실패했으니까. 세 번째 시도가 있을 거예요. 그래서 당신이 오빠 곁에 붙어 있는 거겠죠. 보호하려고. 그리고 그 후에는 아버지와 내 차례가 오겠죠. 대체 누가 이토록 우리 가족을 증오하는지……."

"쉿. 그런 말은 하지 않는 게 좋아. 날 믿으렴, 레니센브. 마음에서 두려움을 지우려고 애써 봐."

레니센브가 고개를 뒤로 젖혔다. 그리고 당당하게 그를 마주 보았다.

"당신을 믿어요, 호리. 당신은 내가 죽게끔 내버려 두지 않을 거예요. 나는 삶을 무척 사랑해요. 아직 떠나고 싶지 않아요."

"떠날 일 없을 거야, 레니센브."

"당신도요, 호리."

"나도."

그들은 서로에게 미소 지었고, 잠시 후 호리가 야흐모세를 찾으러 갔다.

*III*

레니센브는 주저앉아 카이트를 바라보았다.

그녀는 호수에서 물을 퍼다 진흙으로 장난감을 만드는 아이들을 돕고 있었다. 그녀의 손가락은 흙을 주물러 빚느라 바빴고, 그녀의 목소리는 진지한 꼬마 둘의 작업을 독려했다. 카이트의 얼굴은 평소와 다름없이 애정 어리고, 꾸밈없고, 무표정했다. 주위를 둘러싼 광포한 죽음과 끊임없는 공포 속에서도 아무런 영향을 받지 않는 듯…….

호리가 생각하지 말라고 당부했건만, 레니센브는 아무리 애를 써도 그럴 수가 없었다. 호리가 적이 누군지 알아냈다면, 에사가 그것을 알아냈다면, 그녀 또한 알지 못할 이유가 있겠는가. 모르는 게 더 안전할 수도 있지만, 그걸로 만족할 사람은 아무도 없었다. 그녀는 알고 싶었다.

그리고 썩 어려운 일도 아니었다. 사실 아주 간단했다. 그녀의 아버지가 자식을 살해할 리 없다는 건 확실하다. 그렇다면 누가 남는가? 두말할 나위 없이 카이트와 헤네트, 두 사람이 남는다.

둘 다 여자이고, 물론 살해 동기는 전혀 없었다.

하지만 헤네트는 모두를 증오하고 있었다. 그래, 틀림없이 헤네트는 모두를 증오하고 있었다. 레니센브를 증오한다는 것은 이미 인정했으니 나머지도 똑같이 증오하지 않을 이유가 있겠는가?

레니센브는 음침하고 일그러진 헤네트의 마음속 후미진 곳에 자신을 투영해 보려 애썼다. 그 오랜 세월 이 집에 살면서, 일에 매달리고, 자신의 헌신을 주장하고, 거짓말하고, 엿듣고, 이간질하고……. 그녀는 오래전에 아름답고 훌륭한 여인의 가난한 친척으로 이 집에 들어왔다. 그 사랑스런 여인이 남편과 아이들 속에서 행복하게 사는 모습을 지켜보았다. 남편에게 이혼당하고, 단 하나뿐인 자식은 죽고……. 그래, 그렇게 된 건지 모른다. 언젠가 레니센브가 경험했던, 작살에 찔린 상처처럼. 살갗은 금세 나았지만, 속으로는 고름이 맹렬히 차올라 팔이 붓고 단단해졌다.

그러자 의사가 찾아와 적당한 주문을 외면서, 붓고 단단해진 뒤틀린 팔에 작은 칼을 쑤셔 넣었다. 마치 용수로 제방이 붕괴되는 것 같았다. 악취를 풍기며 거대한 물줄기처럼 터져 나오는 고름…….

어쩌면 헤네트의 마음이 그랬으리라. 슬픔과 상처가 너무 빨리 가라앉아 속으로 독기가 곪고, 증오와 원한의 거대한 파도가 계속 차오른 것이다.

하지만 헤네트가 임호테프마저 증오했을까? 물론 그것은 아닐 것이다. 수년간 그의 주위를 맴돌며 알랑거리고 아첨했으니……. 그는 그녀를 절대적으로 신뢰했다. 그런 헌신이 죄다 거짓일 리는 없지 않은가?

그리고 그녀가 정말로 헌신한다면, 그에게 이 모든 고통과 손실을 주지는 않을 것이다.

하지만 그 역시 늘 증오했다고 가정해 보자. 그의 약점을 끌어낼 속셈으로 일부러 알랑거렸다면? 임호테프야말로 그녀가 가장 증오한 사람이었다면? 그렇다면 일그러지고 사악한 마음에 이보다 더 큰 즐거움이 있겠는가? 자기 자식들이 차례로 죽어 나가는 광경을 지켜보게 만드는 즐거움…….

"왜 그래, 아가씨? 표정이 너무 이상해."

카이트가 빤히 쳐다보고 있었다.

"아무래도 토할 것 같아요."

레니센브가 일어서며 말했다. 한편으로는 사실이었다. 머릿속에 떠오른 그림 때문에 실제로 강한 욕지기를 느낀 터였다. 카이트는 그 말을 곧이곧대로 받아들였다.

"설익은 대추야자를 너무 많이 먹었나 보네. 아니면 생선이 상했거나."

"아니, 아니에요. 음식 때문이 아냐. 우리가 겪고 있는 끔찍한 일 때문이에요."

"아, 그거."

카이트의 대꾸가 너무 태연해서 레니센브는 그녀를 물끄러미 쳐다보았다.

"언니는 겁 안 나요?"

카이트가 곰곰이 생각하며 말했다.

"아마 그럴걸. 아버님에게 무슨 일이 생기면 아이들은 호리가 보호하겠지. 호리는 정직한 사람이니 아이들의 유산을 지켜 줄 거야."

"야흐모세 오빠가 하면 되잖아요."

"아주버님도 죽을 거야."

"카이트 언니, 너무 담담하게 말하잖아요. 걱정도 안 돼요? 아버지와 야흐모세 오빠가 죽는 게?"

카이트는 잠시 생각에 잠겼다. 그러고는 어깨를 으쓱했다.

"우리 둘 다 여자야. 솔직해져 보자. 난 늘 아버님이 독재적이고 부당하다고 생각했어. 자기 첩 문제를 터무니없이 처리했지. 그 여자 말만 듣고 자기 혈육의 상속권을 박탈했으니까. 난 아버님을 좋아한 적이 없어. 그리고 아주버님은 너무 무능해. 사사건건 사티피 형님의 통제를 받았지. 그런데 그녀가 죽자, 요즘은 권위를 세우고 명령을 내리기까지 해. 늘 내 아이들보다 자기 자식을 챙기려 하겠지. 그건 당연해. 그러니 그가 죽으면, 오히려 내 아이들이 유리해지는 거야. 내 생각은 그래. 호리는 자식도 없고 공정해. 최근에 벌어진 일들은 모두 혼란스럽지만, 요즘은 그게 최선일 거라는 생각이 들어."

"어쩜 그렇게 냉정하게 말할 수 있어요? 언니가 사랑하던 남편이 맨 처음 살해됐는데도?"

어떤 알 수 없는 희미한 표정이 카이트의 얼굴에 스쳤다. 그녀는 조롱하듯 냉소적인 눈길로 레니센브를 바라보았다.

"아가씨는 가끔 테티와 너무 닮았어, 누가 봐도 딱 그 또래야!"

레니센브가 느릿느릿 말했다.

"소베크 오빠의 죽음을 슬퍼하지 않는군요, 카이트 언니. 그렇죠. 방금 그걸 느꼈어요."

"아가씨, 난 할 도리를 다 했어. 막 과부가 된 여자가 어떻게 행동해야 하는지 잘 알고 있지."

"그래……. 그게 다로군요……. 결국, 소베크 오빠를 사랑하지 않았단 거군요?"

카이트가 어깨를 으쓱했다.

"꼭 그래야 하나?"

"언니! 소베크 오빠는 언니 남편이었잖아요. 아이들 아빠였고."

카이트의 표정이 누그러졌다. 그녀는 진흙 놀이에 열중한 두 꼬마를 내려다보다가, 앙크가 데굴데굴 구르고 혼자 옹알거리며 작은 두 다리를 휘젓는 모습을 바라보았다.

"그래, 나한테 아이들을 줬지. 그건 고맙게 생각해. 하지만 결국 어떤 인간이었지? 잘생긴 허풍선이. 늘 다른 여자만 찾던 사내. 우리 모두에게 이로울 건전한 첩을 정식으로 집에 데려오지도 않았어. 아니, 유곽을 들락거리며 돈이나 펑펑 쓰고, 술까지 퍼 대면서 제일 비싼 무희나 찾았지. 아버님이 자식을 그렇게 일찍 보낸 건 다행이었어. 소베크가 농장 사업에서 손을 떼야 했던 것도 말이야. 그런 사내한테 무슨 놈의 사랑과 존경이야? 그리고 남자가 대체 뭐야? 자식을 낳는 데 필요하다는 거, 그게 다야. 하지만 인류의 힘은 여자들한테 있어. 자식들에게 모든 걸 물려주는 우리한테 있어, 아가씨. 남자들은 씨나 뿌리고 일찍 죽으라 그래……."

조롱과 경멸이 담긴 카이트의 목소리가 악기의 음색처럼 고조되었다. 못생기고 아둔했던 그녀의 얼굴이 어느새 변해 있었다.

레니센브는 머릿속이 어지러웠다.

'올케언니는 강한 여자야. 설령 아둔하다 해도 그 아둔함에 스스로 만족해. 그녀는 남자를 증오하고 경멸해. 미리 알았어야 했어. 전에도 이런 표정, 이 섬뜩한 표정을 얼핏 본 적이 있어. 그래, 언니는 강한 여자야……'

무심코 레니센브의 시선이 카이트의 손에 꽂혔다. 그녀의 손은 진흙을 주물러 짜고 있었다. 강하고 억센 손이 진흙을 짓누르는 모습을 보면서, 레니센브는 이파이를 생각했다. 그리고 그의 머리를 물속에 처박고 냉혹하게 짓누르는 힘센 손을 떠올렸다. 그래, 카이트의 손이라면 그랬을지도…….

어린 계집애 앙크가 데굴데굴 구르다 뾰족한 가시에 찔리자 울음을 터뜨렸다. 카이트가 달려가 아이를 들어 품에 안고 달랬다. 이제 그녀의 얼굴에는 사랑과 연민이 가득했다. 헤네트가 현관에서 달려왔다.

"뭐가 잘못됐어? 애가 시끄럽게 울던데. 난 또 혹시……."

그녀가 실망스럽게 입을 다물었다. 어떤 재앙을 기대했던 탐욕스럽고 비열하고 악랄한 얼굴이 금세 사라졌다.

레니센브는 두 여자의 얼굴을 번갈아 바라보았다.

한쪽은 증오, 다른 한쪽은 사랑. 그녀는 고민했다. 어느 쪽이 더 섬뜩할까?

*IV*

"야흐모세 오빠, 조심해. 카이트 언니를 조심해."

야흐모세가 놀란 표정을 지었다.

"카이트? 내 착한 동생 레니센브야……."

"분명히 말해 두지만 위험한 여자야."

"그 조용한 제수씨가? 늘 온순하고 순종적인 여자였지만 썩 똑똑하지는……."

레니센브가 말을 잘랐다.

"온순하지도 순종적이지도 않아. 난 올케언니가 무서워, 오빠. 제발 몸조심해."

그는 여전히 미덥지 않은 듯 말했다.

"제수씨 때문에? 그녀가 죽음을 퍼뜨렸다는 건 믿기 어려워. 그럴 머리가 아니야."

"내가 보기에 중요한 건 머리가 아냐. 독에 대한 지식, 필요한 건 그뿐이었어. 종종 그런 지식이 전해 내려오는 집안이 있다는 건 오빠도 알잖아. 어머니가 딸에게 전수하거든. 약초로 그런 약을 직접 만들지. 카이트 언니는 그런 지식을 손쉽게 전수받았을지 몰라. 알다시피 아이들이 아플 때 카이트 언니가 약을 지어 주잖아."

"그래, 그건 그렇지."

야흐모세가 골똘한 얼굴로 말했다.

"헤네트도 사악한 여자야."

레니센브가 계속 이야기했다.

"헤네트……. 맞아. 우린 그녀를 좋아한 적이 없어. 사실 아버지가 싸고돌지만 않는다면……."

"아버지는 그녀한테 속고 계셔."

레니센브가 말했다.

야흐모세가 무덤덤하게 덧붙였다.

"그럴지도 모르지. 그녀의 아첨에 놀아나시니까."

레니센브는 놀란 얼굴로 잠시 그를 바라보았다. 야흐모세가 임호테프를 비난하기는 이번이 처음이었다. 항상 아버지를 무서워하는 것 같았는데.

하지만 그녀는 이제 야흐모세가 점점 주도권을 잡아가고 있음을 깨달았다. 임호테프는 지난 몇 주 동안 몇 년은 더 늙어 버린 듯했다. 이제는 명령이나 결정을 내릴 능력이 없었다. 막이 덮인 듯 멍한 눈으로 몇 시간씩 앞만 바라보았다. 이따금 귀에 들리는 말조차 이해하지 못하는 것 같았다.

"오빠 생각에는 그녀가……."

레니센브가 얼른 입을 닫았다. 그녀는 주위를 둘러보고 다시 말했다.

"오빠 생각에는 그녀가……. 혹시…… 그……."

야흐모세가 레니센브의 팔을 잡았다.

"말하지 마, 레니센브. 그런 말은 하지 않는 게 좋아. 귓속말도."

"그럼 역시 오빠도……."

야흐모세가 부드럽고 다급하게 말했다.
"지금은 아무 말 말거라. 나한테 생각이 있어."

### 여름 둘째 달 17일

*I*

 이튿날은 신월제(新月祭)였다. 임호테프는 묘소로 올라가 공양을 드렸다. 야흐모세가 이번 일을 맡겨 달라고 간청했지만, 임호테프는 끝내 고집을 부렸다. 과거의 권위를 맥없이 흉내 내는 듯한 태도로 그가 중얼거렸다.
 "내가 직접 살피지 않으면, 일이 제대로 되는지 믿을 수가 있느냐? 내가 임무를 회피한 적이 있더냐? 내가 너희 모두를 먹여살리고 부양하지 않았다면……."
 그의 목소리가 갑자기 멎었다.
 "모두……? 아, 잊고 있었다. 내 두 용감한 아들……. 잘생긴 소베크, 영리하고 사랑스런 이파이. 그들이 내 곁을 떠났어. 야흐모세와 레니센브, 내 사랑스런 아들딸……. 너흰 아직 살아 있구나. 하지만 얼마나 오래갈지……. 얼마나 오래…….”

"오래오래 살 겁니다."

야흐모세가 말했다.

그는 귀머거리를 대하듯 조금 크게 말했다.

"뭐라고?"

임호테프는 혼수상태에 빠진 사람 같았다.

그가 갑자기 뜻밖의 말을 했다.

"그건 헤네트한테 달렸어. 안 그러냐? 맞아. 헤네트한테 달렸어."

야흐모세와 레니센브가 눈길을 주고받았다.

"그게 무슨 말씀입니까, 아버지?"

임호테프가 어떤 말을 중얼거렸지만 두 사람은 알아듣지 못했다. 그는 곧 목청을 높여 둔하고 멍한 눈으로 말했다.

"헤네트는 날 이해해. 늘 그랬지. 그녀는 내 책임이 얼마나 큰지 잘 알아. 얼마나 큰지 말이야. 그래, 얼마나 큰지……. 그런데도 난 늘 배은망덕했어……. 그러니 벌을 받는 게야. 그건 당연한 관례일 게다. 철면피는 벌을 받아야 돼. 헤네트는 늘 얌전하고, 겸손하고, 헌신적이었어. 보답을 해야 돼……."

그는 눈살을 찌푸리고 거만하게 말했다.

"이해하거라, 야흐모세. 헤네트가 원하는 건 뭐든 주거라. 그녀의 지시를 따라야 해!"

"하지만 어째서죠, 아버지?"

"왜냐하면 내가 그렇게 말하니까. 왜냐하면 헤네트가 원하는 대로 해 주어야 더 이상 죽음이 없을 테니까……."

그는 현자처럼 고개를 끄덕이며 자리를 떴다. 어리둥절 놀라 서로를 바라보는 야흐모세와 레니센브를 남겨 둔 채.

"저게 대체 무슨 소리야, 오빠?"

"모르겠다, 레니센브. 이따금 아버지의 말과 행동이 더 이상 정상이 아니라는 생각이 드는구나……."

"아냐, 아닐 거야. 하지만 오빠, 헤네트의 말과 행동은 농담이 아닌 것 같아. 불과 이틀 전에 나한테, 자기가 곧 이 집에서 채찍을 휘두를 거라고 말했어."

그들은 서로를 바라보았다. 야흐모세가 레니센브의 팔에 손을 올렸다.

"그녀한테 화내지 마. 넌 감정을 너무 드러내, 레니센브. 아버지 말씀 들었지? 헤네트가 원하는 대로 하면 더 이상 죽음이 없을 거라고……."


*II*

헤네트는 창고 한쪽에 웅크리고 주저앉아 천 더미를 세고 있었다. 그것들은 오래된 천이었고, 그녀는 그중 하나에 새겨진 표시를 눈 가까이 댔다.

그녀가 중얼거렸다.

"아샤예트……. 아샤예트의 천. 그녀가 여기 온 해가 적혀 있어. 그녀와 내가 함께 말이야. 오래전 일이로군. 혹시 아는지 모르겠네. 당신 천이 지금 뭣에 쓰이고 있는지, 아샤예트?"

그녀는 말을 멈추고 낄낄대다가, 무슨 소리가 나자 흠칫 놀라 어깨 너머로 힐끔거렸다. 야흐모세였다.

"뭐 하는 거지, 헤네트?"

"염장이들이 천을 더 달래. 천을 몇 더미나 써 버렸거든. 어제만 400큐빗(고대 이집트에서 사용한 길이 단위로 1큐빗은 약 45센티미터 — 옮긴이)을 썼어. 이놈의 장례식 때문에 천이 남아나질 않아! 아무래도 이 낡은 것들을 써야겠어. 질도 좋고 해지지도 않았으니까. 네 어머니 천이다, 야흐모세. 그래, 네 어머니 천……."

"누구 허락을 받은 거지?"

헤네트가 웃었다.

"임호테프가 나한테 모든 걸 맡기셨다. 그러니 허락 따윈 필요 없어. 그분은 늙고 가련한 이 헤네트를 믿으시지. 내가 모든 일을 제대로 처리하리라 믿고 계셔. 난 오랫동안 이 집안의 거의 모든 일을 도맡아 해 왔어. 이제 그 보상을 받아야겠다!"

야흐모세의 말투가 부드러워졌다.

"그런 것 같군, 헤네트. 아버지가 말씀하셨지."

그가 잠시 말을 멈췄다.

"모든 일은 당신한테 달렸다고."

"그래? 그것 참 듣기 좋은 말이구나. 하지만 네 생각은 다르겠지, 야흐모세."

"글쎄⋯⋯. 잘 모르겠군."

야흐모세는 여전히 부드러운 말투로 그녀를 유심히 바라보았다.

"네 아버지 뜻에 따르는 게 좋을 게다, 야흐모세. 다들 더 이상의 말썽을 원하지 않으니까. 그렇지?"

"무슨 말인지 모르겠군. 당신 말은⋯⋯, 더 이상 죽음을 원치 않는다는 건가?"

"앞으로 죽음이 더 있을 게다, 야흐모세. 암, 그렇고말고⋯⋯."

"다음 차례는 누구지, 헤네트?"

"어째서 내가 그걸 알 거라고 생각하지?"

"왜냐하면 당신은 늘 많은 걸 알고 있으니까. 일전에 이파이가 죽으리라는 것도 알고 있었지⋯⋯. 당신은 아주 영리해, 헤네트."

헤네트가 코웃음을 쳤다.

"너도 이제 그걸 깨닫기 시작했구나. 난 더 이상 가련하고 멍청한 헤네트가 아냐. 진실을 아는 사람이지."

"뭘 알고 있지, 헤네트?"

헤네트의 목소리가 낮고 매섭게 변했다.

"결국 내가 이 집안을 마음대로 휘두를 수 있다는 걸 말이다. 나를 막을 자는 아무도 없어. 임호테프는 이미 나에게 의지하고 있지. 그리고 너도 그렇게 될 게다. 안 그러냐, 야흐모세?"

"그럼 레니센브는?"

헤네트가 낄낄거렸다. 심술궂고 즐거워하는 웃음.

"레니센브는 여기 없을 게야."

"레니센브가 다음 희생자라는 거야?"

"네 생각은 어떠냐, 야흐모세?"

"난 당신 대답을 기다리고 있어."

"단지 레니센브가 재혼할 거란 뜻이었다. 멀리 떠날 거라고."

"무슨 뜻이지, 헤네트?"

헤네트가 키득거렸다.

"언젠가 에사가 내 혀는 위험하다고 했지. 어쩌면 그럴지도! 자, 야흐모세, 어떠냐? 결국 내가 이 집안에서 활개를 칠 것 같으냐?"

그녀는 몸을 앞뒤로 흔들며 귀에 거슬리는 웃음을 쏟아냈다.

야흐모세는 잠시 뚫어져라 쳐다보다 말을 꺼냈다.

"그래, 헤네트. 아주 영리하군. 마음대로 해."

방을 나선 야흐모세는 중앙 홀에서 나오는 호리와 마주쳤다. 호리가 말했다.

"여기 있었군, 야흐모세. 임호테프께서 자넬 기다리고 계셔. 묘소에 올라갈 시간이야."

야흐모세가 고개를 끄덕였다. 그가 낮은 목소리로 말했다.

"곧 가지. 호리……. 헤네트가 미친 것 같아. 악마한테 홀린 게 틀림없어. 그녀가 이 모든 사건의 범인이라는 생각이 들기 시작해."

그는 잠시 멈췄다가 조용하고 태연한 목소리로 말했다.

"이상한 여자야. 그리고 사악해."

야흐모세는 한층 더 목소리를 낮췄다.

"호리, 아무래도 레니센브가 위험해."

"헤네트 때문에?"

"그래. 방금 다음 차례는 레니센브라고 넌지시 말했거든."

임호테프의 짜증스런 목소리가 들려왔다.

"나더러 온종일 기다리라는 게냐? 이게 무슨 짓거리야? 더 이상 아무도 날 신경 쓰지 않는구나. 내 고통을 아무도 헤아리지 않아. 헤네트는 어디 있지? 헤네트는 이해할 게다."

창고 안에서 헤네트의 의기양양한 웃음소리가 요란하게 흘러나왔다.

"들었지, 야흐모세? 헤네트! 헤네트뿐이야!"

야흐모세가 나지막이 말했다.

"그래, 헤네트. 알아. 당신이 권력자로군. 당신과 아버지와 나……. 우리 셋이……."

호리가 임호테프를 찾으러 갔다. 야흐모세가 몇 마디 더 하자 헤네트가 고개를 끄덕였다. 헤네트의 얼굴은 악랄한 승리감으로 번득였다.

이윽고 야흐모세가 호리와 아버지를 만나 늦은 점을 사과한 다음 세 남자는 함께 묘소로 올라갔다.

*III*

레니센브에게는 하루가 더디게 흘러갔다.

그녀는 초조한 마음에 집에서 현관으로, 호수로, 다시 집으로 돌아오며 서성거렸다.

정오에 집으로 돌아온 임호테프가 식사를 마치고 현관으로 나가자, 레니센브가 그를 맞이했다.

그녀는 두 손으로 무릎을 감싸고 앉아 이따금 아버지의 얼굴을 올려다보았다. 여전히 멍하고 혼란스런 표정이었다. 임호테프는 말없이 한두 차례 깊은 한숨만 내쉬었다.

그가 일어나 헤네트를 불렀지만 때마침 그녀는 리넨 천을 들고 염장이들에게 가고 없었다.

레니센브는 아버지에게 호리와 야흐모세가 어디 있는지 물었다.

"호리는 아마 밭에 나갔다. 장부를 정리할 게 있거든. 야흐모세는 농장에 있고. 이제 전부 그 녀석이 맡아서 해……. 소베크와 이파이가 아쉽구나! 내 아들들……. 내 잘생긴 아들놈들……."

레니센브는 재빨리 화제를 돌렸다.

"카메니가 일꾼들을 감독할 순 없나요?"

"카메니? 카메니가 누구냐? 그런 이름을 가진 아들은 없다."

"카메니는 필경사예요. 제 남편 될 사람 말이에요."

그는 딸을 빤히 쳐다보았다.

"레니센브, 네 남편? 넌 크하이와 결혼할 거야."

그녀는 말없이 한숨을 쉬었다. 그를 현재로 되돌리는 건 어쩐지 잔인한 짓 같았다. 하지만 잠시 후 그가 일어나 갑자기 소리쳤다.

"물론 알지, 카메니! 그 친구 양조장 감독에게 지시를 내리러 갔다. 가서 만나 봐야겠구나."

그는 혼자 중얼거리며 성큼성큼 걸어갔다. 예전 모습을 되찾은 것 같아 레니센브는 조금 마음이 놓였다.

어쩌면 그의 혼탁한 정신은 일시적인 것일 수도 있었다.

그녀는 주위를 둘러보았다. 고요한 집과 마당 주위에 불길한 기운이 감돌았다. 아이들은 멀리 반대편 호숫가에 있었다. 아이들 곁에 카이트가 없었다. 레니센브는 그녀가 어디 있는지 궁금했다.

그때 헤네트가 현관으로 나왔다. 그녀는 주위를 둘러본 다음 슬그머니 레니센브에게 다가왔다. 알랑거리고 얌전을 떠는 예전 모습으로 돌아와 있었다.

"널 따로 만날 수 있기를 기다렸다, 레니센브."

"무슨 일이지, 헤네트?"

헤네트가 목소리를 낮췄다.

"너한테 전할 말이 있거든. 호리의 전갈이야."

"뭐라고 했는데?"

레니센브의 목소리가 간절했다.

"묘소로 올라오라더구나."

"지금 말이야?"

"아니. 일몰 한 시간 전에. 그게 다야. 자기가 거기 없으면 올 때까지 기다려 달라더구나. 중요한 일이라면서."

헤네트가 말을 멈췄다. 그리고 이내 덧붙였다.

"너한테 이 말을 전하려고 기다렸어. 아무도 엿듣지 못하게……."

헤네트가 미끄러지듯 사라졌다.

레니센브는 마음이 가벼워지는 것을 느꼈다. 평온하고 고요한 묘소로 올라갈 생각을 하니 기뻤다. 호리를 만나 터놓고 이야기할 생각을 하니 마음이 들뜨기까지 했다. 단지 조금 놀라운 것은 그가 헤네트에게 부탁했다는 사실이었다.

하지만 비록 헤네트가 심술궂긴 해도 메시지는 충실히 전달했다.

레니센브는 생각했다.

'그리고 나에겐 헤네트를 무서워할 이유도 없잖아? 난 그녀보다 강해…….'

그녀는 당당하게 일어섰다. 젊고 대담하고 팔팔해진 느낌이었다.


*IV*

레니센브에게 메시지를 전한 뒤, 헤네트는 다시금 리넨 창고로 들어갔다. 그녀는 혼자 조용히 웃고 있었다.

그녀는 널브러진 천 더미 위로 몸을 숙였다. 그녀가 천을 향해 즐겁게 지껄였다.

"조만간 너희들이 더 필요할 게다. 듣고 있어, 아샤예트? 난 이제

이 집 안주인이 될 거야. 장담하건대 당신 리넨이 또 다른 시체를 싸게 될 거야. 그게 누구일 것 같아? 히히! 당신이 할 수 있는 일은 없어. 안 그래? 당신과 당신 외숙부 노마르케스! 정의? 당신이 이승에서 무슨 정의를 구현할 수 있지? 대답해 봐!"

리넨 더미 뒤에서 뭔가 꿈지럭거렸다. 헤네트가 반쯤 고개를 돌렸다. 그러자 널찍한 리넨 천이 그녀 위에 덮이더니 입과 코를 막았다. 무자비한 손길이 그녀의 몸뚱이를 천으로 둘둘 말아 시체처럼 감싸자, 마침내 발광이 멎었다.


V


레니센브는 석실 입구에 앉아 나일 강을 바라보면서 기묘한 망상에 사로잡혀 있었다.

아버지의 집에 돌아오고 얼마 지나지 않아 여기 처음 앉았던 날이 아주 오래전의 일처럼 느껴졌다. 그날 레니센브는 모든 것이 변함없고, 가족 모두 8년 전 이곳을 떠날 때와 똑같다고 유쾌하게 단언했다.

호리가 그녀에게 크하이와 떠났던 레니센브와 같지 않다고 했던 일, 그녀가 곧 같아질 거라고 자신 있게 대답했던 일도 떠올랐다.

그때 호리가 내부에서 찾아오는 변화, 밖으로 드러나지 않는 부패에 대해 이야기했다.

그녀는 이제 그런 말을 했던 호리의 마음을 조금은 알게 됐다. 마음의 준비를 하게 한 것이다. 그녀는 너무 확신에 찼고, 너무 맹목적이었다. 가족의 외적인 가치를 너무 쉽게 받아들였다.

노프레트의 등장이 그녀의 눈을 트게 해 주었다.

노프레트와 함께 죽음이 찾아왔다.

노프레트가 악녀였건 아니건, 악을 몰고 온 건 틀림없었다.

그리고 그 악은 여전히 기승을 떨치고 있었다.

결국 레니센브는 노프레트의 악령이 모든 사건의 원인이라는 생각에 젖었다.

노프레트, 죽은 악녀…….

혹은 헤네트, 살아 있는 악녀……. 무시당하고, 알랑거리고, 아첨하는 헤네트…….

레니센브는 부르르 몸서리치면서 천천히 자리에서 일어섰다.

더 이상 호리를 기다릴 수 없었다. 거의 일몰 직전이었다. 궁금했다. 어째서 오지 않았지?

그녀는 일어서서 주위를 휘 둘러본 뒤, 아래쪽 골짜기로 뻗은 길을 내려가기 시작했다.

저녁 무렵 이곳은 아주 고요했다. 고요하고 아름다웠다. 호리가 무엇 때문에 늦는 거지? 그가 왔다면 적어도 이 시간을 함께 보냈을 텐데…….

앞으로 이런 시간은 많지 않을 것이다. 가까운 훗날 그녀가 카메니의 아내가 되면…….

정말로 카메니와 결혼하는 걸까? 레니센브는 생각이 카메니에게 이르자 충격을 받은 듯 그토록 오랫동안 사로잡혀 있던 암묵적 동의로부터 벗어났다. 마치 어지러운 꿈에서 화들짝 깨어난 듯했다. 그동안 두려움과 불안으로 무감각해져 어떤 제안이든 그저 생각 없이 동의해 버렸던 것이다.

하지만 지금은 다시 레니센브로 돌아왔고, 카메니와 결혼한다면, 그건 그녀가 그 결혼을 원하기 때문이지 가족들이 시켜서가 아닐 것이다. 잘생기고 늘 웃음이 떠나지 않는 카메니. 그를 사랑한다. 그렇지 않은가? 그와 결혼하려는 것은 그 때문이다.

묘소에서 보낸 이날 저녁엔 또렷한 진실만 있었다. 혼란은 없었다. 그녀는 세상 꼭대기인 이곳을 걸으며, 마침내 차분하고 두려움 없는 자신이 되었다.

언젠가 호리에게 노프레트가 죽은 시간에 이 길을 홀로 걷겠다고 하지 않았던가? 두려움이 밀려오더라도 홀로 걷겠다고.

레니센브는 지금 그렇게 하고 있다. 마침 그녀와 사티피가 노프레트의 시체를 내려다보던 그 무렵이었다. 그리고 사티피가 자기 차례를 맞아 이 길을 내려가다 갑자기 뒤돌아보고 자신을 덮치는 숙명을 목격한 때와 같은 시간이었다.

장소도 바로 이 부근이었다. 사티피는 무슨 소리를 들었기에 갑자기 뒤를 돌아보았을까?

발소리?

발소리……. 이제 레니센브도 그녀를 쫓아 내려오는 발소리를 들었다.

그녀의 심장에 갑자기 두려움이 솟구쳤다. 사티피의 말은 사실이었다. 노프레트가 뒤에서 따라오고 있는 것이다.

두려움이 온몸을 휘감았지만, 그녀는 걸음을 늦추지 않았다. 속도를 내지도 않았다. 극복해야 한다. 그녀의 마음속에는 후회할 만한 악행이 없으므로…….

그녀는 마음을 다잡고 용기를 그러모아 계속 걸으면서 고개를 돌렸다. 그 순간 안도의 흥분이 밀려왔다. 따라오는 사람은 야흐모세였다. 망자의 유령이 아니라 그녀의 오빠였다. 묘소 공양실에서 바삐 일하다가, 그녀가 떠나고 나서 바로 나온 게 틀림없었다.

그녀는 멈춰 서서 조그맣게 즐거운 고함을 질렀다.

"어머, 오빠. 정말 반가워."

그는 빠르게 다가오고 있었다. 그녀가 바보같이 무서워했다는 말을 하려는 순간, 그녀의 입술에서 말이 얼어붙었다.

그는 레니센브가 아는 야흐모세, 온화하고 다정한 오빠가 아니었다. 눈동자가 몹시 밝게 빛났고, 마른 입술 사이로 쉴 새 없이 혀가 날름거렸다. 조금 앞으로 뻗은 손은 살짝 구부러져 있었고, 손가락은 마치 발톱 같았다.

그녀를 바라보는 그의 눈에 담긴 표정은 의심의 여지가 없었다. 전에 사람을 죽였고, 다시 죽이려 하는 인간의 표정이었다. 그 얼굴에는 흡족한 잔인함, 사악한 만족감이 서려 있었다.

야흐모세……. 그 무자비한 적은 야흐모세였다! 온화하고 다정한

가면 뒤에 감춰진 저 표정!

그녀는 오빠가 자기를 사랑하는 줄 알았다. 하지만 저 짐승 같은 얼굴에 사랑 따윈 없었다.

레니센브는 비명을 질렀다. 희미하고 절망적인 비명.

그녀는 이제 곧 죽게 되리라는 것을 알았다. 그녀에겐 야흐모세와 맞설 힘이 없었다. 이곳, 노프레트가 추락한 곳, 좁은 길 위에서 그녀 역시 추락사할 것이다.

"야흐모세 오빠!"

레니센브는 마지막으로 애원했다. 그의 이름을 외치는 목소리에는 그녀가 늘 큰오빠에게 느꼈던 사랑이 배어 있었다. 애원은 허사였다. 야흐모세는 웃었다. 부드럽고 짐승 같고 행복한 미소.

그러고는 발톱 달린 잔인한 손을 구부린 채 달려들었다. 마치 목을 조르고 싶어 미치겠다는 듯……

레니센브는 절벽을 등지고 뒷걸음질치면서, 그를 피하려고 팔을 뻗어 허우적거렸지만 허사였다. 공포였다. 죽음.

그때 희미하게 현을 퉁기는 소리가 들렸다. 쉭 소리와 함께 무언가가 바람을 가르며 날아왔다. 야흐모세가 멈칫하다가 비틀거리고는, 거센 고함을 지르며 그녀의 발치에 머리를 처박았다. 그녀는 깃털 달린 화살을 멍하니 바라보았다. 그러고는 벼랑 아래를 내려다보았다. 호리가 어깨에 활을 걸치고 서 있었다.

## VI

"야흐모세 오빠……. 야흐모세 오빠……."

충격으로 온몸이 마비된 레니센브가 그 이름을 계속 되풀이했다. 차마 믿을 수 없다는 듯…….

그녀는 작은 석실 밖에서 여전히 호리의 팔에 감싸여 있었다. 그가 어떻게 그녀를 부축해 올라왔는지 가물가물했다. 그저 놀라고 두려움에 사로잡힌 목소리로 오빠의 이름만 되뇔 뿐이었다.

호리가 다정하게 말했다.

"그래, 야흐모세야. 줄곧 야흐모세였어."

"하지만 어떻게? 왜? 어떻게 그럴 수 있어요? 오빠도 독이 든 술을 마셨는데……. 거의 죽을 뻔했잖아요."

"아니, 죽을 위험은 전혀 없었어. 아주 신중하게 죽지 않을 만큼만 마셨거든. 아플 정도로만 조금 마시고, 징후와 통증을 꾸몄지. 그래야 의심을 피할 수 있다는 걸 알았으니까."

"하지만 이파이를 죽일 수는 없었잖아요? 너무 허약해서 두 발로 서지도 못했는데!"

"그것 역시 눈속임이었어. 독만 제거되면 금세 기운을 회복할 거라던 메르수 제사장의 말 기억 안 나? 실제로 그랬어."

"하지만 어째서죠, 호리? 도무지 모르겠어요. 어째서……?"

호리가 한숨을 내쉬었다.

"기억하니, 레니센브? 언젠가 내부에서 시작되는 부패에 대해 말한 적이 있지."

"그럼요. 사실 오늘 저녁에도 그 생각을 하고 있었어요."

"전에 네가 노프레트의 등장이 악을 몰고 왔다고 말한 적이 있어. 그건 사실이 아니야. 악은 이미 가족들 마음속에 숨어 있었던 거야. 노프레트의 등장은 그걸 은밀한 곳에서 밖으로 끌어낸 것뿐이지. 그녀의 존재가 장막을 거둔 거야. 카이트의 온화한 모성은 자기 자신과 자식을 위한 무자비한 이기심으로 변했어. 소베크는 더 이상 쾌활하고 매력적인 젊은이가 아니라, 허풍 떠는 방탕한 약골이었고. 이파이는 매력적인 개구쟁이 소년에서 교활하고 이기적인 놈으로 변했지. 헤네트의 가식적인 헌신을 통해 그 독기가 명백히 드러나기 시작한 거야. 사티피는 악녀이면서 동시에 겁쟁이의 모습을 보였어. 임호테프 자신은 말 많고 거만한 폭군으로 퇴보했고……."

레니센브는 손으로 눈을 비볐다.

"알아요, 알아요. 말 안 해도 돼요. 나도 스스로 조금씩 알아 갔으니까……. 이런 일이 왜 일어난 거죠? 당신 말처럼 이런 부패가 왜 내부에서 시작된 거죠?"

호리가 어깨를 으쓱했다.

"누가 알겠니? 성장이라는 것 때문인지도 몰라. 점점 더 다정하고 현명하고 훌륭해지지 않으면, 그 성장은 다른 방향으로 흘러가 사악한 마음을 품게 되지. 혹은 공간도 시야도 없이 삶이 너무 폐쇄적이거나 너무 침잠해서 그럴지도 몰라. 아니면 전염성 병충해처럼 차례차례 병에 걸리거나."

"하지만 야흐모세 오빠는……. 오빠는 늘 똑같아 보였어요."

"그래, 그게 바로 내가 의심하게 된 이유 중 하나야, 레니센브. 나머지 사람들은 그들의 기질로 보아 크게 염려할 필요가 없었어. 하지만 야흐모세는 항상 소심하고, 쉽게 굴복하고, 반항할 만한 용기가 부족했지. 그는 임호테프를 사랑했기에 그를 기쁘게 하려고 열심히 일했지만, 임호테프는 착한 아들이라는 것을 인정하면서도 멍청한 느림보라고 생각했어. 아들을 무시했지. 사티피 역시 불한당처럼 온갖 조롱으로 야흐모세를 괴롭혔어. 감춰져 있던 한 맺힌 분노가 차곡차곡 쌓이면서 서서히 무거워지기 시작했어. 온순해 보일수록 내면의 분노는 점점 더 커지고 있었던 거야. 그러다 야흐모세가 마침내 아버지의 동업자로 인정받아 근면과 성실에 대한 보상을 거두는 꿈에 부풀었을 때, 마침 노프레트가 나타난 거야. 마지막 불꽃을 점화한 것은 노프레트, 어쩌면 노프레트의 미모였겠지. 그녀는 세 형제의 남성적 자존심을 건드렸어. 소베크를 바보라고 조롱해 아픈 곳을 찔렀고, 이파이를 남자 자격도 없는 건방진 꼬마로 취급해 성질을 돋웠고, 야흐모세를 남자도 아니라며 멸시했지. 사티피의 혀가 마침내 야흐모세의 인내심을 무너뜨린 건 노프레트가 온 뒤부터였어. 자기가 남편보다 더 남자답다는 조롱과 모욕 때문에, 결국 그의 자제력이 무너진 거야. 그는 이 길에서 노프레트와 마주치자 인내심을 잃고 그녀를 던져 버렸어."

"하지만 그건 사티피 언니……."

"아냐, 레니센브. 그게 바로 틀린 생각이야. 사티피는 밑에서 그

광경을 목격했어. 이제 알겠니?"

"하지만 야호모세 오빠는 당신과 농장에 있었잖아요."

"맞아, 마지막 한 시간 동안. 하지만 레니센브, 노프레트의 시체가 차가웠다는 걸 못 느꼈니? 네가 그녀의 볼을 직접 만지고서도? 너는 그녀가 몇 분 전에 떨어졌다고 생각했지. 하지만 그녀는 적어도 두 시간 전에 죽었어. 안 그랬다면 그런 땡볕에서 그렇게 차가웠을 리가 없으니까. 사티피는 그걸 봤어. 그녀는 두려움에 휩싸여 어찌해야 좋을지 몰라 한참을 서성거렸지. 그러다 네가 올라오는 걸 보고 막으려 한 거야."

"호리, 이 모든 사실을 언제 알았어요?"

"꽤 일찍 알았어. 사티피의 행동이 말해 줬거든. 그녀는 확실히 뭔가를 죽도록 두려워하며 돌아다녔어. 그래서 난 그녀가 두려워하는 사람이 야호모세임을 금세 확신했지. 바가지 긁는 일도 그치고, 대신 모든 면에서 열심히 순종했으니까. 그녀에겐 끔찍한 충격이 있을 거야. 세상에서 가장 약해 빠진 남자라고 경멸했던 야호모세가 노프레트의 실제 살인범이었으니까. 사티피의 세상이 뒤집힌 거지. 입심 사나운 여자들이 대개 그렇듯 그녀도 사실은 겁쟁이였어. 새로운 야호모세에게 겁먹은 거야. 두려움 때문에 잠꼬대까지 하기 시작했지. 야호모세는 그녀가 위험한 존재라는 사실을 곧 깨달았고……. 그러니 이제 그날 네 눈으로 직접 봤던 일의 진실을 깨달을 수 있을 거야, 레니센브. 사티피는 유령을 보고 추락한 게 아냐. 오늘 네가 본 걸 본 거야. 뒤따라오는 사내, 남편의 얼굴에서 다른 여자를 던져 버렸듯 그녀도 던져 버리려는 의지를 본 거지. 두려움 때문에 그에게서 벗어나려다 떨어졌어. 그리고 죽어 가는 입술로 노프레트라고 중얼거렸을 때, 사실 그녀가 하려던 말은 야흐모세가 노프레트를 죽였다는 것이었지."

호리가 잠시 멈췄다가 계속 이야기했다.

"에사 할머님은 헤네트가 엉뚱한 말을 하는 바람에 진실에 도달했어. 헤네트는 내가 자기를 똑바로 쳐다보지 않고, 마치 자기 뒤에 있는 뭔가, 있지도 않은 뭔가를 보는 척한다고 불평했지. 그러고는 사티피 이야기를 꺼냈어. 그 순간 에사 할머님은 모든 일이 생각보다 훨씬 단순하다는 걸 아신 거야. 사티피는 야흐모세 뒤에 있는 혼령을 본 게 아니야. 그녀가 본 건 야흐모세였지. 할머님은 그 추측을 검증하기 위해, 야흐모세 외에는 아무도 알아듣지 못할 방식으로 이야기를 꺼내셨어. 할머님이 진실이라고 추측한 것은 그에게만 의미가 있었으니까. 할머님의 말씀에 놀란 그가 순간적으로 반응하는 것을 보고 할머님은 자신의 추측을 확신했어. 하지만 당시에 야흐모세는 할머님이 의심하고 있다는 걸 몰랐지. 그리고 혐의가 명백해지자, 모든 게 착착 들어맞았어. 심지어 목동이 했던 이야기까지 말이야. 꼬마는 충성스런 놈이라 야흐모세 주인님이 시키면 뭐든 하려 들었어. 심지어 다음 날 깨어나지 못할 걸 뻔히 알면서도 그날 밤 약을 마신 거야."

"오, 호리. 야흐모세 오빠가 그런 짓을 하다니 도무지 믿어지지않아요. 네, 노프레트 사건은 이해가 가요. 하지만 다른 살인은 무엇 때문이었죠?"

"그건 설명하기 쉽지 않구나, 레니센브. 하지만 일단 마음이 악을 받아들이면, 악은 옥수수 밭의 양귀비처럼 만개하는 법이야. 어쩌면 야흐모세는 평생 폭력을 선망하면서도 그걸 얻지 못했을 수도 있어. 그는 나약하고 순종적인 자신을 경멸했지. 아마 노프레트를 살해하고 나서 엄청난 힘을 느꼈을 거야. 우선 사티피에게서 그걸 깨달았지. 자신을 위협하고 모욕하던 사티피가 자신을 두려워하고 온순해졌으니까. 그러자 그토록 오랫동안 그의 마음속에 묻혀 있던 모든 불만이 고개를 쳐들기 시작했어. 지난번에 이 길 위에서 고개를 쳐든 뱀처럼. 소베크와 이파이는 야흐모세보다 한 쪽은 더 잘생기고, 다른 한 쪽은 더 똑똑했어. 따라서 제거 대상이었지. 야흐모세가 집안의 통치자가 되어 아버지의 유일한 위안이자 의지가 돼야 하니까. 사티피의 죽음은 살인의 즐거움을 증폭시켰어. 그 뒤로 더욱 강해진 것이지. 이후부터 그의 탐욕은 속도를 내기 시작했어. 그때부터 철저히 악에 사로잡힌 거야. 레니센브 너는 경쟁 상대가 아니었어. 그때까지는 널 사랑했지. 하지만 야흐모세는 네 남편과 재산을 나눠 가져야 한다는 사실이 참기 어려웠어. 에사 할머님이 카메니를 받아들인 건 두 가지 생각 때문이었을 거야. 첫째는 야흐모세가 살인을 기도할 경우, 그 대상은 네가 아니라 카메니일 가능성이 높다는 점이야. 그리고 내가 너의 안전을 책임질 거라고 굳게 믿으셨지. 둘째는 에사 할머님은 대담한 분이어서 위기 상황을 스스로 만들 생각이셨어. 내가 야흐모세를 유심히 관찰하다가 현장을 덮치는 식으로 말이야. 내가 자기를 의심하는 줄 몰랐으니까."

"오, 호리. 아까 당신이 오빠를 미행하는 동안, 난 뒤돌아서 오빠를 봤을 때 너무 무서웠어요."

"알고 있다, 레니센브. 하지만 그럴 수밖에 없었어. 내가 야흐모세 곁에 바짝 붙어 다니는 한 너는 안전하겠지. 하지만 영원히 그럴 수는 없어. 같은 장소에서 너를 던져 버릴 기회가 생기면 그는 놓치지 않을 거야. 죽음에 대한 미신적인 소문이 되살아날 테니까."

"그럼 헤네트가 전한 메시지는 당신이 보낸 게 아니군요?"

호리가 고개를 끄덕였다.

"난 아무런 메시지도 보내지 않았어."

"하지만 어째서 헤네트가……."

레니센브는 말을 멈추고 고개를 저었다.

"이 모든 일에서 헤네트의 역할이 뭔지 모르겠어요."

호리가 신중하게 말했다.

"아마 헤네트는 진실을 알고 있었을 거야. 그녀가 오늘 아침 야흐모세에게 그런 뜻을 넌지시 내비쳤거든. 위험한 짓이었지. 그는 그녀를 이용해 너를 이곳으로 유인했어. 그녀라면 기꺼이 할 일이었지. 너를 증오하니까, 레니센브……."

"알아요."

"나중에 알았겠지? 헤네트는 비밀을 알면 힘이 생길 거라고 믿었어. 하지만 야흐모세가 그녀를 오래 살게 내버려 둘지 의문이다. 어쩌면 벌써……."

레니센브가 몸서리를 쳤다.

"야흐모세 오빠는 미쳤어요. 악령에 사로잡힌 거예요. 하지만 늘 그렇진 않았어요."

"그래, 하지만……. 전에 내가 들려준 소베크와 야흐모세의 어릴 적 이야기를 떠올려 보렴. 소베크가 야흐모세의 머리를 땅에 처박자, 네 어머니가 달려와 몹시 창백하게 떨며 말씀하셨지. '그건 위험해.' 아마 그건 야흐모세에게 그런 짓을 하면 위험하다는 뜻이었을 거야. 다음 날 소베크가 어떻게 아팠는지 생각해 봐. 누군가 음식에 독을 넣은 거랬어. 네 어머니는 온순하고 다정한 어린 아들의 가슴 속에 기묘한 분노가 숨겨진 것을 아셨기에, 언젠가 폭발할 날이 올까 봐 늘 염려하셨을 거야."

레니센브는 몸이 떨렸다.

"겉과 속이 같은 사람은 없나요?"

호리가 미소를 지었다.

"더러 있지. 카메니와 나. 아마 우리 둘 다 네가 믿는 그대로일 거야. 카메니와 나……."

그의 마지막 말이 의미심장하게 들렸다. 문득 레니센브는 인생에서 선택의 순간에 직면했음을 깨달았다.

호리가 계속 말했다.

"우린 둘 다 널 사랑해, 레니센브. 너도 알 거야."

레니센브가 천천히 말했다.

"하지만……. 당신은 내 혼담이 오가는 걸 보고만 있을 뿐 아무 말도 하지 않았어요. 단 한마디도."

"너를 보호하려고 그랬던 거야. 에사 할머님도 같은 생각이셨어. 야흐모세를 꾸준히 감시하면서 그의 증오를 불러일으키지 않으려면, 무관심하게 멀리 떨어져 있어야 하니까."

호리는 감정을 실어 말했다.

"레니센브, 야흐모세가 오랫동안 내 친구였다는 사실을 이해해주렴. 난 야흐모세를 사랑했어. 그래서 네 아버지를 설득해 그가 원하는 지위와 권한을 주려고 애썼지. 하지만 모든 게 너무 늦었어. 비록 마음속으로는 야흐모세가 노프레트를 죽였다는 확신이 섰지만, 난 믿으려 하지 않았어. 심지어 그의 행동을 변명할 거리를 찾았지. 야흐모세, 불행하고 고통받던 내 친구는 나에게 몹시 다정했어. 그러다 소베크가 죽고, 이파이가 죽고, 결국 에사 할머님도 죽었지……. 그때 난 야흐모세의 악이 마침내 선을 정복했다는 걸 깨달았어. 그래서 내 손으로 야흐모세를 죽음에 이르게 한 거야. 고통이 거의 없는 찰나의 죽음……."

"죽음……. 늘 죽음뿐이에요."

"아니야, 레니센브. 오늘 네가 마주한 것은 죽음이 아니라 삶이야. 남은 삶을 누구와 함께 살아가겠니? 카메니 아니면 나?"

레니센브는 눈앞을 똑바로 응시하면서, 골짜기 아래 너머 나일강의 은빛 물줄기를 바라보았다.

그날 배에 앉아 그녀를 바라보던 카메니의 웃는 얼굴이 눈앞에 선명하게 떠올랐다.

잘생기고, 강건하고, 쾌활한 그를 생각하며 그녀는 다시 피의 맥동과 가락을 느꼈다. 그녀는 지금 그를 사랑한다. 카메니라면 크하이가 그녀의 인생에서 차지했던 자리를 대신할 수 있으리라.

그녀는 생각했다.

'함께 살면 행복할 거야. 그래, 우린 행복할 거야. 함께 살고 서로에게 즐거움을 주면서, 튼튼하고 예쁜 아이들을 키울 거야. 바쁘게 일하며 하루하루를 보낼 것이고, 나일 강에서 배를 타는 즐거운 날도 있겠지. 크하이와 함께했던 그런 삶이 다시 시작될 거야. 그 이상 뭘 더 바라겠어? 그 이상 뭘 더 원하겠어?'

그리고 천천히, 아주 천천히, 그녀가 호리 쪽으로 고개를 돌렸다. 마치 고요한 질문을 던지는 것처럼.

그녀의 생각을 읽은 듯 그가 대답했다.

"네가 어릴 때부터 난 널 사랑했어. 망가진 장난감을 고쳐 달라고 나를 찾아오던 너의 진지한 얼굴과 자신감을 사랑했어. 그 후 시집을 가고 8년이 지난 뒤, 너는 다시 돌아와 여기 앉아 마음속의 생각들을 내게 꺼내 보였지. 그리고 네 마음은 다른 가족들의 마음과 달라, 레니센브. 홀로 침잠하지도 않고, 좁은 담장 안에 자신을 가두지도 않아. 네 마음은 내 마음처럼 나일 강을 굽어보고, 변화하는 세상과 새로운 세상을 바라보지. 용기와 꿈을 가진 자에게는 모든 것이 가능한 세상을 말이야."

"알아요, 호리. 알아요. 당신과 함께 그런 것들을 느꼈으니까. 하지만 늘 그렇진 않아요. 당신 생각을 이해하지 못해 홀로 되는 때가 있을 거예요…….”

그녀는 복잡한 생각을 정리할 말을 찾지 못해 입을 다물었다. 호리와 함께하는 삶이 어떨지 짐작할 수 없었다. 비록 다정하고 그녀를 사랑하지만, 헤아릴 수 없고 이해할 수 없는 부분들이 늘 있을 것이다. 위대한 아름다움과 풍요의 순간들은 함께 나누겠지만 일상의 삶은 어떨까?

그녀는 두 손을 충동적으로 내밀었다.

"오, 호리. 날 위해 결정해 줘요. 제발 내가 어떻게 해야 할지 말해 줘요!"

그는 칭얼대는 어린아이 레니센브에게 미소를 지었다. 어쩌면 마지막으로. 하지만 그녀의 손을 잡지는 않았다.

"네 인생을 내가 이래라저래라 할 순 없어, 레니센브. 네 인생이니까. 결정은 너만이 할 수 있는 거란다."

그녀는 아무런 도움도, 카메니처럼 금세 마음을 흔들어 놓는 말도 듣지 못한다는 것을 깨달았다. 호리가 손만 잡아 줬더라면……. 하지만 그는 손을 내밀지 않았다.

그러자 두 가지 선택이 가장 간단한 말로 확연하게 떠올랐다. 쉬운 삶과 어려운 삶. 그녀는 몸을 돌려 구불구불한 길을 내려가, 이미 익숙한 평범하고 행복한 삶으로 돌아가고픈 충동을 강하게 느꼈다.

예전에 크하이와 함께 누렸던 삶. 그곳은 안전했다. 늙어 죽는 것 말고는 두려울 것 하나 없이, 일상의 기쁨과 고통을 나누는 삶…….

죽음. 그녀는 삶에 대한 생각들로부터 빙 돌아 다시 죽음에 이르렀다. 크하이는 죽었다. 카메니도 언젠가는 죽을 것이고, 그의 얼굴 또한 크하이의 얼굴처럼 그녀의 기억에서 서서히 사라지리라.

그녀는 곁에 말없이 서 있는 호리를 바라보았다. 이제껏 호리가 어떻게 생겼는지 제대로 보지 못했다는 것을 깨달았다. 알 필요가 없었던 것이다.

이윽고 그녀가 입을 열었다. 그 목소리는 오래전 해질 무렵 홀로 길을 내려가겠다고 단언하던 때와 같았다.

"선택했어요, 호리. 좋건 나쁘건 당신과 함께하겠어요. 죽음이 찾아올 때까지……."

그의 팔에 안겨, 새로운 애정이 서린 그의 얼굴을 마주보며, 그녀는 가슴 벅찬 삶의 풍요를 만끽했다.

그녀는 생각했다.

'호리가 죽는다 해도 나는 잊지 않을 거야. 호리가 영원히 내 마음의 노래라는 것을……. 그건 더 이상 죽음이 없다는 뜻이니까.'

〈끝〉

**옮긴이 | 이원경**

경희대 국어국문학과를 졸업하고 소설 번역가로 활동하고 있다. 주로 소설 및 인문 교양서를 번역하고 있으며 어린이 책 번역도 겸하고 있다. 지금까지 『장미의 미궁』, 『넥스트』, 『세상을 바꾼 12권의 책』, 『어느 미친 사내의 고백』, 『마지막으로 죽음이 오다』, 『엔드하우스의 비극』, 『뿌지직! 너 그거 알아?』, 『속옷이 궁금해』, 『할머니 코끼리가 나가신다』, 『마스터 앤드 커맨더』, 『포스트 캡틴』, 『H. M. S. 서프라이즈 호』 등을 번역했다.

애거서 크리스티 전집

# 마지막으로 죽음이 오다

3판 1쇄 찍음 2021년 2월 10일
3판 2쇄 펴냄 2025년 8월 19일

**지은이** | 애거서 크리스티
**옮긴이** | 이원경
**발행인** | 박근섭
**편집인** | 김준혁
**펴낸곳** | 황금가지

**출판등록** | 2009. 10. 8 (제2009-000273호)
**주소** | 06027 서울 강남구 도산대로 1길 62 강남출판문화센터 5층
**전화** | 영업부 515-2000 **편집부** 3446-8774 **팩시밀리** 515-2007
**홈페이지** | www.goldenbough.co.kr

도서 파본 등의 이유로 반송이 필요할 경우에는 구매처에서 교환하시고
출판사 교환이 필요할 경우에는 아래 주소로 반송 사유를 적어 도서와 함께 보내주세요.
06027 서울 강남구 도산대로 1길 62 강남출판문화센터 6층 민음인 마케팅부

ⓒ ㈜민음인, 2013. Printed in Seoul, Korea
ISBN 978-89-8273-717-6 04840
ISBN 978-89-8273-700-8 04840 (set)

㈜민음인은 민음사 출판 그룹의 자회사입니다.
황금가지는 ㈜민음인의 픽션 전문 출간 브랜드입니다.